太閤記

天下人豐臣秀吉

下

司馬遼太郎

許嘉祥 譯

總目錄

〈上冊〉

〈下冊〉

禪高

藤吉郎在播州主導的每一場攻防戰，使用的技術多少都帶點歐洲風格。但這並不表示藤吉郎的戰術特別新穎，而是因應時代所產生的戰術。

毛利氏也會採用類似的戰術。有個時期上月城加入了秀吉陣營，毛利氏在攻擊該城時，使用了可以移動的巨大攻城塔，塔上裝設一門活動火砲，那是南蠻送給他們的攻城砲。毛利軍把攻城塔移向上月城，朝城內射擊，城內的一座座塔樓陸續遭到摧毀，這可說是攻陷上月城的主因。

藤吉郎在進攻敵方的神吉城時也採用了這個方式，而且規模更大，移動兩座攻城塔俯瞰城內，和塔樓上的敵方火砲進行砲戰。在此同時，又下令軍伕上前線填平護城河，還找來各國挖礦坑的礦工在底下挖掘隧道，逐步從地底入侵城內。與其說這是攻城，不如說是施作土木工程。

天正年間中期，日本人的戰術意識漸漸轉變。過去一說到攻城戰，大家總想到爬上城牆、血腥肉搏。可是，這樣的觀念逐漸改變了。

推動觀念改變的人，正是織田信長。

——南蠻人好像都是這樣做的。

由於信長是個具有極度好奇心的人，在接見傳教士時，總是不停的問問題，尤其看重實用性高的事物，自己的文明思想也隨之逐漸轉變。信長敏感的嗅覺，讓他瞭解到凡是懂得改變的人，就會成爲新時代的勝利者。

智慧的泉源就是那些傳教士。

「地球是圓的。」

這些歐洲剛理解的新概念，也被航海家帶到信長所在的遠東地區。

「爲什麼是這樣？」

對信長這個堅持合理主義的人來說，一定要打破砂鍋問到底。傳教士回答，這是上個世紀末一位天文學家托斯卡內利的推測，之後靠著航海家哥倫布探險實驗成功。其實哥倫布第一次的冒險航海，時間就在信長的岳父齋藤道三出生在京都郊區的兩年前，並不是多麼久遠前的探險。

「爲什麼會打雷呢？」

就連這些事，傳教士也會向他解釋。竟然有日本人這麼喜歡科學，讓傳教士相當感動。傳教士也瞭解到第一位登陸日本的方濟各・沙勿略遇到了什麼狀況。信長拍著膝蓋，很有興趣的聽講，傳教士首先拿出一枚琥珀，在絹布上摩擦，這樣就會產生靜電，用這個方式來教導電力的原理。

傳教士說，在希臘文裡，琥珀名爲「electron」。其實不只琥珀，地球上的萬物都可以用摩擦的方式產生靜電，只不過琥珀最容易摩擦生電，所以日後這種現象就被稱爲「electricity」（電力現象）。而信長問的雷呢，則是空中發生的電力現象。一旦提到「空中」，又得對信長解釋空氣的存在，還有空氣波動能夠形成風。

信長瞭解了望遠鏡的原理，瞭解了放大鏡的原理，南蠻人帶來的知識讓他內心雀躍，想要極力保護。於是，他在京都和安土城下建造教堂和學校，並且提供住宅給南蠻人。這一大群南蠻建築，被織田家的家臣稱爲——

「大臼（Daius）。」

發音和造物主（Deus）相近。在信長死後四百年之後的今天，這個地方還是叫這個名字。

信長的思維——尤其是軍事思想，歐洲傳來的知識跟他與生俱來的特質十分契合，獲得很大的啓示。可是，信長有沒有信奉基督教這點仍舊存疑。在他的腦海裡，應該沒想過要信奉基督教。

回到藤吉郎這邊。

在包圍播州三木城的過程中，本身就是基督徒的軍師黑田官兵衛有時候會問藤吉郎：

「你想信奉基督教嗎？」

官兵衛曾經在伊丹城被關在監獄裡導致跛腳，不過他的體力恢復得很快，之後馬上回到三木城包圍戰，繼續擔任藤吉郎的主參謀。

「妙啊！」

藤吉郎就像個可愛的小女孩一樣，散發出開心的氣息。任何事都正面思考，充滿朝氣，這是藤吉郎的特色。正因爲主將這麼開朗，讓全軍的士氣能夠一直保持在高昂的狀態。

「何妙之有？」

官兵衛笑著反問。

「你不覺得很妙嗎？……我這麼久以來都沒有信奉特定的日本神佛，小老弟您知道得很清楚啊，怎麼還會勸我去信南蠻神呢？」

「南蠻神……」

官兵衛回嘴：

「是不一樣的。」

「沒錯，肯定不一樣。」

這一點藤吉郎也認同，南蠻神的確和日本神佛不一樣。南蠻人教我們新穎的攻城法，帶來不用蠶絲就能織好又華麗美觀的絨布和望遠鏡，還操駕著能夠橫越萬里波濤的巨大帆船。信奉南蠻的神，就能得到了不起的智慧，所以他們兩人都瞭解不一樣。

不過就教義來說，基督教和石山本願寺傳播的宇宙唯一神祉是阿彌陀如來一樣，都是一神教。

「官兵衛眞是個努力上進的人啊。」

「怎麼說？」

「你本就是個有智慧的人，卻想成爲更有智慧的人，才會成爲基督徒吧。」

「這個……大致上是如此。」

官兵衛苦笑道。事實當然不是如此，撇開官兵衛，還有荒木村重、大友宗麟這些求知若渴的武將都加入了基督教。正是這個宗教帶來了新文明，讓他們理解宇宙和世界的原理，從此可以拓展自己的想像力吧。至少官兵衛在成爲基督徒之後變得更爲聰明了。

官兵衛習慣叫他的牽馬侍從舉起畫有十字架的旗幟，隨他一同前進。這並不是在彰顯自己的虔誠，而是要讓敵人知道，我比你們更有智慧，算是很新潮的戰力展示法。

說到這個，

——爲什麼你不肯信奉基督教呢？

之前官兵衛這樣詢問藤吉郎時，他想起以前關於藤吉郎的一個傳聞。

信長有個僧侶近臣名叫朝山日乘，此人非常厭惡基督教。當信長在京都時，耶穌會士路易士・佛洛伊斯前來拜見，信長乘此機會要朝山日乘跟佛洛伊斯辯論。這場辯論非常激烈，不過激動的是日乘那一方，他被佛洛伊斯的理論逼到牆角，最後竟口出惡言：

「你說的靈魂是什麼玩意兒？拿出來看看啊。」

接著又說：

「你要是拿不出靈魂，就在這裡砍你的頭，讓我們看看你的靈魂。」

日乘怒氣沖沖，不理會信長就在現場，衝到隔壁房間拿來一把刀，回到座位上。

剛好藤吉郎也在現場，他趕緊站起身來，一把長袴，靈敏的抱住日乘，拿走他的刀。藤吉郎對日乘說：

「上人，冷靜下來。主公就在殿上，如果你光是辯論教義就要拔刀殺人，那麼你信奉的佛僧恐怕面臨末日。」

也就是說，藤吉郎及時拯救了傳教士。這個行動讓安土城和京都的基督徒頗爲讚揚。

——羽柴大人莫非聽到了神諭。

甚至還傳出這樣的流言。

於是人們對藤吉郎的評價越來越好。其實當天，反基督教的明智光秀和丹羽長秀兩人都保持緘默，內心卻期待著日乘出手殺死佛洛伊斯，沒想到藤吉郎竟即刻阻止了日乘，導致人們誤以爲他對基督教抱有好感。

官兵衛也是因爲知道這則軼事，才覺得有傳教的可能。

「我的確有好感。」

藤吉郎馬上回答：

「可是，我不想信教。」

「爲什麼？」

「你這傢伙。」

藤吉郎用力的拍拍官兵衛的背說：

「你早就知道爲什麼啦！」

說穿了，就是女人。藤吉郎這人貪圖女人勝過任何財寶，已到極爲誇張的地步。偏偏基督教強調一夫一妻制，在十戒的第七戒就明言「不可姦淫」，意思是性慾必須加以控制。藤吉郎若想信基督教，首先得把播州姬路城、近江長濱城以及安土城宅邸的女人都送走。這對藤吉郎來說，恐怕會難過到比死更痛苦。

「大主公他怎麼看呢？」

官兵衛問，爲什麼信長沒有信基督教呢？藤吉郎聽到這個蠢問題不禁笑了起來。

「那位大主公啊，是另當別論。」

因爲信長是個講求個人自由、不想受到束縛的人。很難想像有人敢拿出什麼戒律要求他服從。信長自己更是從來沒有信教的念頭。

（我也一樣啊。）

藤吉郎暗自認爲，自己的器量比信長更大，而且跟信長一樣討厭束縛。就是喜歡像鳥一樣自由飛翔，要是沒了自由，就會變成這個時代的失敗者。信奉基督教就好像自願把自己束縛起來，這是他難以想像的景況。

（不過呢……）

藤吉郎卻不討厭基督徒，因爲從他們那裡可以攫取一些西洋的文物，藤吉郎的思想因此得到解放，不會一天到晚與人敵對。

藤吉郎奉命攻略播州諸城使用的獨創攻城法，也是受到西方文化的刺激，這也是以信長爲中心的時期學來的新技術。

他花了足足三年時間包圍播州三木城，在這一年的正月十七日終於攻陷敵城。

藤吉郎的部隊在敵城外面蓋木柵、蓋城牆、蓋副城、蓋瞭望塔，這樣一層一層的像監獄一樣包圍敵城，截斷進出道路，封鎖海上運輸，圍攻部隊就像是看守監牢的獄卒，並不主動攻城，而是慢慢等候敵城耗盡戰力。

「從來沒見過這麼蠢的攻城法。」

因循守舊的武士們對此相當不以爲然。因爲攻城就是彰顯武士驍勇的良機，流血征戰才能引人注目，才是武將的功勳。使用此法毋需浴血奮戰，相對的也失去建立軍功的機會。

困守城內的士卒傷亡也很少，然而兵糧逐漸吃光，士卒們在飢渴中喪失了體力，士氣也漸漸萎靡，最後只能思考如何結束這場圍城戰。就拿三木城來說吧，藤吉郎等在外頭觀察，知道敵方撐不久了，於是寫信招降城主別所長治。信上寫著：「只要閣下和重臣願意切腹，城內的官兵就能活命。」長治看了招降信，自己、妻子、兄弟、家老都紛紛自殺。這座城池就像是熟透的柿子，自動掉了下來，無血開城投降了。

（這就是我的招式。）

藤吉郎基於這次實戰經驗，又更進一步研發，著手攻略因幡的鳥取城。

❦

因幡的鳥取城主山名中務大輔豐國原本是俗人，後來剃髮爲僧，改名禪高，活躍於織田、豐臣、德川三個時代，所以這本書裡，我們直接稱呼他爲山名禪高。

他原本是足利家轄下的貴族。

「通說禪高有漂亮的女兒？」

喜歡貴族女人的藤吉郎問個不停。

聽說，禪高的遠祖來自上州多湖郡的山名村，以前是坂東源氏的名流，當足利尊氏興起時，山名家之祖就跟著尊氏一起打天下，後來足利創建了室町幕府，山名家受封多達十一個封國，成爲一大領主。因爲統領日本六十餘州的六分之一，所以被稱爲：

——六分一大人。

但是山名家系如今已經沒落，領地只剩一小塊。山名氏持續了兩百六十年，身爲鳥取城主的山名禪高是第十二代子孫。

目前則是歸屬毛利氏。

「他究竟是什麼樣的人啊？」

藤吉郎這樣問黑田官兵衛，聽說，禪高年齡三十三、四歲，容貌清秀，在創作詩歌與茶道方面很有造詣。雖然氣質不凡，但是欠缺定見，不懂武道，活像是古畫裡的人物。

「家臣願意效忠主子嗎？」

「不，這點他和同爲名門之家的別所氏差別很大。」

三木城主別所長治為人誠懇，雖然年輕，但是和播州的地方武士與家臣保持良好的關係，大家都願意為長治捨命，所以進攻三木城很耗時間。但是鳥取的山名氏就不一樣了。

「他做人做事只顧自己啊。」

凡是重要的決策，他都不和家臣商量。雖說是家系久遠的大名，可是當年尼子氏在山陰一帶興起，禪高就跟隨尼子氏，送自己和家臣的兒子過去當人質。後來看到毛利氏日益強大，他又跳槽到毛利那邊。尼子於是殺了那些人質。結果禪高的家臣都怨恨主公，再也不信任他的決策。

「這倒是一大良機。」

藤吉郎心想。本來就擅長謀略的他，立刻派遣使者前往鳥取，說服禪高投效織田家。

一聽到提議，禪高又不免心意動搖。這一回他找來家臣商議，家臣同聲反對背叛毛利投靠織田，因為一旦背叛，又有人質要喪命。

無計可施的禪高，只好拒絕藤吉郎的提議。藤吉郎把禪高的回覆傳送到姬路城的大本營，其實這個回覆一點也不令人訝異，反正藤吉郎另有秘計。

（關鍵就在鹿野城。）

依藤吉郎的算計，鳥取城的生死全看西方十五公里外的小城鹿野城。

鹿野城是是以藝州廣島為大本營的毛利氏在日本海岸的最前線基地，毛利用這個城來監視友軍鳥取山名氏的一舉一動。

毛利氏讓山名家的人質住在鹿野城裡。當然，山名禪高的女兒也在人質之列。藤吉郎認為，只要救回這一群人質，山名禪高就會低頭，無血開城。

（威脅這一招對他很有效。）

這點他早已調查過了。

天正八年（一五八〇）六月，姬路城的藤吉郎率領大軍出動，出現在日本海側，逐漸包圍鹿野城。城內的家臣因此議論紛紛，全城陷入恐慌，誰都沒想到織田軍會特地出兵進攻這個守備兵力只有千人左右的孤城。

「把話傳給城裡的人。」

藤吉郎這樣指點使者。

——只要交出城內所有人質，我們就會解除包圍網。倘若這個小小的條件都辦不到，我軍就會在城下的鄉鎮放火，把整座城給碾平，殺光城裡所有的官兵。

使者奉命出發了。

毛利家派來的守備隊長三吉三郎左衛門尉知道這一仗不可能打贏，只好照著藤吉郎的命令，打開城門放走人質，自己則是帶兵想走回廣島。藤吉郎和他的部隊就站在城門外，看著敵軍官兵和人質走出來，他在自己的本營裡瞄到了山名禪高的女兒。

（不愧是擁有兩百多年歷史的名家血脈啊。）

眞是天生麗質。藤吉郎曾經得到京極氏的女兒，不過要比美麗的話，山名家似乎更勝一籌。

只可惜年紀太小。

「她幾歲啦？」

山名家女兒的隨身侍女回答說十三歲了。十三歲，剛好處於處女和可以生產的交界，很難分辨狀況。

（該怎麼辦？）

藤吉郎陷入猶豫。要是強佔童女，恐怕會引來惡名。

「小姐，我有話要對妳說。」

藤吉郎要少女往大營的內帳走，侍女則緊跟在旁。藤吉郎很想說侍女就此止步，小姐跟我來，但是他說不出口，只好讓侍女跟著一同進入內帳，雙方對坐。

「不用害怕。」

藤吉郎對小姐說。

「我是織田家的羽柴筑前守，我以不殺人而聞名，妳聽說過嗎?」

小姐渾身發抖。

「我可以對小姐發誓,絕對不殺害妳。妳的父親是我的敵人,我都沒有殺他,不過,眞想救他一命的話,小姐得委屈一下。」

「嗄?什麼意思?」

侍女突然抬起頭,她腦海裡想像到不堪入目的畫面,臉頰也因爲害羞而發紅。

(這個好色的傢伙。)

藤吉郎趕緊爲自己辯解,說「不是妳想像的那樣」,同時把摺扇交給這位忠義的侍女,要她給自己通紅的臉搧一搧風。

「這樣做可能對不起小姐在鳥取城的父親。」

然後藤吉郎開始一本正經:鳥取城的重臣幾乎都是毛利派,令尊身爲城主,卻被群臣欺瞞,這樣下去免不了引發雙方血戰,也會導致禪高喪命。爲了避免死傷,他必須借用一下小姐的身體。

「好不好?」

「筑前守大人。」

侍女用高亢的聲音抗議,如果危害到小姐,就讓侍女我來承受吧,這樣我不會有任何怨恨的。

「妳不行啦。」

藤吉郎內心好色,表面上卻一本正經。其實仔細瞧瞧這名侍女,體態也很美妙,肩膀和腰部都有適度的肌肉,正是藤吉郎喜歡的身材。

「妳們就在內帳裡休息吧。」

藤吉郎下令,轉頭離開。侍女這天晚上一直擔心那名織田家的醜八怪大將會染指小姐,所以一直靠在小姐背後睡覺。可是,一直睡到天亮,藤吉郎也沒進來。

翌晨,藤吉郎的大軍拔營朝東方的鳥取城前進,中午時抵達城外。一路上藤吉郎都陪伴著小姐,抵達鳥取城之後,他將小姐喚到折凳旁,然後說:

「眞是可憐的孩子,只好請妳稍微忍耐一下。」

說完，他就像個親切的叔父一般，和善的看著少女。小姐覺得這位織田家大將帶給她的第一印象很不錯，是個值得信賴的人。她體會到藤吉郎的眼神溫和，說話有趣，態度溫柔，並不是個會加害她們的人。

「大人要我做什麼嗎？」

「閉上眼睛就好。」

其他事就交給別人，藤吉郎親切的指示。

小姐放心了，但是下一刻，她卻意外遭到背叛。

一群士卒帶著小姐走到草原上，把她放在地上一具用木頭組好的十字架上。

「呀啊！」小姐放聲尖叫，假使她這時能夠冷靜下來觀察藤吉郎的話，應該知道他想做什麼。一群面貌秀氣、乳臭未乾的少年兵抓起小姐，抬到十字架上，並且綁在上頭。其中負責指揮部下動手綁人的是一名少年武士，他長相清秀，應該是小姓吧。

這些少年都是藤吉郎特別挑選出來從事這項工作的。其中負責指揮的那位，個子長得比其他人都高，眼神銳利，和溫柔沾不上邊。

「在下名叫加藤虎之助。」

只有這位擔任指揮官的少年報上自己的名號。正是日後的主計頭加藤清正。他不苟言笑，鄭重完成了工作，先把小姐的雙臂綁在橫槓上，腰部綁在柱子上，雙膝併攏後一樣綁在柱子上，看似非常殘酷。

綁好之後，他們豎起十字架，朝著護城河前進。先把十字架立好，然後在下面堆滿乾柴，還有士兵拿著火把待命。

城牆上，人群開始聚集。一開始，有人從狹間發射火槍，可是距離超過三百公尺以上，火槍子彈根本打不到那麼遠，不一會兒就停止射擊了。

接著，羽柴陣營裡跑出一人，單手持白刃——這是軍使的證明——往前跑到護城河邊。此人是蜂須賀正勝的家臣青江芳藏，他擁有一個特殊的才能，就是喊聲可以傳達到半里之遠。

他開口叫道：

——若是不打開城門，我軍就要在你們面前燒死人質。當然，重臣的人質也不例外。快點回答，我給你們半刻（一小時）。

城內的將士都非常驚恐，立即召開軍議，決定照藤吉郎所說的，背棄毛利轉向織田，立即把這個決議交由特使送信到藤吉郎的陣營。

「那麼我就不會報復。」

敵方開城之後，藤吉郎表示，這些人質仍舊歸屬在織田陣營之下，並且派兵接收了鹿野城。

不過，藤吉郎不可能一直帶著大軍待在日本海岸，他必須帶兵回到姬路城。

所以他派龜井新十郎擔任鹿野城守將，這是他最近拔擢上來的年輕將領。這位新十郎子孫綿長，血脈一直延續到幕末，石見津和野藩奉他爲本家的祖宗。新十郎出身出雲玉造，最初是在山中鹿之介手下做事，一起爲復興尼子家而奔走。可是尼子家被滅，他只好投奔藤吉郎。藤吉郎看新十郎做事機靈，非常聰穎，不禁想：

（這個年輕人有大將之風啊。）

看中他有潛力，儘管他還是新近投效的家臣，仍然賦予他守備鹿野城的重任。這種不在乎門第的拔擢手法是跟信長學來的，畢竟麾下官兵雖然不少，但是具備大將之才的人並不多。後來，龜井新十郎被任命爲從五位下武藏守茲矩。

日後有一則軼事，藤吉郎當上關白之後，某天晚上突然提起：

「應該賞賜新十郎因幡半國的領地才夠啊。」

當時擁有鹿野一萬三千石領地的新十郎回覆關白說：

「日本國的各處領地都已經有領主了，還不如賜給我琉球或台灣吧。」

眞的嗎？秀吉這樣問他，新十郎回說自己是認眞的。秀吉覺得這個提議很有趣，當場在團扇上寫下：

琉球守

台州守

然後蓋上紅色大印交給新十郎。新十郎爲了征服琉球，特意打造了許多戰船，率軍出發。當他看到地平線上出現島嶼時，高興得乘風在甲板上跳起舞來，他就是這樣的個性。

回到攻佔鹿野城這邊，藤吉郎把山名家的小姐叫來，送她全套錦繡的打掛外袍與小袖和服，還說：

「讓妳辛苦啦。」

因爲她的忍耐，才能兵不血刃地收下她父親的鳥取城。而小姐也覺得藤吉郎的計策很妙，忍不住露出微笑。

「小榮。」

藤吉郎叫小姐的侍女，要她暫時退出帳外，他有一些小事要辦。

侍女小榮先前得到藤吉郎的賞賜，又覺得藤吉郎的人品不錯。看到小姐的眼神，也彷彿是要小榮退下——

於是小榮遵命退出內帳。

「其實眞的只是小事一件。」

藤吉郎站起身來，走到小姐面前，把手伸進小姐的袖口。

「究竟是童女？還是姑娘呢？」

小姐聽得一頭霧水。

（藤吉郎的手指在我的身上東摸西摸，這就是他說的小事嗎？）

沒多久，藤吉郎手抽回來，嘆了一口氣：

「小姐還沒變成少女啊。」

臉上露出落寞的表情，他辦完了他的小事，藤吉郎就是這麼注意細節的人。

（說不定到了明年春天，小姐就成熟了。）

接著，冬天來臨。藤吉郎碰上了遠比小姐的事更麻煩的狀況。

日本海的冬季來得又早又快，當因幡開始積雪時，各國之間的道路就因積雪受阻，使得因幡成爲一座孤島。

因爲下大雪，導致因幡鳥取城再度易手。

首先是鳥取城再度叛變，投效到毛利陣營。

「這麼大的雪，織田軍不會打過來啦。」

毛利氏這樣勸說。這個戰區的織田軍司令官藤吉郎回到姬路城才收到此一壞消息，可是目前山陰那裡覆蓋著厚厚的雪，根本不可能出兵。

（該怎麼辦才好？）

正在這樣想的時候，一名意外的人物出現在姬路城。

他是山名禪高。

（怎麼有這種事！）

一開始，藤吉郎難以相信。山名身爲鳥取城主，要叛變的話，他應該是第一個吧，怎麼會身上穿得破破爛爛，像個乞丐一樣出現在城門口。

「眞的是中務大輔嗎？」

「屬下絕對沒看錯。」

「他畢竟是家世久遠的武門之後，趕快叫他進城，給他洗熱水澡，再送給他一套新衣服，帶來跟我會面。」

下屬趕緊去忙了。

好不容易，藤吉郎在城內的茶室召見禪高，隔著熱水爐對坐。他還是第一次這樣接見武家貴族呢。

「您聽說了嗎？」

禪高開口了。其實情報早已經傳到藤吉郎耳中，所以之後慢慢再談也無妨，他先向禪高勸酒。

「先別提那個，先喝酒。」

藤吉郎在茶室裡不招待茶飲，而是以酒對酌。因爲他知道禪高在雪中獨自前進，恐怕已經冷到快要斃命。

山名禪高也毫不客氣，趕緊連喝幾杯，然後用小得不得了的聲音說：

「我是逃出來的。」

儘管是個帶有貴族氣質的中年男子，此刻的他還是不得不低頭。我是逃出來的，代表家臣背叛他了。

山名家的重臣決定再度倒向毛利，逼迫主公山名禪高同意。禪高說他的女兒被送到織田陣營，所以遲遲不肯投效毛利，一直猶豫不決。

「如果是這麼沒有主見的主公，那根本就不配當我們的主公了。」

於是這些家臣不再理睬禪高，派遣使節到毛利家，希望他們派一位智勇雙全的武將來做守備大將。毛利家聽了當然開心的答應，禪高的意見無人聞問。禪高心想，等到鳥取城叛變的消息傳到織田陣營，一定會殺了他。所以他捨棄了領地和家臣，獨自一個人逃到姬路城。

（實在是太稀奇了。）

藤吉郎這麼想。古往今來，在日本還沒見過哪個領主是被家臣給拋棄（或者說放逐）的，也沒聽過主將逃往敵營的奇特狀況。

「眞是有趣。」

藤吉郎不打算假裝悲傷，他直接張嘴大笑。眼前這個人還眞是怪異，擁有古老的家系，生下漂亮的女兒，腦袋卻像是裝了漿糊一樣。

「唉，喝吧，儘管喝。小姐在我筑前守的保護下絕對安全，你根本毋需擔心。」

換做信長，一定會討厭禪高吧。信長喜歡的是擁有開朗的美學意識的人。

但是藤吉郎和信長是完全不同的人。藤吉郎天生就懂得識人，同時還很喜歡稀奇的人物。惡棍有惡棍的恐怖之處，膽小鬼有膽小鬼可愛的地方。就像茶師喜歡蒐集唐土（日本對中國的古稱）傳來的茶碗，慢慢品評欣賞茶碗之美，甚至注視著茶碗滴口水，藤吉郎也有這種癖好，不過目標是女人。

「來來來，繼續喝、繼續喝！」

藤吉郎繼續勸酒。

禪高似乎很愛喝酒，而且酒量甚佳。漸漸的，他的臉頰鬆懈下來，說話開始妄尊自大，把守護者藤吉郎當成自己的下屬，語氣更加霸氣。

藤吉郎也跟著敬了幾杯酒，但是臉很快就赤紅了。這時他改變了話題：

「據說，山名家有一把名叫笹作的太刀，是歷代傳下來的寶刀，我想親自拜見一下，當作聊天的題材。」

說到這笹作太刀，是足利三代將軍義滿送給山名家祖先之一的山名宮內大輔時熙的寶刀，此後一直是山名家敬奉的寶物。既然禪高不得已逃出本城，照道理應該會帶著寶刀一起逃亡。

——想要拜見一下。

這其實話中有話。照當時的慣例，提出這樣的乞求之後，寶刀的主人應該大方的把刀送給藤吉郎。

藤吉郎也是這麼算計。藤吉郎並不貪求寶刀，可是如果禪高能夠把寶刀送給信長，信長應該會以高規格的待遇接見禪高。

但是禪高拒絕了此一請求。

「我現在隨身帶的並不是那把刀。」

看樣子，禪高即使委屈自己投降織田家，也不想把山名家的寶物交給織田家。儘管命運多舛，他仍舊保有武家名流與貴族的傲氣，這是禪高僅剩的最後一點東西了。

「明白了。」

藤吉郎爽朗的點點頭。對禪高的這股勇氣感到佩服。

（他也有這麼堅持的一面啊。）

藤吉郎越來越看好禪高了。後來藤吉郎當上關白，把禪高從但馬村岡的隱居地叫過來，讓他成爲自己的御伽眾（陪主子商談閒聊的屬下），並且賜予他六千七百石的俸祿。

總而言之，藤吉郎得重新搶回鳥取城。但是，鳥取城算是山陰一帶屈指可數的易守難攻城池，一味猛攻的話，只會大量折損兵力。而且毛利方面先送了以勇猛著稱的牛尾大藏左衛門到鳥取守城，接著又派來更勇猛的市川雅樂允擔任督軍，最後甚至下令毛利氏直系子孫吉川式部少輔經家前來當鳥取城的總大將。

——中國一帶的人都忠實又遵從律令。

民間這樣流傳，這位吉川經家更是其中的代表性人物，人在姬路城的藤吉郎也聽說過。據說，經家在毛利大本營廣島接到命令，就向主公毛利輝元等毛利一門親人「道別」，感謝家族的恩情。

——此行恐怕無法生還歸來。

經家出兵時，派一名士兵挑著一個裝人頭的棺桶走在部隊前頭，顯示出他有一死的覺悟，也要軍士們抱著相同的覺悟。

（吉川經家一旦入城，鳥取城就更難攻陷了。）

藤吉郎心想。不改變過往的攻城方式，根本沒機會奪回鳥取城。

第一，不考慮和敵軍近身肉搏。我們要用當初包圍三木城的手法，但是這一回規模要更大。

（讓敵軍陷入饑饉之中。）

選定了戰術，再來就要思考該怎麼做，不再考慮其他戰法。

目前大雪紛飛，無法帶兵前往鳥取。

不過，這也是實施饑饉作戰的最佳時期，應該立刻收購這一帶的米糧。

藤吉郎立刻動手。

因幡的隔鄰是但馬，再過去是若狹。若狹現在已經是織田領地，這讓藤吉郎感覺好運站在他這邊。

他找來轄下一名商人出身的家臣小西行長，要他搭船到鳥取大量收購米糧。

這奇特的圍城法藤吉郎以前實驗過，與其說是刀槍戰爭，不如說是商業決鬥。藤吉郎叫家臣僞裝成商人，從若狹搭乘大船數十艘，毫不間斷的往來於鳥取城外的海岸。

「北陸發生大飢荒啦。白米也好、小麥也罷、大豆也行，所有的米糧，我們都用此地的兩倍價格收購。」

這樣大肆宣傳之後，老百姓都趕著把米糧送過來賣錢。就連籠城固守的山名家將領也想：

——賣些兵糧換取軍用資金吧。

於是把糧倉裡的米糧賣掉，換成金銀財寶。大家都賺到錢，但是糧倉也空了。

這時，從藝州廣島帶兵前來的吉川經家，發現糧倉裡的存糧太少，探問之下，才知道都賣給了若狹來的商船。

「你們把米糧賣掉了？」

他對山名家的家臣感到無言。不過，那些若狹商船上的織田軍士卒很多都是因幡人，所以並沒有引起經家的懷疑。畢竟前人沒有傳授這種經驗給他，兵法書上也沒記載過這種戰術。

經過經家的調查，城內士卒僅有七千人，每天要消耗兵糧四十石，三個月需要三千六百石。只是，糧倉裡的兵糧只剩下三千石左右，根本撐不過三個月。

經家震驚之餘，趕緊向廣島申請大批兵糧，這些兵糧得走海路。但是藤吉郎已經察覺敵方舉動，趕緊在日本海配置軍船，攻佔那些經過的運輸船。雖說毛利氏的水軍無比神勇，但是在山陰的日本海岸，制海權還是被織田軍牢牢掌握。

到了春季融雪時，藤吉郎率領兩萬大軍從姬路城出發，包圍鳥取城，在城外的帝釋山山頂整地，整出一片兩千五百坪的平地當作大本營，和敵城對峙。

至於圍城的方式，工程大到幾乎改變了山野地貌。首先是包圍圈，距離城牆二里，在包圍圈上蓋起土牆，敲上木樁做成拒馬，圈內則是挖出壕溝。在包圍線上，每隔十丁就蓋一座小城樓一般的瞭望塔，三層樓的瞭望塔可以讓上百名士卒留守，並且擔負監視哨總部的功用。瞭望塔之間，每隔五丁就蓋一座名叫「小哨」的哨所，裡頭可容納五十名士卒防守包圍圈，也像是各自的責任區。此外還有來回巡邏的部隊，一到夜晚就點起火炬，連一隻小螞蟻都能看得清清楚楚。

「那是什麼！」

鳥取城內那些觀念古板的官兵看到包圍在城外的這些建築，驚訝多於害怕。

更令他們訝異的是這個包圍圈之外，羽柴秀吉的陣地非常熱鬧。

藤吉郎大聲召喚：

——山陰的商人呀，快來唷。女人也一起來唷。我在這裡蓋個市集，這是樂市，不用繳稅，隨你們想賣什麼都行。

聽到這個召喚，各地的商人都集中到包圍圈外頭，羽柴軍的兩萬官兵興沖沖的跟他們做買賣。山陰地方過去從沒有過這麼熱鬧的市集，過了一陣子，行商甚至在這裡蓋起小店面，整理好道路，儼然是個整備完善的城下町。

「搞什麼鬼啊！」

被關在籠子裡的鳥取城士卒，往城外遠望：

——京都的武士是這樣子打仗的嗎？

他們這樣嘲笑道。他們不瞭解這是最現代化的攻城戰術，才會面帶不屑，完全不知飢餓已經來到。

第一個月，士卒們還能跑，等到第三個月，已經面露死相。想要逃離飢餓，就必須殺出城外，跟敵軍打個你死我活，可是不管城內官兵如何挑撥，圍攻的羽柴軍卻不肯出柵應戰，頂多拿起火槍對射幾槍做做樣子。

「這根本不叫戰爭！」

吉川經家每天都在嘆氣，他一再地派出密使去廣島，要求米糧支援，但是密使一出城就馬上被包圍軍殺死，無法把消息送到廣島。

「那個人是羽柴筑前守嗎？」

經家每天都會看到一名疑似藤吉郎的武將，在包圍圈外巡視兩次。這是眞的，藤吉郎每天都會兩度巡視防線狀態。他坐著足輕扛的彩色肩輿視察最前線，指揮防衛方式。

「這場包圍戰要打一年，大家不可以因此鬆懈喔。」

藤吉郎甚至親自激勵那些前線的步卒。他說的沒錯，對他們包圍圈的人來說，最大的敵人不是被圍困的鳥取城，而是日復一日的重複相同的無聊。無聊會導致士氣低落，對木柵的防備也就會鬆懈，導致敵軍有機會突圍。

爲了驅散官兵們的無聊生活，藤吉郎在市鎭中的廣場搭建了舞台，雇用京都來的亂舞（猿樂法師表演的舞蹈）舞團，每天唱歌跳舞、鈸鐃鼓樂，讓大家都看了開心。

此外還有許多遊女來賺錢，日日夜夜讓來客享樂，而且一定要擺出愉快開朗的神情。

——假使妓女都無心做生意，那要怎麼鼓舞士氣呢？

藤吉郎這麼想，他自己也帶著幾名隨從到市鎭視察，一路走一路談笑，還對那些靠在窗邊的遊女大喊：

「唷，眞是漂亮的身材，我就喜歡這樣肉肉的女人。」

另外，他還嘲笑黑皮膚的女人：

「妳的膚色眞不錯，去崑崙的話，說不定更受歡迎呢。」

藤吉郎提到崑崙其實有點誤會，他以爲崑崙就是非洲。當初南蠻的傳教士帶了幾名黑人來送給信長，喜愛新奇事物的信長沒有把黑人視爲奴隸，而是解放他們，給他們武士的地位，並且要他們跟在身邊當護衛。但是藤吉郎卻看到黑皮膚的人就誤以爲是崑崙奴。

同一時刻，城內卻宛如地獄。

這座地獄之所以還沒崩毀，全靠吉川經家的聲望，讓山名家臣乖乖的繼續守城。

但現實可沒如此美好，山名家臣之中，有些人被飢餓驅策，打算找機會殺了經家。幸好經家自己帶了兩千名毛利軍進駐本丸，沒人動得了他。

到了籠城第四個月，不管是紙還是草，能嚼的東西都被吃個精光。馬也是，不管是戰馬還是馱馬，也全都被吃掉，甚至有人開始吃那些餓死者的遺體。

日本自古以來記載的歷史中，人吃人的事件只有發生在這座鳥取城內，而且只有圍城四個月就發生人吃人事件。之前播州三木城圍城足足兩年之久，也沒發生過這樣的事件。這是不同的武士有不同的家風所造成的影響嗎？還是藤吉郎之前圍困三木城時沒有包圍得那麼嚴密？恐怕也是個值得探討的課題。或許武士之間並不知道狀況有這麼嚴重，但是足輕以下的小兵根本管不著名譽，毫不猶豫的就啃食屍肉。爲了取得屍體，還趁著夜晚出城，潛入包圍網的木柵，把上面的陣亡官兵的屍體拉下來吃。有些人餓到極點，爲了吃肉甚至不惜殺掉活人。

總而言之，圍城已經過了四個月，對城內狀態還欠缺深刻瞭解的藤吉郎，把蜂須賀家政（小六的兒子）與加藤虎之助兩個人叫來，命令他們：

「你們去看看城內的情況。」

意思就是要他們去威力偵察一下，不過若是遭遇敵軍，千萬不可戀戰。於是兩人帶些步卒，爬上他們所謂的白晝城敵後山，屏息觀察城內的情況，從很遠的距離就看到了那副慘況。

不過當這支偵查隊要返回時，遭遇經家派出的五百名步卒，在歸途的兩側草地中突然竄出、發動伏擊。虎之助的隊伍只有十個人，爆發了小規模戰鬥，虎之助則是躲在樹後頭拉弓射箭，射死了二十多名敵兵，他的部下也順利脫逃。這一仗，敵軍並沒有仗著人數優勢追擊，恐怕是體力不濟、無法追擊了。

「有這種事？」

藤吉郎聽說了城裡發生人吃人事件，搖著頭不敢置信，但終究還是瞭解了。他馬上召來堀尾茂助、一柳市助擔任軍使，進入城內求見經家。

「您的節操偉大，連身爲敵人的我也感佩不已。可是，繼續這樣籠城固守，只會帶給雙方更大的麻煩。我家主公大發慈悲，懇請您打開城門。」

藤吉郎提出的投降條件十分寬大：只要交出城池，本人並不想殺生。毛利軍本軍可以毫髮無傷的返回本國，因幡的家將也不會被殺，可以回故鄉過著和平的生活。不過，之前經過一百多天的對戰，總該分個勝敗。所以請城內幾位重臣切腹自殺——並不特定要選誰，砍下頭顱送往安土城給信長主公檢視即可。藤吉郎眞的想讓吉川經家活下去。

從敵方看，經家實在是時運不濟。單單因爲毛利家下令，他就要前往一群不認識的人所佔領的城砦擔任防衛大將，統帥那些不熟悉的地方武士，還固守了一百多天。

「我們對式部少輔大人絕對沒有敵意和恨意。」

使者堀尾茂助把招降的話送到了。藤吉郎非常尊重這種堅持義理又勇猛的人物，簡直就像是稀世珍寶。

但是，經家卻代替所有的部屬切腹自殺了。山名家的數名重臣則因爲先前趕走主公，死罪難逃，也跟著自殺了。

鳥取城陷落了。

藤吉郎決定給城內的官兵與百姓一些食物，因爲他年少時曾經在尾張流浪，所以特地下達指示。那些經歷饑饉的人，內臟和胃腸都已經縮小，突然大吃大喝的話，會因爲暴食而死。

藤吉郎命令幾名足輕大將擔任奉行，拿出大釜到各個路口開始煮粥。

「不要一次吃太多，要一點一點慢慢吃，一直吃到傍晚也好。」

他下達了這樣的指示，但就是有人不肯聽話，一陣暴食，當場身亡。

因幡一國終於落入藤吉郎的手中。他派遣近江僧兵出身的宮部善祥房暫代鳥取城主，鹿野城一如之前，由龜井新十郎管理，然後他制訂了管理的法令，做好戰後處理之後，就率軍返回姬路了。

「你覺得基督教如何？」

返回姬路城之後，官兵衛又開始老話重提。

「還不錯啦。」

藤吉郎也不知道這樣回答過多少次了，反正還是老話一句，還不錯。

在安土城小神學院裡，藤吉郎聽過一些不可思議的樂器演奏的樂曲，那美妙的音色讓藤吉郎終生難忘。有一天，藤吉郎以信長的隨扈身分一起到小神學院裡參觀。

當時擔任小神學院校長的歐爾根奇諾，手下有個得意門生叫伊東耶柔米——九州日向飫肥城主伊東修理大夫義益之子——和其他的武家貴族少年們一起合唱聖歌，以風琴伴奏。藤吉郎對這美妙的音色感到不可思議，更讓他驚訝的是一起聽聖歌的信長，他偷瞄信長的側臉，覺得聽得出神的信長突然變得很秀氣。

信長原本就很喜歡音樂，經常請直簫手和小鼓手來演奏。但即使是懂得欣賞音樂的信長，也對聖歌的和諧旋律聽到入迷。

信長往風琴的方向前進幾步，心情很好的傾著脖子，像是要用皮膚把那些音樂旋律都吸進自己的身體裡。令藤吉郎訝異的是，他追隨信長二十年，從未見過如此美貌和善的信長，這幅面貌深深印在藤吉郎內心，而且記憶久久不散，一直在他腦海中迴盪。

（簡直像是神明一般。）

此時已經不是討論神學是非的時刻。只要這位神明一直在藤吉郎頭頂上，藤吉郎就不會信奉任何宗教。假如有一天信長皈依了基督教——雖然以性格來看這是不可能的事——藤吉郎一定會跟隨信長前往教堂，不是因爲他也跟著信教，而是他想要當信長這位神明的護法。

但是，藤吉郎還是很喜歡從官兵衛那裡聽一些有關神和基督教的故事與思想。這些與日本傳統思想不同的觀念，讓藤吉郎的思考模式變得更爲靈活，讓他更能自主。那天晚上，藤吉郎直接問官兵衛

「神到底是什麼？」

一開始，官兵衛說了一堆艱澀難懂的話：

「信奉那位稱爲天主的神，可以讓您願望成眞，祂是萬事萬物之起源，我們所見的天地森羅萬象與萬事萬物，都是由祂親手所造。天主則是更加廣闊，是沒有起源、也沒有終結的神。」

「能說得簡單一點嗎？」

「是，說得簡單一點，天主就代表著『愛』。」

官兵衛這樣回答。

眞是個不可思議的字彙。日本的僧侶講「慈悲」，日本的儒家說「仁」，而天主的「愛」讓他依照自己的形象造人，並且愛這些祂創造的人。說到愛，官兵衛其實常常跟藤吉郎提起，早就不是第一次了。

官兵衛說，日本的武將，比如平清盛、源賴朝或甲州病故的武田信玄都蒙受天主的愛，天主的愛無限廣大，瞭解天主之愛，才會瞭解人類的渺小，但是人類即使渺小，也能付出如同天主之愛。官兵衛總是想說服藤吉郎。

而且非常熱切的說服。

（我瞭解啦。）

藤吉郎有時爲了閃躲官兵衛的傳教，會用我明白了、我瞭解了來混過去。但是在心裡他自知是不信

神的。因爲——我自己不也可以成爲神明嗎？

這套理論可以這麼解釋：神存在的證據，在於地上的亂世漸漸平復，藤吉郎的征戰原理，其實也是靠著付出內心像是愛的東西在支持，不，說不定就是用愛來打仗。

——官兵衛說得好啊。

簡單的說，只要內心有愛，就能取得極大的能量，用來統一全日本。即使是敵人也值得愛，消除這世上的恨，藤吉郎就能掌握住天下的人心了。

（官兵衛曾說，平清盛和源賴朝也沒有拿出這樣的愛。現在唯一擁有神之愛的人只有……）

雖然藤吉郎心裡偷偷這樣想，但是他趕緊恢復嚴肅，當做沒這回事。

高松城

奪下了號稱天下堅城的鳥取城，平定了因幡一國。天正八年到九年（一五八〇～八一）這一時期，可說是在織田家擔任家臣的羽柴秀吉最絕頂的時代。

——厲害吧。

在姬路城吃晚餐時，藤吉郎總是跟那些小姓誇耀自己的功績，像他這樣的飛黃騰達，古今有幾人能辦到啊。

「只有我一人哪！」

他不斷的吹噓，直到周遭的人都閉口不語。秀吉可不是那種個性低沉又謙虛的人。

「古時候的賴朝和義經，都是貴族出身，打從生下來就注定要成爲武門棟梁。可是各位看看我，以前是尾張中村的割草小童，後來到主公身旁當個提草鞋的侍從，一路向上爬。這樣的男人，恐怕唐土和天竺都找不到第二人。」

我做了很了不起的大事啊。

我的領地包括：

近江北部二十萬石，

播磨、但馬五十餘萬石。

總計七十多萬石的領地，除此之外，織田家新取得的領地因幡四十萬石也交給我管。如此一來，我在軍事、經濟上的實力都超越百萬石了。當年提草鞋的少年，如今成爲百萬石的主宰者，這眞可說是人間奇蹟。

「這一切都是靠我的手腕啊，你們要記住。」

秀吉對小姓福島市松、家藤孫六、加藤虎之助這樣自誇自讚。

「可是呢，我卻不認爲這百萬石是屬於我的財物。」

秀吉突然扭轉了論點。說起他的中心思想、他的信條還有他對自我的信心。

「我要用這百萬石當做資本，爲主公大人賺取十倍以上的富貴。」

這是徹頭徹尾的尾張人商業意識，純正的尾張人想法。或者說，他從小就想要行商賺錢，這樣的觀念早已根深柢固，銘刻在骨頭裡，想丟也丟不掉。

打從在織田家做卑賤的小官時——比方說當薪炭奉行時，就已經冒出「要爲信長賺錢」的想法，而信長正是最瞭解他的人。

「百萬石只不過是開始的資本罷了。」

事實上，如果沒有這樣的覺悟，很難在織田家待下去，對理論和利益非常敏銳的信長，不用無用之人。就連過去數代都是織田家譜代家老的林通勝和佐久間信盛，在去年也遭到信長的流放。信長流放他們並不是因爲什麼罪名，而是一些他看不過去的理由。以林通勝而言，問題出在「一直儲存自己的財富」，以佐久間信盛而言，問題出在「工作太慢」。信長一心想要征服天下，這個事業需要跨越許多難關，所以家裡一些領取高薪的將領已經成爲累贅，賞賜領地給重臣他也會覺得很可惜。這是秀吉的看法。

（一旦征服目標達成，自己也會遭到流放，甚至有可能被殺。）

這股不安一直留在他心裡。但是，他天性開朗，每次一想到不安的事，就會反過頭來逆轉成正向思想。所以才會說出「百萬石不是我的財物，而是爲織田主公賺錢的資本」這樣的話。

「我就是大主公的研缽。」

他對小姓們說，他只是一個把天下磨成粉，然後混合在一起，統一天下用的工具。只有具備這麼開朗的性格，才能在信長的麾下生存。

年尾越來越近了。

秀吉心想：

（送一些歲暮禮物到安土城吧。）

歲暮送禮的習俗，很難考據是從什麼時期開始的。最初應該是從唐土傳到日本的吧，首先開始互相送禮的是那些宮內的公卿大人。到了室町時代，不管是公家、武家、町家（商家），都視歲暮送禮爲理所當然，是重要的年節慣例。進入戰國亂世之後，送禮的對象更廣，包括上司、親屬、師父、主治醫師等，都要送禮，感謝大家一年來的照顧。

秀吉當然也得送禮給信長。

（既然要送禮，就要送天下第一奢華的歲暮大禮。）

秀吉心想，既然他有百萬石的地位，就要以空前的大排場、傾全力贈送財物，感謝信長的恩典。喜歡大排場是秀吉的癖好，他想把歲暮禮品堆滿安土城下，所以他拿出姬路城庫存的金銀，到各處買東西。

另一方面，戰事準備也沒有偷懶。

等到明年，就要和中國地方的毛利氏正面對決了，所以在春季時就要趕快攻下備中，方便大軍前進。

目前還在準備期間。但是安土城的信長可不會讓秀吉放假，即使是準備期間，也有任務交給他。

——快點渡海平定淡路。

秀吉突然被任命到一個不屬於他的戰區，淡路島。日後織田軍要進攻四國時，要靠淡路島當中繼點。

於是秀吉下令黑田官兵衛率領一支部隊，從明石渡海到淡路。行事迅速確實的官兵衛僅僅花了十天，就攻下淡路的主城志智城和由良城，快速的平定了一國。

然後到了年終歲暮。

秀吉在天正九年底帶著禮品從姬路出發，輕騎簡從走山陽道進入安土。負責搬運贈禮的馱馬隊也在歲暮時跟著上路，隨著秀吉走向安土城下。

在安土山的山麓，秀吉擁有一間更衣宅邸，抵達宅邸之後，通報信長的側近，說臣下前來拜見了，然後就等著允許進城的通知。

近年來，織田家的家規漸漸改變了。以前的織田家，想要拜見信長直接走入城中就可以見到。可是現在織田身邊成立了一個人數很多的側近團，猶如一個簡單的行政官府，其中有個職務名叫：

執次。

簡單的說就是秘書官。沒有秘書官許可，誰都不能拜見信長。側近團裡有好幾位秘書官，其中最受信長寵信的就是森蘭丸，他另外兼任加判奉行，年紀輕輕卻擁有極高的權勢。過去的信長喜歡獨自跑來跑去，現在的織田家卻成了行政單位，冒出這群輔佐信長執行權力的文官。遇見這些文官，別說是秀吉了，就連柴田勝家、明智光秀這些野戰軍的司令也得看他們的臉色。

「時值歲暮年終，屬下擅自決定返回拜見主公。」

秀吉很在意側近的態度。所以他又說了，不必特地允許放我進城拜見，屬下筑前守身體很好，只要這樣傳話給信長主公就可以了。相較之下，以前想見信長一面是多麼容易的一件事啊。

信長從執次菅屋九右衛門那裡收到秀吉的問候，菅屋這樣轉達秀吉的話：

「筑前守說這次歸來是要送禮給主公，並不想煩勞主公接見，僅此而已。」

信長聽了這話，不禁脫口而出：

「怎麼這麼隨興就前來呢？」但心中沒有不悅，因為他的嘴角放鬆，帶著一抹苦笑。

「我又沒有要趕他回去！」

信長突然變得開心起來。

「筑前守已經不是昔日的藤吉郎了，他現在是統領數國的大名。而且我也好一陣子沒見他了，真是有些懷念啊。」

既然懷念，就見見他吧。信長立刻回到內室換上褲裝，並且命令隨從通知秀吉「來一場非正式的會面吧」。過去，要見信長沒有什麼正式不正式的規範，但是在信長被封為右大臣之後，織田家的規矩就多起來了。

秀吉被帶到一間沒有爐火可以取暖的冷冰冰房間，不久，森蘭丸前來帶他到一間書房，在這裡私下與信長會面。

「你總算回來啦。」

信長坐在房間的另一頭，招手要秀吉過去，然後兩人聊了起來，慰勞秀吉這幾年來轉戰山陰山陽的辛苦。

「原以為你長久征戰，體力會變差，想不到你的臉被曬成了古銅色，看起來反而年輕得多呢。」

信長端著秀吉的臉東看西瞧，這個行為讓秀吉感受到信長仍舊對他有愛。

秀吉鬆了一口氣。相較於秀吉，他的前輩林通勝與佐久間信盛都已經失寵，同輩荒木村重遭到信長的猜忌，在無計可施之下只好叛變，在絕望中敗亡。另一位同僚明智光秀目前還保有他的地位，但是信長似乎不太喜歡他。信長不喜歡光秀，卻還讓他當織田家的軍團長，這不是很危險嗎？恐怕遲早會被流放或是殺死吧。幸好自己還像以前一樣受到信長的信賴。

（但是我還是不可大意。）

秀吉心想，往後還要繼續受到主公的喜愛才行。

接見完後，信長離開了書房。

秀吉則是走下安土城的長長石階，回到自己的更衣宅邸。

他感覺到天氣寒冷，馬上叫人準備熱水澡堂。他泡在浴池的熱水裡正在享受，兒小姓卻突然跑來大叫：

「上使駕到啦！」

自安土城歸來後，連兒小姓都變得緊張兮兮的。

「不要急，你說的上使是什麼人？」

「是菅屋九右衛門大人和堀久太郎大人。」

（這下糟了！）

秀吉趕緊跳出浴池，也不管身上的水滴瞬間冷卻，對隨從一一下達指示，就像是在戰場上臨陣指揮一般。先請上使前往書房，然後拿播州龍野的柿子乾來配茶，把屋內的碳火燒旺一點。

下達指示後，他自己也開始著裝。菅屋和堀算是跟在信長身邊的官員，要是哪裡惹他們不高興，誰曉得他們會說什麼壞話。問題是，我才剛離開主城，怎麼就有上使追上來呢？

這讓秀吉感到不安。

（實在是耐不住這樣的恐慌啊。）

與其一直不安，不如快點接見上使，這是秀吉的做法。他前往書房時，刻意用力踩著木頭地板，發出急促的跑步聲。

「主公有令。」

菅屋說道。菅屋九右衛門長賴算是織田家遠親之子，祖先很久以前就是織田家的譜代，也很早就是信長的側近，後來死在本能寺。堀久太郎則是大名鼎鼎的久太郎秀政，祖先並不是織田家的譜代而是美濃人，原本侍奉美濃的齋藤家，後來信長征服了美濃才收編爲臣屬。他和許多美濃出身的武將一樣，同時具備武勇將才和行政能力，所以受到喜愛人才的信長的重用。秀吉也注意到堀的才能，以前就和他打好交情，許多織田家中發生的事和謠言，都是堀告訴他的。堀後來成爲秀吉的臣屬，當秀吉改姓豐臣時，他獲得了越前北之庄十八萬石的重大封賞。

「好消息來啦。」

菅屋說，我們是來報喜的。右大臣信長決定明天要在城內的大廳舉辦盛宴招待筑前守秀吉，而且是公開的接待秀吉。

「接待我？」

「正是。」

「眞的嗎？」

秀吉一瞬間呆住了，然後突然回過神來，趴在榻榻米上向兩位上使致謝。這太不眞實了，身爲主公的信長，怎麼會把自己的下屬當客人款待？過去織田家中有人經歷過這破天荒的待遇嗎？

「我不是在作夢吧？」

原本秀吉就是個喜形於色的人，只要一點點小事就能讓他開心，這算是他的魅力之一。但今天的狀況是過去從未有過的，菅屋和堀也跟著他一起歡喜。

「哎呀呀，眞是恭喜賀喜，我們兩人身爲傳話的使臣，卻也與有榮焉啊。」

秀吉的隨從馬上端出好菜美酒，好好的招待這兩位貴客。

等到使者回去之後，秀吉趕緊召集部下，做一件重要的工作，那些歲暮的禮品得在今晚整理完畢。

這次的歲暮送禮，禮品數量多到讓人暈眩。明天早上，城門上一敲大鼓，城門打開的那一刻起，就要盡快把贈禮送入城內。

——還眞是要熬夜工作啊。

走廊聽到咚咚咚的跑步聲，宅邸內一片騷亂。秀吉一一檢視放置禮品的地點，比方說大廳、走廊、小置物間、廚房、玄關等，然後叫來準備禮品的三名奉行。

「爲了避免弄錯，禮品上要貼上註明的紙。還有，等到天一亮，我們就要馬上出發，所以先把禮品裝上扁擔。」

這樣一件一件的指示。

等到夜色退去，扛禮物的隊伍馬上從宅邸的大門出發。

光是要送給織田家的眾多女眷穿的小袖（日常和服）就有兩百套。獻給信長的御太刀一把、銀子千枚、和服百件，馬鞍墊十套、播州產的杉原紙三百束、獸皮兩百張、明石風乾鯛魚千條、野里鑄件、八爪章魚三千隻。

羽柴家的僕役在天還沒亮之前就燃起火把照明，持續工作，把這些禮物抬到山麓到山腹城門的道路兩側，每份禮品和扁擔都用白布蓋住。凡是獻給信長的東西都放在道路左側，獻給繼承人和婦女的禮品則放在右側，大家像是要攻城一樣，一等城門打開，就要一鼓作氣衝進去。

開門的鼓聲響了。

信長聽到山麓傳來嘈雜聲，於是爬上安土城獨特的天守閣瞭望。

「你們看啊！」

信長叫了出來。

——大家快看呀。

也有人跟著嚷：

「那兩道白布隊伍應該是氣派的筑前所準備的禮物吧。前頭都走進城門了，後尾還沒走出山麓的宅邸呢。」

側近的武士和醫師也說：

「那麼驚人的送禮隊伍，還眞是這輩子從未見過。」

大家吵吵嚷嚷，信長卻仍舊很開心：

「連我也沒見過哪！」

信長說道，我也是頭一遭見到，接著他又說：

「說到天下無雙的豪氣人物，就只有『那傢伙』了。你就算是命令他去打下天竺，他也不會說個『不』字。他就是這樣的人。」

終於，秀吉爬上了山頭，接受織田家僕役的接待。

他被帶到城內的茶室。

信長早已坐在主人的位置。從小側門爬進來的秀吉趕緊跪下拜謝，但是信長連忙阻止他。

——只要行茶禮就夠啦。

今天信長是以茶室主人的身分對秀吉說話。在這一刻，秀吉是客人，而不是平日的家臣。

「別浪費在我身上啦。」

秀吉都臉紅了。這一場茶會同席的有織田家譜代家老丹羽長秀、以及信長的側近，日後成爲豐臣大名、出身尾張的長谷川秀一。

只不過，秀一現在已經過了二十歲，信長依舊叫他兒小姓時代的小名「阿竹」。

最後一位客人，是信長的主治醫師，號稱天下名醫的曲直瀨道三。再加上秀吉，「客人」總共有四位。

茶會開始了。

茶香飄盪，由信長泡茶給客人，品味茶香與氣氛，然後結束茶會。

接著，信長帶領大家前往書院，這間正式接見群臣的大廳地板分成上下兩段，信長坐在上段，包括秀吉和織田家高官總共三、四十人同席，坐在下段。秀吉在此時拿出禮品的目錄，再一次跪拜信長，行臣下之禮，然後一一說明禮品的名稱。

信長坐在上段之間，仔細聆聽秀吉說的每一句話，他忽然抬起壯碩的手臂招手：

「過來，過來！」

意思是要秀吉靠近一點。於是秀吉雙膝立起，往前進了一步。但信長不是這個意思：

——你到這裡來。

信長用手指一指自己坐的上段地板，要秀吉移位到他的前頭。雖然說武家的禮儀早已經流於室町風格，但是這些禮儀條款裡，可沒有任何一條允許家臣爬到主公所在的上段地板。

「快點。」

信長有點焦急。秀吉只好跪著走路，繼續前進到膝蓋頂到上下兩段地板的相接處，雙腳跪在上下段的邊緣，上身則恭謹的趴在上段行禮。這時信長又說：

——再靠近一點！

秀吉只好繼續往前跪行，直到他抬頭就能看到信長的膝蓋。這時，信長出人意表的把手放在秀吉的頭上，秀吉的頭頂能夠感受到主公的手汗和熱力，讓他心中一驚。

「筑前守之功名，古來無人能及。」

信長的說話聲，就在秀吉頭上響著。因爲秀吉是趴著保持行禮姿勢，所以看不到信長的模樣。信長是挺起身子，用手按著他的頭，然後巡視殿內眾臣，大聲說話。接著，信長又伸手抓住秀吉的肩膀，抓得秀吉好疼。

「凡是武士，都應該以筑前守做爲典範。」

信長大聲說道。秀吉爲這打破舊格式的、彩虹般美妙的榮耀感到暈眩。打從他二十歲進入織田家當步卒以來，即使粉身碎骨也要達成任務，這些勞苦的記憶，彷彿突然在腦海中閃過。

「筑前，說些什麼吧。」

信長說，秀吉卻一直趴著快要哭出來，爲了擋下眼淚，他忍住肩膀顫抖，在這種狀況下，他根本說不出話來。

秀吉在這一天湧現的感激，一直記在心底未曾遺忘。後來發生本能寺之變，他馬上寫了一封很長的信給信長的三男織田信孝的家老，信上就記載了他在這一天湧現的感受。

返回安土伺候主公，得到主公無比青睞，
在御作所召見在下，伸手撫摸筑前額頭，
凡是武士都該謹記，要以筑前做為典範，
在下當場感激涕零。（以下略）

隔天早上，信長派堀久太郎擔任使者，拜訪秀吉在山麓的更衣宅邸。

——這個送給你。

信長把名爲國次的刀賜給秀吉。國次是信長的亡父信秀的隨身刀，簡而言之，信長把織田家的傳家寶送給了秀吉。

「感謝主公恩賜！」

秀吉一連喊了三回，再一次進入安土城道謝。只不過，第三次進城時，信長不再接見他，只派了執次森蘭丸到等候室，傳達主公旨意：

「你要不斷努力。」

就要秀吉離去。秀吉遵命離開，在城門口一拉韁繩，讓馬首朝南離開安土城。因爲回到播州，還有中國方面的戰事等著他。

過了新年，進入天正十年（一五八二）。

這年的三月十五日，秀吉率領大軍從播州姬路城出發。這次西征他走山陽道，當天就跨越了國境的船坂峠，在隘口見到遲開的櫻花花瓣飄落，走到隘口的另一頭，就是備前之國。在春霞的映照下，田園裡種植了好多作物。

「看看這裡的土質。」

秀吉騎在馬上對部下說。備前的泥土號稱天下最肥沃，氣候溫和，田野間很輕易就能種出作物，就連土的顏色都帶有一點光澤。

備前的美作，是宇喜多家的領地。

宇喜多直家號稱稀世的權謀者，他的人生就像在變魔術，用盡各種惡招把周遭三國搞得團團轉，但是去年二月病死了。死前直家背叛了毛利氏，跑到秀吉這一邊。目前的當主宇喜多秀家還只是個少年，秀吉等於是他的輔佐，所以這片土地都是盟友的山野。

行軍的第一天，大軍紮營在三石村。第二天紮營在備前鍛冶非常出名的福岡村。第四天紮營在沼村。直到四月四日，全軍抵達宇喜多家的主城岡山城。這座岡山城，就是面對廣島毛利氏的最前線。

備前岡山城再往西邊走個短短兩里半，就抵達了備中與備前的國界線，這道長長的國界線朝南北延伸，在國界線上，毛利氏一共建造了七座城砦。

——等春季一到，羽柴秀吉必定前來。

毛利陣營老早預料到秀吉的計畫，所以正月就召集國界線上七座城的城主前往備後三原城給他們精神訓練。

毛利家的當主是輝元，但實際上輔佐他的是家祖毛利元就之子吉川元春和小早川隆景。隆景不僅會打仗，外交也厲害，在國內外都頗有人望。

「諸位有什麼打算呢？」

隆景詢問七位國境城主。這些城主並不是毛利家既有的家臣，比較像是毛利陣營的加盟者，帶有半獨立的性格，所以隆景想要搞清楚大家的心意。

中國地方的人都有一種風骨，之前我們也稍稍提過。

——中國一帶的人都忠實又遵從律令。

這幾乎已經變成大家的口頭禪了。這裡的人重信義、守約定，不會隨便叛變。這是山陽道特有的風土嗎？

恐怕不是吧。

中國地方會變成這樣，可能是征服者毛利元就在政治方面的手腕。

「元就是最弱小又有元氣的大將。」

當元就還在世時，人們就流傳著這句話。元就這個人雖非壯漢，卻十分聰明，擅用陰謀詭計。可是話說回來，他只要答應了盟友就一定會辦到，即使有很多約定、需要花很多年時間才能夠達成，他也不改忠實的態度。所以說：

——最可靠的莫過於毛利家。

於是中國各地的大小豪族紛紛投效毛利家，並且獲得官職。毛利家能夠日益壯大，全要歸功於家祖元就的政治家性格。即使元就已經辭世，現在人們仍舊相信這句話，變成了流行語。

毛利的家風一直傳承，就連家臣、盟邦也都受到影響。播州三木城的別所氏、還有因幡鳥取城的吉川氏，即使缺糧陷入飢荒也遲遲不肯投降，繼續籠城死守，因爲他們都不願意背棄毛利氏，毛利的家風早已經烙印在他們心中。

——諸位有什麼打算呢？

小早川隆景這麼問道，又加上一句：

「織田陣營擅長謀略，會用各種方法邀請諸位投靠到他那一邊。倘若諸位覺得織田家開出的條件很好，想要和我們斷絕關係，這也沒關係。」

但是，七位國境城主都非常有義氣，而且厭惡信長。信長的外交手段跟毛利家相反，充滿謊言，定下的約定也是謊言，用謀略詐騙敵手，拿外交來遮蔽虛僞。這群國境上的地方豪族，完全不想把一家一城的命運託付給織田，長年與毛利氏往來，早就打造了鞏固的忠誠，所以決定和毛利家同生共死。

「絕不背叛。」

他們紛紛表態。

「織田軍派那個羽柴筑前守前來，用各種計謀策反我們這些小城，但我們已經把性命交給毛利家，這點絕不改變。」

聽到眾人發誓，隆景總算安心了。他馬上宴請這七位城主，並且商議如何防禦敵軍進攻。軍事會議結束後，隆景送給每位城主一把隨身腰刀，大家拜謝之後，其中一位年長者走出來說：

「這次的防禦戰，戰勝之後我們還要回到這座三原城，一起飲酒饗宴，慶祝勝利。」

然而，另一人卻說：

——在下不認爲有這麼簡單。

說這話的人身材高大，容貌端正，聲音低沉，是距離秀吉進駐的岡山城最近的備中高松城城主，名叫清水宗治。他說：

「秀吉手下的官兵有三萬至四萬，這麼多人，足以塞滿山陽道。在下的小城即使竭盡全力，戰力還是有限，終究會被攻破，在下只能切腹自盡，感謝毛利家多年來的恩惠。所以說，戰勝之後大家要一起飲酒享宴慶祝，這是不可能的。」

隆景聽了這番話相當感動。他說，如果您力竭戰敗，我們會找您的兒子繼位，大家都會保護他。事實上，毛利家眞的完成這個約定。三百多年後的幕末時代，長州毛利家仍有清水宗治的子孫擔任家臣，這位子孫名叫清水清太郎，被推選爲長州藩第二奇兵隊的總裁。明治維新之後，因爲尊皇有功，在毛利家的推薦下，清水家晉升爲男爵。或許，中國地方的忠誠與誠實意識都一脈相傳、毫無改變吧。

宗治和其他將領紛紛回到備中的國境，開始準備防禦高松城。沒多久，毛利家又派官兵增援，將領有林三郎左衛門、鳥越左兵衛、松田左衛門、末近左衛門、中島大炊助、片山助兵衛、長濱元之丞等人。加上當地的官兵，總計有五千人，固守毛利氏最大的前線要塞。

「這恐怕會是一場傷亡慘重的苦戰啊。」

人在岡山的秀吉也有了覺悟。論清水宗治的性格還有守城官兵的士氣與防衛的森嚴，隨意出兵攻城，將會造成一萬兵馬的死傷。

所以，要運用策略。

先利用外交斡旋，懇請清水宗治投誠吧。這方面官兵衛是最佳人才，他派遣官兵衛擔任使節，蜂須賀正勝同行，前往敵境。

吉備津宮。

那裡有座古神社。上古時代，備前、備中、備後統稱爲吉備國，是出雲族裔居住的地方。吉備與出雲、大和並列爲擁有先進文化與歷史的地帶，這個古國的國王吉備津彥的古墳就設在這座吉備津宮。吉備津宮周邊的村莊名爲宮內村，因爲是神社領域，屬於「守護不入之地」，也就是具有治外法權的中立地帶，所以黑田官兵衛與蜂須賀正勝一起走到宮內村，然後派出使節向清水宗治勸降。

勸降內容如下：

「只要願意侍奉織田家，備中和備後兩國都交由您管轄。」

同時，還拿出蓋上信長大印的書信，保證實現承諾。這封信是秀吉派快馬通信官回到安土城跟信長要來的。

宗治鄭重的回絕了。

秀吉於是更進一步，親自寫一封信說明道理，希望能夠勸降。但是他的策略這回不靈光了。

無計可施的秀吉，只好展開軍事行動。四月十四日他帶兵進入備中，在龍王山佈陣，一下就掃平了國境七城之中的宮路、冠山這兩座城。宮路城只要切斷水源就攻陷了，冠山城則是靠大軍壓境碾平。攻擊這兩座城只花了十八天，接下來的四座城（家茂、日畑、松島、庭瀨）則是各自包圍攻擊。反正把周遭的城砦都攻陷，就可以對付主力的高松城了。

秀吉的大本營龍王山距離高松城很近，幾乎連在一起。在大本營的瞭望塔上，可以俯瞰被田園包圍的高松城城郭，那座城山種滿了松樹，一片綠意。

城內旌旗林立，城牆周圍的每座瞭望塔都有士兵巡邏，即使從遠方眺望，也看得出那些官兵動作俐落，士氣高昂。

高松城矗立的城山不算太高。

因爲周圍是田園，都是作物足以掩蓋馬腳的深土之田，而且還散佈著池塘與沼澤。深田和池沼，等於是高松城外的天然防禦工事。想進入高松城，只能走一條小徑，通往這座城的大手門，而小徑僅容一匹馬通過，眞的是很狹窄的路，卻是唯一能走的路。

「看樣子，圍城得花上兩年啊。」

就連黑田官兵衛看了都不免嘆氣。自古以來各種作戰之中，以攻城戰最爲困難。之前本願寺信徒和僧兵聚集在攝津大坂的石山城，織田軍包圍了五年也沒辦法攻陷，最後還是信長請朝廷幫忙調停，兩軍停火。圍攻本願寺需要五年，現在這座高松城呢，再怎麼急也得要花上兩年，這是圍城的定律。

「本願寺就是個好例子。」

「沒錯，本願寺是花了五年之久。」

秀吉刻意的笑了笑。圍攻本願寺並不是秀吉的任務，當時奉命監督攻城的，是織田家譜代家老佐久間信盛。等到本願寺圍城告一段落，信長嚴厲責備信盛的用兵緩慢，於是將他流放到高野山，還寫了一封信要信盛閉門思過，信長在信上提到，信盛你是無能之人，就算給你領地，你也不懂得進用有才能的人，只懂得存錢。你既不武勇也不懂計略，這麼欠缺智慧的人，不配在我信長手下工作，長達五年期間，竟然沒有回來向我請安，實在是欠缺智慧——這是信長寫的一段話。

（我可不想跟佐久間相提並論。）

秀吉心裡這麼想。倘若圍攻高松城遲遲沒有結果，說不定他也會落得跟佐久間信盛一樣的下場，被信長給流放到山裡。

「我攻陷過播州三木城和因幡鳥取城，不要拿本願寺跟我相提並論。」

「話是沒錯啦。」

官兵衛心想，秀吉主公是不是太看輕備中高松城了，這座城和三木城或鳥取城大不相同。高松城是廣島毛利氏的主要前線基地，要是高松城陷落，毛利氏很可能會全體投降，這座戰略要塞就是有這麼重要，所以他們的頑抗力道也不可輕視。

不過，秀吉似乎另有打算。

關於圍城攻城，不論古今東西，方法不外幾種，第一種就是大軍強攻，第二種是運用策略分化內部，讓敵軍守將從內部崩潰。

然而，秀吉不打算選用上述兩種方式。事實上，他之前進攻三木城和鳥取城，就已經使用了超越古代攻城法的新概念，這代表他是個天才，這代表他的榮耀。私底下，秀吉一直認爲自己是個天才，不僅僅是爲了信長主公，這算是他的自負。一旦遭遇特殊狀況，他會迅速思考出解決之道。

以圍攻鳥取城來說，就是很大的變革，看起來根本沒有人在進攻。

在敵城的周圍蓋一座更大的城牆，把敵人團團圍住，讓敵城變成一座監牢。如同鱷魚呑小魚，呑下肚之後就等著胃酸溶解小魚，骨肉不留。他並沒有「進攻」鳥取城。

「官兵衛啊，這次咱們用水攻怎麼樣？」

聽到秀吉的主張，官兵衛心想，是要把城裡城外的水井抽乾，截斷流經城砦的河流這一招嗎？這是老套啦，唐土的兵法書早就記載了這種攻城法，對我們這些戰國時代的人而言一點都不稀奇了，眞是個愚蠢的方案。再說，看看敵城的地形，周圍都是低濕多水的田野，城內隨便一挖就能挖出水井。

「這個嘛，有用嗎？」

看到官兵衛專心思考，秀吉已經看穿官兵衛的想法了。

「不是你想的那樣。」

他笑著說：

「我是要建造一個湖。」

官兵衛霎時說不出話來，這還眞是想也想不到的妙計。把這個平原變成一個大湖，灌滿湖水，只留下中間那座城砦。這種改變地形、改變風景的做法，對官兵衛來說，只有造物主才能辦到，不是人類能力所能企及的。

「能夠辦到嗎？」

官兵衛自覺人類絕不能模仿神的大能。

「你來看看。」

秀吉站了起來，帶官兵衛前往龍王山的南側。從那裡，可以一眼瞭望高松城與周邊的地形。

「怎麼樣？」

原來如此。城砦位於平原中央的低處，容易積水。兩邊都有略高的山丘，中央則有河流通過。只要堵住河水，這裡就能變成一個小湖泊了。

「可是，要怎麼擋住河水？」

「蓋一座堤防啊！」

秀吉說的簡單，只要蓋一座大的堤防，就能把城砦給團團圍住，河水自然而然就會開始聚集成湖了。

「這是小孩子都懂的道理。」

「可是……」

可是，要在敵人眼下建造那麼大的堤防，是巨大又危險的工事。在施工過程中，廣島的毛利軍假如突然出兵救援，我軍就會遭到突襲而敗陣。照這麼看，提防該怎麼蓋呢？

「實際上辦得到嗎？」

「你還真笨。」

秀吉邁開步子。一開始先想出策略，再思考實現的辦法，官兵衛，你連這個道理都不懂嗎？

「主公說的是。」

官兵衛內心冒出一陣恐慌。過去，他總是認爲秀吉的智慧跟他相同等級，所以抱著競爭意識。但是漸漸的，這樣的信心逐漸崩潰，他發現秀吉已經走在他的前面，而且格局越來越遠大，不知能不能追上。

秀吉展開工作。這位大將在軍營中帶著土木工人集團，派遣辻大八、多門林右衛門擔任棟梁工頭，叫來兩人：

「去測量地勢。」

命令他們前去測量敵城附近的足守川和乳吸川的水位，還有高松城附近的地勢高度。兩名家臣馬上前去執行任務，然後回報測量結果，發現高松城的地基比周圍的田野更低。

秀吉下定決心。

再來就是施工了。

城的北方與東方是田地較少的丘陵地帶，等於是天然的堤防。南方與西方則是平原，只要把這兩側封起來就可以了。

爲了包圍而建造堤防，長度需要四公里，這樣長的建築對當時的人來說根本是不可思議。不過在秀吉的腦子裡，這些堤防充其量只是木棒的長度罷了。

秀吉決定了堤防的規模：寬度與高度。底部寬度四十公尺，高度超過十公尺，堤防上有道路，路寬（在秀吉時代的土木用語中稱爲馬踏）大約二十公尺。

（這樣的工程，能夠迅速完成嗎？）

官兵衛也感到懷疑。當他聽到秀吉定下的工期時，

——不算什麼，十天到十五天就能完工吧。

秀吉說出了嚇人的答案。的確，這麼短的工期，會讓毛利的援軍來不及趕到。但是能夠這麼快蓋好堤防的，恐怕只有神吧。

不過，秀吉可說是天生的土木工程師。

建築用土採用沙包方式，沙包可以一袋一袋搬運。至於需要多少沙包呢？數量恐怕相當驚人。

秀吉找來算數高手小西彌九郎（行長），彌九郎馬上進行運算，然後說：

「需要七百五十九萬三千七百五十袋。」

這個答案讓所有幕僚倒抽了一口冷氣，但秀吉並不覺得可怕。他只需要集中並有效率的運用大量的人力；這種效率化的集團勞力運用法，就連信長也比不上他，這是秀吉最強的項目。至於武田信玄和上杉謙信，在這方面更是遠遠不及，秀吉根本是把合戰搬到他專擅的領域來進行。

秀吉先聚集了兩千多名勞工，這些人是在備前與備中打仗時的俘虜。他把勞工區分成二十三組，一組一百人，由一位奉行指揮，還有四名杖突（土木監工）。負責管理的奉行會在腰間插一根小旗。以上就是建築堤防的主力勞動力。

但兩千多人還是嫌少，秀吉又從各地徵集了一萬名老百姓來幫忙。秀吉不是逼迫這些工人拚命做，他自有辦法，凡是運送一袋沙包到施工區的人，就能領到一百文錢和一升米，這樣的條件簡直像是在作夢。

——這是騙人的吧？

眾人最初根本不相信。因爲簡單計算一下，長度三公尺的堤防，需要用掉三千五百二十八袋沙包，照羽柴的支付，這樣會用掉三百五十二貫八百文以及米糧三十五石二斗八升。如果計算建造整個大堤防的費用，光是用米糧計算就需要七萬六千石左右，是嚇死人的鉅額。居然光是這樣，就在當地花費這麼多錢。

對百姓和村民而言，這可是一筆無本生意，只要弄個麻布袋，裝入沙土，就能夠換取稻米糧和金錢。這不僅不可思議，根本就是神話一般。

但是，當人們知道這是事實的那一刻，備中、備前一帶的人全瘋了，或者說幾近瘋狂了，男女老幼全都動手製作沙包。八公里外的備前岡山也一樣，陸續有老百姓製作沙包，然後送到營建工地。當初大家不相信的神話，如今竟然成爲事實。

「看啊，錢財可以打動人。」

秀吉像一隻煩人的猴子，開心的拍手叫好。驅動別人做事是他的才能、他的慾望，體驗到自己有這種絕技之後，就欲罷不能了。這個時期，他暫時遷移龍王山山頂的大本營，改而推進到距離高松城最近的一座丘陵——俗稱蛙鼻山的山頂——成立指揮部，官兵衛當然跟著他一起推進，秀吉不斷的對官兵衛說：

「你看！你看！」

這樣一直吵著官兵衛，讓官兵衛覺得很煩。

「屬下有在看。」

但是秀吉不死心，就是要他看，甚至用雙手壓著官兵衛的肩膀逼他一定要看。

「它改變世界啦。」

秀吉所說的「它」，就是指人類的慾望。秀吉刺激人心產生慾望，就像是要改變水往低處流的原理，他要用慾望改變人們的走向。人類的慾望足以改變世界，這是秀吉打從小時候就體驗到的事，也經過多次證明。不過，秀吉過去從沒有試過這麼大規模的行動，導引這麼多人類的慾望。他對眼前這從未見過的光景感到亢奮。

「官兵衛！你說過神是有愛的。」

「的確沒錯。」

官兵衛點點頭。這名基督徒相信宇宙之中只有一個神，這唯一的神擁有無限的愛。愛讓祂創造天地萬物，創造生命。那些天竺人、唐國人、日本人，有見過如此強大的力量嗎？東洋號稱天下有千萬神佛，每位神佛各司其職。但是西洋來的這位造物主是唯一的神，力量足以遮天蓋地，並且創造人類，出現在人間，分辨善與惡。善人可以上天國，惡人則要下地獄，這是多麼偉大的力量啊。這唯一的神靠著愛來統御人類，假如人類的帝王願意信奉這位神，學會愛的力量，帝王也能運用愛來統領人民。換句話說，只要學會了神愛世人的原理，就能統一地上的國家。難怪官兵衛信了基督教，以信徒的身分勸秀吉加入。聰明如秀吉當然瞭解其中的道理，不過，秀吉是用自己的方式去理解，不是在宗教的前提下，而是形而下的現實階段理解這股力量，並沒有更進一步投入宗教信仰。

因爲秀吉相信的是：

——慾望可以改變世界。

這使得官兵衛和秀吉出現歧異。在秀吉看來，慾望比愛更有效。

「並非如此。」

官兵衛說，愛才是終極的力量，基督教的教義就是愛。筑前守大人您就是因爲心中有愛，在進攻播州三木城和因幡鳥取城時，從不濫殺敵軍又減少我軍傷亡，就像造物主一般，想出辦法讓敵人自動投降。雖然因幡和播州兩國是不久之前才攻下的，但兩國的人民都一心仰慕筑前守大人。這是他們願意幫忙製作沙包的原因，這就是愛的影響力，在愛的基礎上，即使是老百姓也願意成全筑前守大人。總之，官兵衛認爲刺激慾望只能算是技巧，這一招神也瞭解，但是千萬不可以把刺激慾望當成統一天下的教義。

「我懂了啦。」

秀吉開朗的叫道，阻止官兵衛繼續說教。秀吉實在聽不下這些講不完的道理，只好對官兵衛說我懂了、我懂了，並且拍拍官兵衛的肩膀。官兵衛也明白，是主公要他別再說了。

秀吉看著土木工程完工了。

起工日是五月八日，完成日是同月的十九日，換言之工期只花了十二晝夜，根本就是奇蹟。

接下來，就要把河水引入湖中。在城的東北方有座山，山上有一條東流的河川名叫長野川。

他們必須把長野川的流向從向東改爲向南，流到城砦的周邊平原。在這條河上，有一處叫鳴谷的激流，是最適合改道的地方。流向改變後再將河水引入足守川，這樣就能增加水量。十九日，改道用水門的工程完工，一瞬間就改變了長野川流向。

其他的河流也被轉向，總計有七條河川轉向堤防之內，和足守川合流。河水流量越來越多，由於周圍被堤防阻隔，河水全都流入敵城一帶的廣大田園。

水攻戰術開始了。

「完成啦！」

秀吉在蛙鼻山上看著水淹田野，可是沒多久發生了意外事故，讓他感到悲哀。

原來這座人造湖的水量驚人，水流的強度超過他原先的預計，結果南邊的堤防開始潰堤。原本只有一個小侵蝕口，但可以想見的是，放著不管的話，久而久之一定會造成大規模潰堤。別說作戰計畫失敗，還會成爲敵方的笑柄。

「官兵衛，快想辦法啊。」

秀吉站在堤防的侵蝕口旁，看著水勢這麼說。

官兵衛馬上動手防範，秀吉信賴的不是官兵衛的滿口理論，而是他的執行力與前瞻力。官兵衛一定會想出辦法。

官兵衛的動作的確很快。

在靠海那邊的河口，他早已經聚集了小型軍船三十艘，命令勞工拖到陸地上，拖到內陸之後，就移到堤防的裂口，放入裂口中，鑿沉這些船。

這些沉船暫時封閉了外洩的水流。由於這些船都綁在一起，而且鑿沉前已經下錨固定，所以不會被水流沖走。鑿沉之前，船內都堆滿了石頭，更爲沉重。鑿沉軍船之後，立即用竹子、木材、泥土建起一座臨時堤防，防止小水流逸出，然後重造堤防的導水口，在堤防內堆起石牆，防止堤防再被沖破。

這麼多的工作，官兵衛只花半天就完成了。

河水繼續流入人造湖內，但是，高松城周邊的田園面積很大，漫出的河水都被土地給吸收，所以湖水很淺，還不能稱之爲湖。

（這一招沒用啊！）

官兵衛心裡這麼想。理論上秀吉的構想很正確，但是大多數的河水都滲入土地裡，沒能派上用場。這麼淺的水根本無法實現秀吉的奇想，也就是淹沒敵城。無法淹沒敵城，敵人怎麼可能投降呢？

幸好，官兵衛只是杞人憂天。

堤防完工之後過了七天，突然降下豪雨，陰曆五月的梅雨季來到。原本人們認爲今年是空梅，不會下大雨，但是天候說變就變，豪雨連續下了三天，不知還要下到何時。

「湖水」因此增加不少，看著看著，人造湖的湖面越來越高。第二天城砦矗立的山丘遭到淹沒，第三天城樓的一樓整個被淹到水下，水面上只能看到樹梢。守城官兵撤往二樓，在樹梢上安放木板，搭起草席擋雨休息。對他們來說，他們是在和水搏鬥，而不是和敵軍交戰。官兵衛看了只能咋舌。

不光是水攻這件事。

羽柴筑前守給官兵衛帶來的印象，就是他的運氣非常好。官兵衛自己就是靠著運氣成爲戰國武將，他也看過許許多多的戰國武將運氣很差。有些人擁有實力，卻沒有運氣輔助，官兵衛一看就知道無法成大器。俗話說小事要靠力量，大事要靠天運，在官兵衛看來：

（那傢伙的天運實在很強啊。）

官兵衛認定天運是極大的助力，但是此刻他當然無法預測到下個月將會發生本能寺之變這樣的重大事件，這時的官兵衛心想：

（筑前大人眞行。）

他滿心喜悅，知道自己沒有跟錯人，他不必再猶豫要跟著哪一位主公了，他決定賭上性命輔佐秀吉，只要把秀吉往上推，自己也會跟著一路向上走好運。

這時的秀吉，根本沒空推敲官兵衛的心理，他完全投入堤防大作戰，因爲這座堤防除了水淹高松城的用途之外，還有另一個功能。

就是能夠當做防衛長城，阻擋毛利氏派兵增援搶救。秀吉在堤防上插滿了阻擋騎兵用的木柵，重要戰術位置則是搭建起火槍射擊塔，不僅可以射擊城內，還能夠射擊其他方面趕來的毛利軍，兼具野戰功能。

經過三天，豪雨稍歇，但大雨還是不停，烏雲越來越低，任誰都看得出來，只要再下個幾天雨，城樓的屋頂就會被湖水給淹沒了。

噩耗

時序進入六月。

備中高松城還是一樣，被白茫茫的煙雨所籠罩。四公里長的堤防內的人工湖水位越來越高，湖中央的城砦遲早會整個被淹沒。

毛利的援軍也已經趕到。吉川元春、小早川隆景兄弟分別率領大軍從兩翼推進，兵馬多達三萬。在戰國之世，也只有毛利軍能夠動員這麼龐大的部隊，用來對抗織田軍。這批援軍在城砦的西南方丘陵地帶佈陣，但是一時也想不出該怎麼救援。

「這場仗要怎麼打啊？」

毛利軍的每名戰將都摸不清頭緒。羽柴軍在他們前方蓋了一座長堤，功能就像一座長城，可以抵禦攻擊。再過去是人工湖，再過去是秀吉建立大本營的山丘。

人工湖這邊，水位已經高到即將淹沒城樓屋頂，再過半天或一天，城裡的官兵都會溺死。毛利軍想救也沒辦法，就算立刻開戰，雙方合戰也得耗費三到四天，到那時，城樓早就沉到水下了。

「照這麼看，只好先和敵軍議和了。」

毛利陣營下了決定，在還沒開一槍之前就立刻議和——說穿了就是投降。這麼做的目的，就是爲了拯救高松城內的守將和士卒。

議和之事立刻開始進行，交給毛利家的外交僧侶安國寺惠瓊。

他馬上前往秀吉的軍營。

這位外交專家其實早就有所準備，早在十年前的天正初年，他就已經前往京都調查周邊狀況，也分析了信長的性格。

「信長應該會贏得勝利，可是，他的世代無法持續長久，爬得越高摔得越重。我們該注意的是那個叫藤吉郎的人，他極可能是承接權力的重要人選。」

他把這份報告送回本國，十年前就預測了信長的死期，十年前就預言了藤吉郎的未來發展，的確是名不可小覷的僧人。

惠瓊的外表帶著女性化的柔美，雖然年紀已經四十五，但是皮膚白皙猶如蠶絲，雙腿也十分纖細。

他奉命前去議和。

進入蛙鼻山的秀吉陣營，秀吉馬上引見他，不過對議和興趣缺缺。

「惠瓊大人，我已經吃得很飽了。」

秀吉這麼說，暗示他已經吃飽，除非你端出什麼好菜（指議和的條件），我是吃不下了。

「你去跟官兵衛談談吧。」

說完，將他帶往一間房間。

兩名軍師在房間裡鬥智。官兵衛很怕熱，所以不停的拿手帕擦臉，拿團扇搧風；惠瓊則是冷靜的坐在座墊上。

「我方願意割讓五國給織田家。」

惠瓊提出了條件。毛利是中國地方十國的霸主，在和織田家開戰前，毛利氏以安藝爲中心，統領周防、長門、出雲、石見、美作、備後、備中、因幡、伯耆十國。

惠瓊提議把備中、美作、因幡、伯耆、備後這五國割讓給織田家，換取眼前高松城內官兵的性命。

於是官兵衛暫時離席，前往秀吉的營帳，告知對方提出的條件。但是秀吉只是揮揮手說：

「不行！」

秀吉早已理解信長的想法，這些條件絕對不可能打動信長。雖然說割讓五國非常誘人。

問題出在拯救人命。城內的守將清水宗治必須奉上首級。

「不能夠留他活口。」

秀吉說道。如果是信長，絕對會逼敵將自殺。並不是戰爭有沒有流血的問題，而是爲了向全天下宣告戰勝。砍下敵將頭顱，能夠彰顯織田軍的勝利，要是沒有死一個人，很難讓世人看到信長的權威。

「大主公考慮的是征伐九州。要讓九州各地的大名領主畏懼信長主公，一定要昭告他征服中國地方的事實。」

不可以輕易斡旋議和，一定要取得戰勝的名聲，所以宗治必須切腹自盡。而且，千萬不可以將我方的企圖洩漏給惠瓊。

「是，我不會說出口。」

官兵衛也瞭解，這樣毫無理由一再地回絕對方的條件，會讓毛利方越來越感到挫折，這是外交戰的訣竅。

官兵衛回到座席上：

「眞是抱歉，無法答應您的條件。」

惠瓊聽了大吃一驚，從多方推敲，羽柴軍顯然非殺死宗治不可。

「這樣很困擾啊。」

惠瓊說。——這等於毛利家背叛了宗治的信賴，原本以誠實與信義名滿天下的毛利家，瞬間變成惡人。儘管他們願意拿出五國的領地來交換宗治的性命，卻碰上了這難解的狀況。

「官兵衛大人，請您務必理解啊。」

「不行。」

官兵衛板著一張臉，就是這一點不肯退讓。

官兵衛看出秀吉內心的顧慮，而秀吉則是體會到信長的目標。在十天之內，信長將要親自率領大軍從京都出發，所以第一線上的秀吉必須在此之前逼敵方守將自殺，砍下首級獻給抵達戰線的信長。除此之外，信長不會對任何禮物感興趣。

——你不能理解這點嗎？

官兵衛採用暗示的方式打很多比喻，希望聰穎的交涉對手能夠想通。

惠瓊理解了，他臉色蒼白的點點頭。但是理解歸理解，他要怎麼把這樣的答覆傳達給毛利家呢？惠瓊也無語了。

「請容我休息片刻。」

他只好如此拜託官兵衛。官兵衛也看得出來，所以讓僧侶獨處一室。

隨從送上茶水和點心，讓惠瓊慢慢想。這時，秀吉的家臣蜂須賀正勝與生駒甚介親正走了進來。

「有件東西非得請您過目不可。」

說著，拿了一封信給惠瓊，又讓惠瓊嚇了一跳。

這是一封毛利家臣上原右衛門大夫寫給秀吉的叛變誓言。信上寫著「不久之後若是右大臣親臨戰場，在下將會拋棄毛利家，向織田家效忠。」像這樣的叛變者要是一再出現，毛利家這一戰恐怕毫無勝算了。

「您快點下定決心吧。」

正勝說。這個暗示並非正勝的意見，而是秀吉的指示。惠瓊終於下定決心。

「請給我一天好好考慮。」

說著，他搭上秀吉大本營準備的小船，划過湖水朝高松城前進。

他和守城將領清水宗治見面，惠瓊告訴宗治，毛利家面臨滅亡，要宗治自行判斷要不要切腹自殺。而且，沒有其他選項。

「絕對不是毛利家要強迫您自盡，情況恰好相反。」

這件事他向宗治分析得很清楚，宗治也聽懂了。

宗治和毛利家並非主從關係，而是盟主和盟友關係。假如他自殺能夠成全盟主的忠義，他會很樂意切腹。如果他的死能夠拯救毛利家免於滅亡，沒有比這更有意義的了。

惠瓊搭著小船，往來於秀吉的大本營和毛利的大本營之間。對毛利氏而言，宗治要是願意自盡，將會讓對陣的兩方有所轉圜，惠瓊也能繼續他和議的行動。這時已經是六月一日。

隔了兩天，秀吉收到宗治的親筆信函。

——我將在四日切腹，請您拯救守城官兵的性命。

秀吉看了信函，非常高興，對宗治的忠義大為激賞。

「他是所有武士的借鑑。」

秀吉立即準備餐飲和美酒，派船送入城內，為稍後的正式議和打好預備基礎。

接下來是毛利氏和秀吉雙方交換誓約，確認和談成立，但並不是馬上處理好，因為宗治預定要在「四日」切腹。

說到這個日期——

不得不再一次提醒各位，當此次議和的預備基礎完成時，是天正十年六月二日，這天的凌晨，信長已經離開了人世。

本能寺之變爆發。信長為了支援秀吉作戰，從安土城出發前往京都，當晚住宿在本能寺，還下令要明智光秀：

——你先前往備中支援秀吉。

光秀接到命令，先返回他的主城丹波龜山（龜岡）城，要部隊做好準備，於事變前一晚出兵前往老之坂。老之坂是個交叉路，往西就會走向備中，但是光秀卻帶兵往南走。到了二日凌晨，部隊進入京都，光秀下令全軍奇襲本能寺。信長急忙抓起武器交戰，但是力有未逮，且戰且退，最後在大火燃燒中的本能寺裡自盡。過了不久，天色漸亮，京都的人們都爲這場政變而驚駭莫名。

但是，備中的秀吉並不知道這個消息。毛利陣營也不知道，所以才繼續跟秀吉和談。倘若毛利軍得知信長已死的消息，肯定會全軍奮勇進攻羽柴軍吧。

§

秀吉接到本能寺之變的噩耗，是事件過了四十個小時之後。當時有飛腳從京都跑了三百公里，日夜無休的衝到備中高松，把訊息告訴秀吉。

派出飛腳的，是一位名叫長谷川宗仁的茶師。長谷川家原本隸屬於大和十市郡的豪族，代代侍奉足利家，所以住在京都，成爲幕府家臣。宗仁自己就是出生在京都。不過，他的親戚大都前往堺市做生意，所以雖然身爲武家，卻具備極佳的經濟嗅覺。再加上他擁有京都風格的教養，熟悉茶道，這些專長都受到信長的看重，因此將他視爲側近，給予相同等級的豐厚待遇。宗仁當晚也在本能寺內，信長自盡之後，他一直辯解說自己是：

——山上來的僧侶。

藉此逃過一劫。至於平日圍繞著信長的那一群側近則全數殉難，只有宗仁存活下來。之後宗仁立刻隱居，把頭剃光，因此沒有遇到死劫。

宗仁派出的飛腳來到秀吉的軍營時，已經是三日的晚間十點。官兵衛率先接見飛腳，然後把消息小聲的告知秀吉。

——嗄！

秀吉發出十分古怪的叫聲，渾身顫抖。

（竟然是這樣的反應？）

官兵衛看到秀吉的模樣，說實話眞的有些喪氣。在官兵衛的生涯中，他總是把秀吉的行爲舉止歸類爲「英雄」，他一直視秀吉爲英雄，是智者，不會困惑也不會狼狽。因爲秀吉無論在何種狀況下，總是會想出解決的手段，沒必要狼狽又洩氣。但是，這一瞬間的秀吉，卻不是他所認識的秀吉。

此時的秀吉已經不是個成人，而是一屁股坐在地板上，像嬰兒一樣雙腿前踢，喉嚨裡發出怪異、不像是人類的聲音。官兵衛當然理解那是秀吉的哭聲，但是他沒看過年紀這麼大的人還像小孩一樣哭泣，就如同一名孤兒。只有雙親都死去的孤兒，才會這樣無依無靠的大哭。

（——呃，對他來說大概就是這樣吧。）

信長就如同秀吉的父親，慢慢的把他從卑賤的身分提拔到如今的地位。秀吉近二十多年來的歲月，信長的存在絕對無法抹滅。他摸透了信長的呼吸，自己也用同樣的頻率跟著信長呼吸。

（……不過呢！）

官兵衛想到，像秀吉這樣飛黃騰達的大人物，竟然也會像嬰兒一樣哭嚎。由此可見本能寺之變對他造成的重大影響。

這麼微妙的事態眞是前所未有。秀吉的臉一直像是剛出生的嬰兒一般皺巴巴的，他忽然抬起頭來問：

「飛腳呢？他在哪？」

秀吉一面哭一面問。這個大秘密絕不能讓敵方知曉，要是洩漏出去，毛利軍恐怕會大軍猛攻，把羽柴軍封閉在山陽道變成一支孤軍，成爲四面受敵的情形。首先，秀吉想知道織田家旗下各大名目前的狀況。——後來才知道，受信長之命擔任關東鎮府的瀧川一益，一收到噩耗就鎮不住關東的軍心，導致他手下的兵馬一一逃竄。

「飛腳啊。」

官兵衛說他沒有懈怠，一收到消息就把飛腳關進小房間裡，斷絕他與外人的接觸。

秀吉終於止住哭泣，這時，官兵衛才有機會靠近秀吉，小聲的說：

「主公大人，屬下明白您內心哀傷，」

但是：

「讓主公統一天下的千載難逢機會終於到來。只要聲明要討伐日州（明智光秀），爲大主公復仇，以此爲名即可號令天下諸侯。此舉事不宜遲。」

這段話可說是官兵衛此生的敗筆。官兵衛智力過人卻不夠成熟，一不小心竟然說了不該說出口的話。如果他更有智慧，就應該懂得何時封口。

但是官兵衛卻說出口了。其實不用他說，秀吉當然也明白之後要怎麼辦，但是這麼銳利的話語還是不宜開口。

（這傢伙的智慧令人畏懼。）

秀吉再一次確認了他對官兵衛的看法。在秀吉創業的時代，官兵衛提供了許多計謀，可以說功勞很大。可是秀吉爭天下的時代，官兵衛卻只得到一個小大名的封賞，正是因爲官兵衛讓秀吉感到畏懼。後來秀吉終於統一天下，有一天夜裡，他和近臣們聊天——他就是愛聊天——時，一名近臣問道：

——爲什麼立下那麼多大功勞的官兵衛大人，只有那麼一點點的封賞呢？

這時，秀吉大笑出聲。

「你假如賞賜給那個跛腳百萬石的領地，他就會叛變奪天下啦。」

就是這麼回事。打從秀吉與官兵衛相會的那一刻起，就對官兵衛的智慧驚歎不已。可是到了這個時期，他卻因爲官兵衛腦筋轉得太快而感到不悅，官兵衛的智慧在他看來就像是噁心的膿包。

（討厭的傢伙。）

秀吉這麼想。

剛聽到噩耗的那一刻，秀吉的心臟差點停止，他完全沒想到自身的利益，也沒想到自己的身世，悲傷讓他的五臟六腑都遭到重擊。日後兒子鶴松死去時，他悲傷到幾乎斷氣，就跟現在一樣。不過，等他從「斷氣」的衝擊中回過神來，腦子會立刻開始算計自己未來的命運。官兵衛的思考速度也是非常快，秀吉只比他慢個幾秒、幾分鐘而已。而且，在這樣的狀況下，智能還不如名譽來得重要。

對自己未來的命運秀吉當然想過，但是絕不說出口。他把此事深深埋藏在心底。外在，他把悲傷和復仇擺在表面，內心則有著不可明說的策略。他用痛哭來聚集各家諸侯的精神與能量，看著他上演這齣史上最大的復仇之戰。至於內心想什麼，絕對不能暴露。

（官兵衛的智慧太淺薄了。）

他越來越感到厭惡。

至於官兵衛，其實在那一瞬間也發覺自己的智慧太過淺薄，這可說是智者的悲哀。智慧要是衝得太遠，恐怕會給自己帶來災難。

（我怎麼這麼愚蠢……）

他咬緊牙關，悔恨在心。秀吉現在在想些什麼，他其實用自己當鏡子就能看得一清二楚，也感受到秀吉對他有什麼評價。

秀吉露出了無法判斷的面貌。硬要說，就是張怪物臉，既不像鳥也不像獸，帶著一股陰鬱，視線望著不知何處的遠方。秀吉打從出生以來從來沒擺過這種表情。

「官兵衛。」

他低聲說：

「你剛才說了無用的話，以後不要再說那種讓人無法擺出表情的話。」

「是！」

官兵衛盡可能縮小自己的身體，他還太年輕，年輕到只能挨罵的程度。

「現在的首要任務，是盡早和毛利達成議和，然後在維持馬匹體力的前提下迅速走上山陽道，去和日州（光秀）決戰，爲右大臣家報仇雪恨。我已經做了一死的準備，你也要全力以赴。」

這是他的大方針。

然而，這卻是非常困難的行動。在目前織田家已經消滅的狀態下，他面對著日本最強大的毛利氏大軍。信長已死的消息遲早會傳到毛利的耳中，所以現在得要一些手段和外交斡旋。

首先，就是攔下所有傳達京都劇變的飛腳，不讓毛利氏得到一絲消息。

這時，秀吉得到了天大的幸運。

長谷川宗仁派遣的飛腳剛抵達不久，光秀派遣的飛腳也隨之到來，被秀吉陣營擄獲。光秀當然希望盡快將信長已死的消息傳達給毛利氏，但是信件的內容不止如此。

——我在京都，您正和羽柴交戰，只要我們兩方夾擊，羽柴就如同網中的魚，無路可逃。

這才是送信給毛利的目的。飛腳在下雨的黑夜中奔跑，結果沒有跑到毛利陣營，反而弄錯方向，把秀吉的大本營誤會爲毛利的大本營。現在想想，要是光秀的飛腳眞的抵達毛利陣營，歷史會出現什麼樣的變化啊！但是歷史中就是有太多的偶然。

秀吉立即斬殺飛腳。

除此之外，旅客和商隊一走到備前岡山的關所就會被趕回去。海路方面由水軍警戒，凡是往北行駛的船都會遭到攔阻，並且檢查乘客的身分。

到了夜裡，軍營則是保持肅靜。

四日的清晨到來。這天預定中午時分清水宗治將搭船到湖中央，在船上切腹。假如京都的狀況被他得知，整個斡旋都可能失敗。

（必須演一場戲才行。）

秀吉一大早就上馬，悠然的在陣營中視察，故意讓毛利陣營看到他的模樣。接著他創作了一首小曲，將歌詞寫在紙上，綁在箭頭上，射向敵陣。

兩川合一
掉入湖心
毛利高松
將沉水底

兩川指的是毛利氏的兩翼大將吉川元春和小早川

隆景，如果他們合併爲一落入水中，毛利高松城將會被人工湖高升的水位給淹沒。再怎麼沒知識的敵軍，看了這封信也會發抖。總之，這封信是在嘲諷毛利陣營，告訴敵人我軍實力堅強，絕對不可能戰敗。

毛利方面的反應非常率直。高松城主清水宗治看了這首小曲，毫無懷疑，他問道：

「我將在正午切腹，但是你們務必爲城內官兵留一條活路。」

「武士絕無戲言。」

秀吉聽到回覆，心中安定不少。從敵將的反應可以看出毛利軍還不知道京都的政變。

（不過，再瞞也瞞不了多久，一到今天晚上，他們就會嗅出異變的風聲了。）

畢竟瞞得了一時瞞不了永久，消息遲早會走漏。

但是直到中午，毛利陣營好像還不知道本能寺出事了。他們照約定把小船駛向湖中央。清水宗治身穿白衣踏上甲板。

另有四個人同行，包括已經成爲僧侶的親哥哥月清、檢驗官一人、隨從一人、介錯（切腹時負責砍頭的人）一人。秀吉這邊則派一艘小船，載著尾張小牧山獵人出身的檢驗官堀尾茂助。兩艘船靠在一起，茂助先向宗治恭敬行禮，並且送上秀吉贈送的美酒和下酒菜。

「雖然在下不懂禮節，但是還是讓在下爲您斟酒吧。」

茂助從船舷探出身子，爲宗治斟酒。

這是宗治人生中最後一場酒宴了。

飲酒之後，宗治站起身來，拿起白扇子跳了一曲〈誓願寺〉。跳完舞之後，俐落的甩落披風。在人工湖的長堤與山丘上，那些佈陣的羽柴軍官兵，都等著看宗治的切腹儀式。有這麼多人做見證的切腹儀式，眞是前無古人後無來者。從宗治本人的辭世詩也能看出，他認爲自己的自殺儀式悲壯華麗。

浮世之日即將告終，
武士名號留在高松。

宗治把短刀朝肚子一刺，身後白光一閃，人頭往前落下。爲了讓他的自裁更加華麗，他的哥哥月清和其他同船者也都一一切腹自殺，奉獻生命。他們並沒有被強制要自盡，全都是自願的，爲他們的死亡之美而殉道。

秀吉在蛙鼻山大本營的水邊坐鎮。眼前這群人竟然把切腹弄得這麼壯麗，他每看到一人死去，就不由自主的哭一陣，每一人切腹他都看得好感傷。

可是，這場死之儀式完結後，秀吉舉起手來，下了另一道命令：

「全軍歡呼！」

意思是要表示羽柴軍在這場合戰中取得了勝利。

當大本營傳來歡呼聲（嘿嘿喝）時，其他位置的羽柴軍也跟著歡呼，比較晚聽到歡呼聲的山上和堤防上的部隊也跟著歡呼。數萬兵馬的歡呼聲震動了整個山區。

至於毛利陣營，無法親眼見到宗治切腹的情景。但是一聽到歡呼聲，就知道清水宗治已經死去。全軍都默不作聲。

另一方面，秀吉把毛利家的外交僧侶惠瓊叫來，跟他說：

「宗治大人已死，我軍也有了面子。既然如此，原本的條件我願意讓步，五國我不要了，我要改變條件，山陰方面以伯耆的八橋川爲邊界，山陽方面以備中的河流爲邊界。我只需要這一邊的領地就夠了。」

因此，備後仍舊屬於毛利陣營的領土。惠瓊對秀吉的寬大感到喜悅，馬上回到毛利陣營報告結果。毛利陣營當然沒有異議，立刻寫下誓言爲證，並且帶數名人質前往秀吉陣營。如此一來，議和終於達成。這時已經是六月四日下午三點過後，接下來該怎麼撤退才是最大的難關。

目前只有秀吉和官兵衛得知本能寺出事了，幕僚都不知道，於是他把幕僚叫來，說清楚狀況。

「右大臣突然辭世了。」

然後說明狀況。一群幕僚露出難以置信的表情，彷彿忘了呼吸。但是，秀吉並不是找他們來詢問意見的，而是要告訴他們接下來該如何行動。

「我們應當即刻離開此地，在保存兵馬戰力的前提下盡快返回。」

只是，在白晝時突然急行軍，必定引來毛利陣營的懷疑。所以白天時，他們大張旗鼓，步伐整齊的慢慢整軍移動。等到太陽下山之後，就收起軍旗，全軍急行趕路。在越過國境之前，千萬不能跟任何一名士卒洩漏敵人是明智光秀……。

「各位記住了嗎？」

秀吉的聲音比平常更爲低沉，聽到他命令的幕僚都內心緊張，面色如土。秀吉又說——大家先回到播州姬路城，至於討伐光秀的事，我在回姬路城之後再做指示。

「明白了嗎？」

秀吉再次確認。因爲這次的事變對他而言猶如天崩地裂。

信長事實上已經死去了。

「局勢就是這麼嚴峻。各位不要想著怎麼活下去，此刻，大家要想著拋棄性命去作戰。」

秀吉已經定好撤退的順序。先行軍是宇喜多秀家的一萬多兵馬，秀家算是最年輕的，所以讓他先離開戰場也無可厚非。

最難的任務是擔任撤退殿軍的將領，必須是熟悉戰陣的戰將，倘若毛利軍突然殺過來，他要懂得臨機應變，在最惡劣的狀況下，甚至得犧牲自己和部隊來保全本軍。

「這工作，只能交給我弟弟。」

秀吉叫來官兵衛，在他耳邊說了幾句。官兵衛心想，弟弟是指同母所生的弟弟小一郎秀長吧。可是秀吉卻說：「不不不，弟弟是指賢弟，也就是官兵衛你啊。」官兵衛當場點頭答應，內心卻苦笑不止。

（還眞是個懂得看穿人心的主公啊。）

他只能這麼想了。殿軍可說是死亡率最高的部隊，官兵衛卻豪不猶豫就答應了。

現在，還有一項決死任務要進行。根據秀吉的構想，等到全軍撤退後，必須有一支部隊前去打開堤防，讓水從盆地中洩出，這麼一來，盆地的裂口會產生洪流，阻擋毛利軍的追擊。至於打開堤防的工程，必須等全軍都撤退了才能動手，眞的是決死任務。

秀吉選了森勘八和杉原家次兩人執行任務。勘八是秀吉一手培養的家將，家次則是秀吉夫人寧寧的叔父，兩人都願意爲秀吉付出性命。

軍議結束後，就開始撤退了，這時是下午四點。

但是，秀吉的大本營卻動也不動，在蛙鼻山的營帳裡，插著七面旗幟和朱紅色的大馬印，上面印著金色的葫蘆。這些旗幟動也不動，向毛利軍展現軍威。

然而，毛利陣營終究知道了。

只不過是在清水宗治切腹八小時之後，也就是晚間八點才收到消息。捎訊的飛腳來自紀州，派出飛腳的人是紀州雜賀黨的首領雜賀孫市。雜賀黨打從元龜元年（一五七〇）以來，一直是強力反抗織田信長的勢力，所以他們很早就跟同樣與織田爲敵的毛利締結爲同盟。孫市因爲人在紀州雜賀，所以對本能寺之變的經過非常瞭解。

——我想毛利家應該已經知道了，但還是派出飛腳通知一聲。

然後他從紀之川的河口派出飛腳船，穿越鳴門海峽駛入瀨戶內海，進入備中的港口，將事變的經過告知毛利家。這是毛利家第一回收到這個情報，他們立刻召開軍議，然而天色已晚。這個時刻，秀吉仍舊留在蛙鼻山的大本營，理由是一旦毛利的軍情有變化，他會有機會應急對抗——不過他手下的軍團已經半數離開了這個盆地。

毛利家的第一大將吉川元春，堪稱西國最有能力的將領。他不但勇猛，還懂得觀察敵情調整戰術。不過他的才幹大多是用在戰場上，外交能力則不如他的親弟弟第二大將小早川隆景。所以在外交方面，隆景的發言受到毛利陣營的重視。這兩兄弟活用各自的特性，輔佐已故兄長的兒子、現任當主毛利輝元。

——應當立刻追擊。

提出主張的是憤怒的哥哥元春。元春抱持著大毛利家的自尊心，強到幾近病態的地步（厲害的軍人大都有這種傲氣），原本就反對議和。許多將領也贊同元春的意見。

然而，弟弟小早川隆景卻更加慎重。他已經派細作（間諜）潛入秀吉陣營內，打探爲什麼秀吉還留在大本營。根據細作的報告，四公里的堤防上已經配置了三十支工程隊，也就是帶著鐵鍬的兵員。倘若毛利軍違反約定，出兵追殺，他們就會同時摧毀堤防，一舉淹死三萬名毛利援軍。

「對手是秀吉，如果我們這次刻意放他撤退，不知將來會有什麼利益。」

因此隆景主張輕輕放下。隆景和安國寺惠瓊都相當喜愛這位敵軍大將秀吉，也對他有些敬畏。假如秀吉是統帥，隆景一定趕第一個跑去跟他結盟。只可惜秀吉是織田信長的部下，根據信長的奪取天下戰略，他一心只想著完全消滅毛利家，就算勝算渺茫也要強攻毛利，一決雌雄。可是現在信長死了，和秀吉開戰變得毫無意義。

隆景在會議中這樣表示：

「近年來，以武士的角度分析秀吉，除了智勇雙全之外，還有信長所沒有的信義。而且他志向遠大，依照歷史流向，他將會成爲主掌天下的秀吉。對秀吉來說，信長之死其實是一大幸運。」

的確，本能寺之變讓秀吉交上好運。不管是敵方的隆景還是友軍官兵，看法都是一致。

「假如我們現在背叛誓言，追擊秀吉，秀吉必定會怨恨本家的當主，然後在未來策劃消滅我們毛利本家。相較之下，我們目前維持著和睦與友情，秀吉一定會記住我們的恩情。與其朝他發射火槍，不如送給他一份恩情，這才是爲我們的當家著想。」

結果，大家都被隆景說服，毛利軍沒有發動追擊。

秀吉仍舊留在大本營，仔細觀察毛利軍有什麼動靜，不過對方好像完全不想動，於是秀吉迅速騎馬下山找負責潰堤任務的隊長森勘八與杉原家次，下達最後的指令：

「之後就拜託你們啦。」

他一面叫著，一面快馬撤退。這時，本軍已經開始朝東行軍了，走著走著，夜越來越深，終於過了午夜，進入五日。到了丑滿之時（凌晨兩點），率領大軍急行軍的秀吉已經被風雨給淋溼。部隊官兵舉著上萬支火把照明夜路，火把燃燒造成的白煙在黑夜裡飄盪，映照出拿著馬鞭不斷衝鋒的秀吉。

中國大返還。

日後秀吉不知多少次炫耀他的急行軍，在夜晚盡快撤退的過程中，官兵腳踏著泥濘，天上吹著大風，有時強風甚至繞著部隊轉動。

——毛利呢？

他不斷的留意背後，一定要率軍逃離毛利的追擊。

在歷史上，從未有過勝利的一方比戰敗的一方逃得更快、更遠的狀況。秀吉心裡唯一想的，就是要回到京都討伐光秀。一定要趁著光秀還沒做好戰鬥準備之前就返回京都開戰。

（速度就是勝利關鍵。）

秀吉把這一戰的重點放在速度。爲什麼？因爲光秀在殺死信長之後，會開始尋找志同道合的戰友。在織田家裡，和光秀交情好的家臣——比方說細川藤孝、筒井順慶等人——都有可能靠向光秀。時間越充足，光秀就能招募更多官兵和盟軍。因此，一定要在光秀的勢力還沒壯大時馬上將他消滅。另一個原因是，織田家被區分爲好幾個軍團，每個軍團長應該都收到了噩耗的情報，大家都會急著出兵和光秀決戰，誰能擊敗光秀，誰就能夠成爲天下霸主的後繼者。速度慢的軍團就沒有希望了。換句話說，這是一場有競爭者的比賽。織田家還有三位軍團長，其中派駐到關東的瀧川一益最倒楣，因爲他的距離最遠，恐怕已經喪失了角逐資格。距離京都最近的軍團長則是丹羽長秀，他之前被信長任命爲征討四國的副將，正在大坂下令旗下將領集結兵力。不過，他可能是兵力最少、戰鬥力最差的隊伍。加上長秀本人和眾將官的感情並不和睦，遭逢劇變的反應力也不夠靈敏。再來，還有一名競爭者是織田信長的盟友德川家康。他有足夠的戰力，問題是在本能寺之變前不久，信長招待他來京都一帶遊樂，因此，家康目前距離自己的根據地三河與遠江非常遙遠，能夠徵集的兵力根本不足以爭奪天下。

這麼看來，被配置在北陸的柴田勝家，是秀吉的唯一競爭者，他算是織田家的首席家老。秀吉之所以一直趕路撤退，就是要趕在勝家率軍南下挑戰光秀之前。而且，秀吉目前預定要以山城（京都郊外）做爲戰場，必須儘速趕到。

秀吉回到備前的辛川村（現在的一宮町）之後，爲了加快行軍速度，他撥出一部分部隊走山陽道的舊道，這是很正規的配置。只是這條位於新道北方的舊道路很窄，只能勉強稱之爲道路。加上最近連日下雨，人馬來去，已經把舊道踩成泥漿了。

「就算在泥地裡爬，也要盡快趕到！」

秀吉激勵部下的士氣。至於他自己走的新道，一樣滿地泥濘。半夜裡在這麼惡劣的道路上行軍，快要黎明時總算抵達沼城（岡山東方十公里處）暫停，讓部隊稍做休息。

之後繼續上路，終於抵達備前福岡，面向西大寺川。這附近有個村子叫長船村，被人譽為「備前鍛冶」的聚落，以打造刀具聞名，戶口數量很多，又稱為：「福岡千軒。」

可是到了村裡卻不見人影，只看到大水淹到家家戶戶只剩屋頂，另一頭像是一座湖，原來西大寺川氾濫了。

「立刻過河。」

秀吉下令。還附帶警告，絕對不准任何一個人、一匹馬或是武器被大水沖走。——因為秀吉知道流言可怕。以目前的情況來說，只要淹死了一個人，謠言就會膨脹到淹死三五百人，這將造成軍心崩潰，手下部將也可能對羽柴軍感到前途悲觀，倒向明智光秀，或脫離部隊逃回家鄉。畢竟，所謂的羽柴軍是為了進攻中國地方而組成的臨時編組，真正屬於秀吉旗下的官兵只有一萬人不到，其他各個將領是收到信長的命令才加入的，隨時有可能因為厲害關係而離去。

總而言之，大軍終於通過氾濫地帶，這時，原本奉命留在備中高松城的森勘八、杉原家次已經完成任務趕了上來。

「堤防已經放水了。」

勘八說道。秀吉命令他們要在三十處製造缺口，讓湖水流出，而且水流的方向是朝向毛利軍陣營。毛利軍看到道路被水淹沒，就算想追擊也會形成大塞車，而且一塞就是兩三天。

「毛利軍狀況怎麼樣？」

勘八回報說，吉川元春的陣營還是旌旗飄揚，在山腳下佈陣，但是小早川隆景的軍隊已經調頭準備撤回國許（廣島）。

（我就知道。）

秀吉早就有預感，當毛利軍收到本能寺之變的消息時，一定會召開軍議。秀吉想像過軍議中可能討論的事項，以吉川元春的個性必定會主張追擊，但是小早川隆景則有觀察大局的眼光，足以說服毛利軍按兵不動。再說，毛利家具有「中國地方的信義」，約定就是約定。只有元春氣憤難平，才會繼續在原地插旗。秀吉現在安心了，他反倒覺得抱著怒氣的元春還挺可愛的。

（遲早有一天，我得回報毛利的恩情。）

秀吉心想他其實很想與毛利陣營溝通，照理說，他該盡快寫封信給毛利陣營，說明一切——這次敝人使了伎倆，純粹是想為主公信長大人復仇的非常手段，希望諸位能夠原諒——如果不趕緊寫信給毛利家，秀吉很可能會喪失這個未來的好幫手的心。

秀吉隨即提筆，一開始先說明信長死於本能寺的來龍去脈，接著又寫一些能夠引發對手同情的感傷話語。信的內容如下：

> 這次敝人為了替主公報仇，急著要與光秀決戰，早已有了不惜一死的覺悟。
>
> 若是敝人能獲得武運（生還），將來必定會與毛利諸位名將交心。

他下令信差把信送到毛利陣營，自己則是盡快趕回姬路城。這次他率少數軍隊從福岡村南下，前往西片上海港（現在的備前町），在港口搭上船出發。但是他大部分的部隊則是走陸路，從備前三石跨越船坂峠，然後回到播州。在海上，秀吉下令張起船帆，在瀨戶內海航行時獲得了充足的睡眠。接著船隻在播州赤穗的港口停泊，秀吉馬上改回陸路，走相生街道。這時雨已經停歇，天上的雨雲逐漸散去，他遙望遠處的京都方向，看到夜空中滿是星星。

「那一顆是光秀的星星。」

路上，軍中的祈禱僧指著天空，點出一顆星星。

在這個時代，爲了祈禱戰爭能夠獲勝，軍中通常都會帶著僧侶一起走。就連厭惡僧侶的信長，也不能免俗的在各軍之中安排祈禱僧，希望藉此提高軍心士氣。

「什麼？光秀的星星？」

秀吉坐在馬背上，抬頭望向僧侶指的方位。

「哪裡？哪個是光秀？」

「那裡，那株杉樹頂端有顆赤紅色的星星，那就是光秀。那顆星星目前非常閃亮，可說光彩至極，但是現在已經過了頂峰，日後只有一路走下坡的命。」

「總是刻意說一些讓我開心的話。」

秀吉一面策馬前進一面笑道。路面已經乾了，馬蹄打在地上的聲音格外好聽。這時秀吉說了——

「那顆星星太亮了。光秀星應該是它右邊那個小星星。」

秀吉其實並不相信祈禱僧說的那些預言吉凶的馬屁話，秀吉只關心我方部隊的士氣。

「我的星星在哪裡？」

「您的星星就在那裡。」

祈禱僧爲了讓秀吉開心，刻意在群星之中找了一顆最亮的星星。秀吉卻假笑了兩聲。

「不對。」

秀吉當場否定：

「那顆不是我的星星。」

「那麼，您的星星在哪裡呢？」

祈禱僧心想你這個外行人懂什麼啊，生著悶氣。

秀吉搖搖頭：

「我的星星更大。」

「那顆星星在哪裡呢？」

「這裡看不到，要等到天亮它才會露臉。」

（你在說什麼啊？）

祈禱僧心想。等到太陽一出來，就看不到星星啦。

「就是太陽啊。」

秀吉正經八百的回應。因爲馬匹走累了，他好幾次中途停下來讓馬休息，好不容易走到姬路城西方郊區的廣畑村，在跨越夢前川時，太陽升起。

陽光驅逐了霧靄、照亮了綠葉，好幾天沒曬到太陽的秀吉，走上姬路城的大手筋道。這時的城下，混雜著先一步抵達的部隊，他得排開那些擁擠的步卒才能抵達城門。

〈進城之後，我想先好好泡個澡。〉

這是支撐著秀吉一路走回城內的最大動力。他長時間在泥水中馳騁，身上的鎧甲、垂甲、軍服都沾滿泥巴，再加上油脂與汗水蒸發，讓他渾身癢到幾乎不想管光秀了，所以他才會搭船過海，在赤穗登陸繼續走。

——趕快幫我準備浴室。

他這麼下令。

進入城內之後，登上大殿的玄關，看到一個人的背影。

「堀大人。」

秀吉鄭重的叫喚那人。他名叫堀久太郎秀政，原本是信長身邊的親衛軍官之一，這次奉信長之命到備中，當做信長與秀吉之間的中繼聯絡人。收到本能寺之變的消息後，堀的任務也隨之消失，無處可去。秀吉在這裡遇見堀，告訴他：

——我們一起爲右大臣復仇吧。

請求堀站在他這一邊。說到堀久太郎這個人，是美濃國稻葉郡茜部村出身，父親那一代就在齋藤道三手下當家臣，後來齋藤家沒落，他才轉而侍奉織田家。信長認爲堀的容貌秀麗、才能過人，於是招他做側近，當成信長和各個將領之間的傳話人，俸祿達兩萬五千石。秀吉對這位崛久太郎如此禮遇——其實不止秀吉，其他遠征軍司令也都對他敬畏三分——單純是因爲堀的側近身分。倘若誰惹他不高興，導致他在信長身旁亂說壞話，就有人要倒楣了。不過，即使信長已死的現在，秀吉的態度仍舊很恭敬，沒有改變。

（眞是令人感佩。）

堀在心裡感受到秀吉的人格很了不起。相較之下，駐守北陸的柴田勝家則是個自傲狂妄的大男人，自從信長死後，他遇到信長的側近官僚都不屑一顧。

（這方面，筑前守就不一樣了。）

所以此時的堀很感佩秀吉的寬宏大度。

秀吉當然也明白，自己繼續保持相同的態度對待堀必定會打動他的心。要是秀吉此時轉變態度，用鄙視的態度對待堀，必定會引來他的怨恨，然後散播謠言說：

「大主公不幸死去之後，秀吉對我的態度就驟然轉變，莫非那傢伙想要自主獨立，取代織田家的地位！」

畢竟羽柴軍是信長當初派遣許多大名加入、組成的聯合軍。要是聽信謠言，他們以後就不會再擁立秀吉了。所以對堀久太郎好，就能招攬到他的心。

「堀大人。」

這時秀吉一心只想著要趕快洗澡，所以說：

「在下因爲想要早點拜見母親，所以得趕快去洗澡。至於您和秀勝（於次丸，信長四子，過繼給秀吉，今年元服成爲羽柴秀勝）稍後可以一起慢慢的入浴。」

聽了秀吉的解釋，堀嚇了一跳，秀吉對他說話竟然如此恭敬。雖然他是織田家的聯絡人，但畢竟年紀還小。要說長幼有序的話，他不應該得到這麼好的待遇。堀十分感動。

（爲了秀吉，我願意付出所有。）

在信長死後，堀其實也想過自己該何去何從，該投效到誰的帳下。雖然信長已死，堀仍在形式上保有「信長的使者」的資格。假如善用這個資格，和羽柴軍轄下的諸侯對談，一定可以加強全軍的團結意志。事實上，堀貞的幫秀吉辦到了這個任務。所以秀吉後來賜給他越前北之庄十八萬石的大封賞。

秀吉入浴去了。

秀吉算是個很愛洗澡的男人。在改建這座姬路城時，他特地將浴室分成三部分，一是有榻榻米的休息室，一是有木頭地板的更衣室，再來就是浴場。浴場裡總是水霧瀰漫，面積算算有八張榻榻米（四坪）大。

負責擦背除垢的侍女穿著紅色的內褲，在臀部的地方紅布放得比較寬，她們負責管理兩口大釜：

湯釜。

水釜。

不過，應有的浴池並不在這裡。這裡是侍女用杓子舀水爲秀吉沖洗背部的地方。秀吉沖過熱水之後，隨即走向浴室一角的蒸氣小屋。那裡簡直像是狗屋一樣小，他坐在散發蒸氣的小屋裡，慢慢的釋出體垢。

然後他走出蒸氣小屋，又回到沖水的浴場，侍女用力的幫他擦拭身上的污垢，長久留在戰場上的秀吉，好久沒有聞到女人的香味了，忍不住動手去拉一拉侍女的裙襬。

「不準笑！」

話雖如此，但是秀吉的皺臉充滿了笑意。侍女無法逃離這個愛亂摸的色鬼，只好忍下來，繼續幫他刷背。

秀吉的手這樣東摸西摸，腦子裡想的卻是別的東西。

他正在考慮出兵的命令。那些負責傳達命令給部隊的小姓，已經在浴室的休息室內集合了。

——明天一早就出兵。

這是他回城之後發佈的第一道命令，也是掀開歷史新頁的命令。秀吉停止對侍女毛手毛腳，他對小姓們說：

「我們要前往京都，討伐的對象是明智日向守光秀。明天聽到第一聲號角聲時，全軍都要吃飯。聽到第二聲號角聲時，馱馬隊就出發。聽到第三聲號角聲時，全軍都要跟我一起，在城外的印南野集合。」

他下令的口吻高低有致，像是敲小鼓一樣有快有慢，帶有韻律。小姓們挺起胸膛，把他的話逐一寫下，然後跑出去傳令。接著，秀吉叫來金銀奉行官。

「城的天守閣裡儲存了多少金銀？」

聽到秀吉的問題，金銀奉行官立刻回答：

「有金幣八百枚，銀子七百五十貫。」

於是秀吉把蜂須賀家政叫來，要他把這些金銀幣全部領出來，分發給步卒番頭、火槍番頭、弓箭番頭等軍官。步卒番頭、火槍番頭、弓箭番頭全都是戰鬥部隊的將領，他們一旦收到秀吉的金銀獎勵，內心就有了不怕死的覺悟，對士氣有很大的鼓舞。

接著又找來倉庫奉行，問他：「城裡還有多少米糧？」

「總計八萬五千石。」

倉庫奉行回答。秀吉高聲說：

「把這些米糧全數分發給官兵，一粒也不留。」

分發的對象，以米來說，軍官以下的足輕和更低一級的戰鬥兵員都可以分到。這等於是一次把五倍的兵糧分發給小兵。

「可是這麼做……」

倉庫奉行嚇了一大跳，米糧是守城作戰時不可或缺的戰略物資，秀吉卻說：

「我根本不打算籠城固守，所以儲存兵糧沒有用處，還不如分發給足輕與小兵，讓他們的妻子能夠好好吃頓飯。」

倉庫奉行接到命令後離去。這個分享軍糧的命令讓城內城外的官兵都難以置信，議論紛紛。大家瞭解到勝負就此一戰，戰鬥意志也隨之高騰。雖說這是支不同領地混成的軍隊，高昂的士氣卻讓他們團結起來。

結果，秀吉本人變得一文不名。他詢問之前在備中高松城作戰時擔任會計的官員：

「我還有多少金銀？」

因爲當時水攻圍城消耗了鉅額的錢糧，應該沒剩多少了。

「銀子只剩十貫，金幣只有四百六十枚。」

秀吉點點頭，靜默了一會兒。

會計在隔壁房間抬起頭來，拿出這些金銀，問秀吉要分給誰？秀吉回答：

「這些我要留下，上陣時隨身攜帶。」

秀吉的最後一點財產，要用在獎勵有戰功的官兵。凡是立下戰功，當場就會賜予金幣或銀幣。這麼一來，秀吉就變成一枚銅幣都沒有的人了。假如他在山城之野戰敗而死，那麼留下金銀又有何用？反之，要是他戰勝了，砍下光秀的首級，那麼他就成了身無分文的天下霸主。

秀吉走出浴室，回到殿內，一面擦乾背上的水，一面下達他最後的命令：

「水——」

小姓立即起身，在木碗裡倒滿水遞給他。秀吉一飲而盡。至此，他結束了最後的命令，就等明天早上率軍上陣了。

——爲主公報仇。

這是羽柴筑前守秀吉號召天下團結起來的主題。這個主題必須聽起來讓人感到悲愴和哀痛才行。

「我筑前守要討伐光秀，將光秀的首級拿去大主公的墓前祭拜。大主公的葬儀也由我筑前守負責。」

這樣宣言之後，爲了信長在天之靈，秀吉剪掉髮髻，變成下垂的長髮，就像孩童的髮型。

「信長公的死，對我而言就如同死了父親一般。有多少人能夠理解我內心的悲哀。」

說到這裡，秀吉的鼻頭發紅，眼淚一路流到下顎。沒有人認爲這是在演戲，秀吉也不覺得自己在演戲，因爲他打從心底眞的爲信長之死而難過，難過到一個大男人不惜在眾人面前哭泣——而且不吃不喝直到身體消瘦。

但是秀吉並沒有變瘦。在姬路城的最後一晚，他吃了十塊餅和三碗湯當宵夜。

「我是越悲傷就越飢餓的那種人。」

他還辯解給送宵夜的兒小姓聽。

實際上，秀吉肚子餓的原因，是他身體中心有一陣陣鼓聲般的律動。這湧出的旋律，也出自於悲傷的源頭。

（我要奪取天下。）

就是這件事。信長之死猶如眾人爭奪的奇貨，大家都想拿信長的屍體當階梯，往上爬以掌握天下。秀吉心裡同時具有兩方面的感情，但是他沒有產生任何矛盾。

（大主公的確對我很好，他的恩情我一輩子都不會忘記。可是，他送給我最大的禮物，就是他的死，為我開拓了未來的道路。）

這才是秀吉眞正的想法。就是因為他內心這樣想，才會同時噴發出悲哀和慾望兩種極端的感情。

出戰前一晚。

「姬路城的防守就交給三好一路了。」

三好一路，堪稱秀吉的智囊團裡最無能的一人，他是秀吉的姊夫，出身尾張的百姓家。不過要他守城也不錯，反正這場和光秀決死的戰爭要是戰敗，秀吉也會死。到那時，沒有人會想要逃回城裡固守。秀吉把這個無能的守將叫來，跟他說：

「要是你聽到秀吉在為信長復仇的戰役中戰敗，你就放火燒了這座城，殺死我的母親與妻子。這就是你的任務。」

這天晚上，那名軍中祈禱僧又跑來了。

他向秀吉報告他的卜卦結果：

「明天將會是非常惡劣的一天。」

根據他的占卜，那是城主無法歸城的卦，恐怕是最糟糕的一卦了。

「說什麼傻話！」

秀吉大喊，讓所有人都聽到。所謂「無法歸城」，那不是絕佳的結果嗎？反正秀吉早有一死的覺悟，根本不會返回城裡。

「還有啊，」

秀吉又加大了音量——這一戰我們一定能夠擊敗光秀，佔領他的城池，所以我們明天都不用回來了，這是大吉之卦呀。

夜更深了。秀吉只有小睡一下，晚上十點，聽到了第一聲號角，這是他之前下令全軍做好出征準備的信號。

「第一聲號角，大家快吃飽。」

命令下達，城內城外的步卒都有吃飽吧。用號角聲當軍令的傳遞工具當初是信長想出來的，所以織田軍團的每名官兵都知道要按照號角聲行動。既然如此，明智光秀應該也是使用相同的命令系統。

第二聲號角在午夜十二點響起。

「馱馬隊出發！」

收到這道軍令，馱著彈藥與糧食的馱馬隊先行出發了，只有這樣，他們才能夠配合戰鬥部隊的急行軍。

第三聲號角，預定在凌晨兩點（九日）響起，命令是：

——在城外印南野集合。

這是出征的信號。秀吉在此之前已經穿上全副甲冑，手持指揮棒，霸氣的跳出門口，不向後張望，一直跑到城樓的石階，穿過一個又一個的小門，終於走出大手門。一出城門，前方有一座朱紅欄杆的橋，秀吉跨越這座橋時，剛好是凌晨兩點。

天上的雲散了。

星星都看得很清楚。

「把號角拿來。」

秀吉下令。這個出征的第三聲號角，秀吉要自己吹。他雙手捧著大螺號角，一腳踏在橋的欄杆上。

呼嗡——

……………

他一面吹，一面將號角的開口從西轉南、從南轉東、從東轉北。出征吧！勇士們，決一死戰的時刻到了。大螺號角的聲音持續而有力，充分傳達出秀吉的心情。

——這個號角聲，鐵定是主公親自吹的。

在星空下集合的將士都聽到了號角聲，大家都說這是秀吉吹的，所有人的內心都燃起亢奮之火。

（主公一定能夠奪得天下。）

不論哪一名官兵，都注意到這場合戰有著無比的重要性。或者說，只要大家齊心支持秀吉，讓秀吉戰勝，那麼大家的命運都有可能隨之改變。例如足輕會晉升爲武士，武士會受封爲大名。這裡有兩萬人，他們的命運都會因爲這一場戰役而改變。

「這是千載難逢的合戰，有機會能夠參與這場合戰，那是無比的幸運啊，各位要全力以赴。」

秀吉把他的話傳達給每一支小部隊的頭領，要他們告訴每一名士兵，全軍都聽到了秀吉的話，大家的心臟也跟秀吉一樣加快了鼓動的速度。這時，秀吉吹起號角。

在暗夜中，城外的平原上聚集著無數的旗幟、馬匹、長槍。終於，大家都點燃了手中的火把，部隊開始朝東方移動。

這次的行軍，總共分爲五隊。

先鋒是中村孫平次。孫平次和秀吉一樣是尾張中村出身，當秀吉成爲近江長濱城主時，他離開家鄉投靠秀吉。這個人行動較慢，但是考慮周詳，兼具有擔任先鋒的勇猛。目前他有千石俸祿，並且被任命爲足輕大將。

「孫平次，仗著你的勇猛追求功名吧。」

秀吉的傳令把鼓勵的話從後方帶來給他，孫平次把頭盔的帽沿往下一壓，說：

「我必定會讓中村名滿天下。」

他叫傳令如此回覆秀吉。事實上，孫平次日後晉升爲中村式部少輔一氏，駐紮在駿府，擁有十七萬五千石俸祿，在豐臣家中位居中老。跟在孫平次身後的是獵人出身的堀尾茂助率領的部隊，堀尾日後也成爲豐臣家的中老，就駐防在孫平次隔壁的遠州濱松，擁有十二萬石俸祿。

秀吉則是率領中軍，一面前進，同時不斷的下達命令。

「你覺得要選哪裡做戰場？」
他徵詢黑田官兵衛的意見。官兵衛早就思考過這個問題。
「就選京都的南方郊區如何？」
簡單的說，就是京都與大坂的中間地帶——不過離京都比較近，旁邊有一條河叫淀川。
「我也覺得那裡很合適。」
在那個預定的戰場上有兩座城，分屬於兩位織田家大名：
高槻城　高山右近
茨木城　中川瀨兵衛
他們都是攝津武士，兩人出身相同的族群，過去配屬在荒木攝津守村重轄下。荒木村重在織田家裡算是新人，後來還起兵反叛織田，遭到殲滅。不過當時高山和中川兩人都不願意跟隨荒木，而是護衛著信長的城砦領地。後來，信長將這兩位大名移交給明智光秀，又名爲「組下大名」。孰料明智光秀也叛變了，這兩位武士連續侍奉了兩位叛變將領，實在是倒楣透頂。
（命運還眞是奇妙啊。）
秀吉心想。當初荒木村重叛變時，信長擔心高山和中川跟著反叛，於是用懷柔的手段安撫兩人。
（這次也要用懷柔的招數。）
但是話說回來，這兩個人說不定老早就被光秀收服，成爲家臣。要他們叛離光秀，確實需要用一些伎倆。
畢竟在他選定的戰場上矗立著高槻城和茨木城，假使這兩座城成爲敵人的要塞，一定會阻礙羽柴軍的戰鬥。因此，絕對要把他們拉攏過來。
「高山右近那邊已經沒問題了。」
「你確定嗎？」
原來官兵衛早已經動手了。官兵衛和右近都是基督徒，打從以前就互相熟識。之前荒木村重叛亂時，織田信長就是請傳教士說服右近。如今，官兵衛也採用相同的方法收服了右近。

「你是什麼時候動手的？」

秀吉對官兵衛的聰穎與前瞻力實在是無話可說。他的做法，不就像是以前信長手下的秀吉嗎？

「可是中川瀨兵衛就很難對付了，那個人……」

「我知道，他總是鄙視周遭的人。」

秀吉嘻嘻嘻的笑了起來。秀吉雖然與中川瀨兵衛不熟識，但聽說過瀨兵衛是個大膽又善戰的武將。可惜缺點是嘴賤，說起髒話來猶如市集的牛馬販子，實在欠缺大名風範。

「瀨兵衛那邊，我會派人去傳話。」

秀吉說道。之前信長死在本能寺，秀吉收到的第一則快報是信長的側近長谷川宗仁派來的。之後從備中高松城撤軍的途中，又收到其他信差的通報，其中一則就是這位攝津茨木城中川瀨兵衛傳來的。刻意通報消息給秀吉，由此可見瀨兵衛心理上比較喜歡秀吉、而不是光秀。基本上他就是站在同情秀吉的一方。

（可是，這也很難講。）

因爲人心總是善變，誰曉得他現在想要支持哪一方呢？

秀吉提筆寫信，寫一些必要的事，一些最重要的事：

大主公（信長）和公子（織田家嫡子信忠）都已經順利的殺出重圍。

信長和信忠一路撤退殺出本能寺，逃脫之後，信長父子已經「前往膳所（大津市）休養生息，由福富平左衛門照顧。據說平左衛門也有協助大主公逃脫，實在是可喜可賀。」秀吉又添上幾句。

這當然是謊言。爲了增加謊言的可信度，秀吉說信長的側近福富平左衛門有跟他聯絡，但實際上福富也死在本能寺之變。秀吉心想，這樣的一封信，可能會對中川瀨兵衛造成一些影響吧。要是信長還活著，就表示織田家和織田軍團都健在。瀨兵衛要是站在光秀那邊，恐怕會遭到圍攻殲滅。

（瀨兵衛是個聰明人，當然不會相信這封信的內容，不過至少可以讓他困惑一陣子。）

至於送信的信差則要慎選。好不容易，秀吉在他的陣營裡找到了合適的人，就是瀨兵衛的女婿，名叫古田左助。

古田左助與其說是武家，不如說是茶師。他後來改名爲古田織部正重然，擔任豐臣家的茶頭，也就是後代茶道織部流的始祖。古田的個性沉著，口才無礙，在這種情況下，擔任使者可說是再適合不過了。

「屬下立刻出發。」

古田立刻上馬，秀吉在馬旁邊再一次提醒他：

「總之，目的就是要把你的岳父瀨兵衛拉攏到我們這一邊。我軍應該會在後天抵達攝津尼崎，並且在尼崎與瀨兵衛會面。到那時，希望瀨兵衛能夠帶人質前來。」

（這還眞是個困難的任務。）

古田這麼想，但還是馬鞭一揮立刻上路。他那個凶悍又無禮的岳父瀨兵衛，會聽從秀吉的要求，帶人質過來會面嗎？

古田不眠不休的在山陽道上奔馳，跑到第二天深夜，終於進入攝津茨木城，這是俸祿十餘萬石的瀨兵衛的居城。

「是我！我有急事稟告。」

城門守衛見到城主的女婿前來，趕緊開門迎接。

瀨兵衛此時在本丸的臥室，還沒入睡，他就坐在棉被上接見自家的女婿。

「是筑前派遣你當使節嗎？」

瀨兵衛的嘴一歪，開口講了一句話：

——原來你成了筑前守的手下啦。

這樣諷刺他。古田其實算是織田家派給秀吉的與力，並非那種必須爲秀吉捨命的「手下」。

「首先，請看信函。」

古田把信交給岳父。瀨兵衛因爲有嚴重的近視，必須把信紙拿到貼著鼻子才能閱讀，這時他已經四十一歲。

「什麼？」

信長還活著？這是怎麼回事？瀨兵衛大叫，開什麼玩笑，眼神變得銳利，問女婿「這是眞的嗎？」

「我想應該是眞的。」

「我以爲他已經燒成灰啦。」

瀨兵衛說。想當然，光秀也曾屢次派使者勸誘他加入明智陣營，根據那些使者的描述，他自認很清楚本能寺之變的過程。據他所知，信長在大火之中自盡，早已燒成灰燼，找不到屍首了。

「日州大人絕對不可能放走獵物的。」

瀨兵衛認爲這封信是在開玩笑，忍不住笑了。但是，他究竟該站在哪一方呢？他詢問古田。

「當然是加入筑前守的陣營。」

古田明確的回答。瀨兵衛卻覺得不對勁，他一直認爲光秀比秀吉更爲高尙。「秀吉具備武略，但是光秀才能擔當天下霸主的任務，因爲光秀爲人誠懇。」

「不，若要比較兩人，筑前大人才是誠懇的人。他總是爲別人著想，以他人利益爲第一。靠向筑前大人那一方，絕對是只有好處、沒有壞處。」

「是這樣嗎？」

瀨兵衛歪著頭苦思。

「可是，他沒有學識。」

「要是照岳父大人您的說法，光是靠舞文弄字就能治理天下的話，寺院裡的小僧侶也能成爲天下霸主了。」

「意思是筑前比較優秀囉。」

瀨兵衛其實並沒有定見。從兩軍的兵力推論，本軍的人數大約相同，但是友軍的兵員，筑前就遠遠多過日州。

「光秀的確沒有掌握人心。」

在這亂世之中，光秀弒主使得他面臨性命不保的危機。相較之下秀吉揚起復仇的大旗，使得原本織田家的家臣十有八九都站在秀吉這一方。

「雖然是個惹人厭的傢伙，但是猴子應該會戰勝吧。」

瀨兵衛忿忿的說。不知怎地，他就是沒辦法喜歡那個愛演戲的秀吉。

「既然如此，我就站在筑前這一邊好了。」

「還有，」

古田提起人質這件事。瀨兵衛的反應很直接，就是激怒到跳起來，他大喊「給我閉嘴！」

「筑前那傢伙竟然要我交出人質？」

他們雙方都是織田家的大名，所以是相同等級的武士，既然雙方層級相同，哪有同僚把人質交給同事的道理。筑前腦筋壞了嗎？瀨兵衛說。

（眞是不好對付啊！）

古田心想。瀨兵衛兵不是愚蠢的人物，他懂得分析狀況，可是一分析就忍不住開始批評，而且反應激烈，加上瀨兵衛口才又好，沒人能夠叫他停下嘴巴。

「我已經累了。」

古田試著轉移話題，他不想一直聽岳父嘮叨。他要走去城下的客房睡個覺。

「不過，」

古田又說，筑前大人所說的「人質」，並不是要羞辱岳父，他的作用是相反的。古田說：「想像一下，就連中川瀨兵衛這樣的大人物，都帶人質成爲筑前大人的戰友，這對世局的影響有多大啊。其他的將領——比方說與光秀有姻親關係的細川藤孝、筒井順慶等人，也可能跟隨岳父您的腳步，轉而投效筑前大人。這是一項很厲害的戰略，只要岳父您找個人質送過去，不要在乎體面，就有可能成爲扭轉天下大勢的先驅者。」

說完這句話，古田就退到城外，找間客房睡覺了。這時瀨兵衛才開始著急。

（那傢伙說的沒錯。）

那時女婿說的：

——扭轉天下大勢的先驅者。

這句話的確令人動心。往後，將成爲以秀吉爲中心的新局面。秀吉只要打贏這一仗，就再也不是「筑前」，而變成天下霸主了。

「我決定了。」

他馬上叫人去古田左助的住宿處把古田找來，說願意交出人質。問題是他的子女都不在身邊，不得以只好拿家老的女兒當人質。

這段期間，秀吉依舊領軍向東走。

這麼龐大的部隊，竟然能用這麼快的速度行軍，還眞是自古以來少有。到了十日夜晚，先鋒已經抵達攝津尼崎。

——全軍在尼崎暫停，多花點時間休息。

這裡過去是荒木村重的舊城址，秀吉打算在這裡做最後的戰鬥準備。

秀吉出兵的情報已經傳到京都。

「難以置信。」

明智光秀收到這則消息，只說了這句話。按照原本的諜報，秀吉軍並沒有前往尼崎，而是從他的主城姬路城出發。甚至連從姬路城出發，光秀內心都充滿懷疑，秀吉不是正在和中國地方的毛利陣營對陣嗎？毛利只要從後方牽制，就能把羽柴軍鎖在山陽道，動彈不得。

——這必定是誤報。

光秀這麼想。因爲當初就是確定秀吉不可能從中國地方的戰線中抽身反轉，他才大膽襲擊本能寺，執行他奪取天下的計畫。但是，實際上秀吉卻迅速的朝東返回了。

（但願這是誤報。）

光秀這樣祈禱。以光秀的能力，他還需要半個月以上的時間籌劃。目前光秀已經在朝廷所在的京都插旗，只要時間足夠，各地的大名與小名都會聚集到明智家的水藍色桔梗旗幟之下，這是他當初的算計。

但是這個計畫失敗了。從十日夜晚到十一日這兩天，秀吉和部隊已經抵達尼崎，以此做爲前線基地，號召四處的織田家大名前來投效。

「我們撤退到近江坂本城吧。」

明智家的家老齋藤利三極力說服主公從京都撤退。根據利三得到的情報，羽柴軍打著爲織田復仇的口號，手下兵卒個個充滿鬥志。要和這樣鋒頭銳利的軍隊爲敵、正面交戰，實在是愚蠢到了極點。

「不行，我要決戰。」

光秀完全不改變自己的方針。他認爲秀吉急行軍回來必然相當疲累，他在這方面佔有優勢。這完全是一場賭局。

於是光秀開始在京都南方郊區集結重兵，同時修補各個陣地，包括淀的淀城、長岡的勝龍寺城、下鳥羽等城砦，以及淀川河畔的各個要塞，並且四處蒐羅軍費。

秀吉依舊朝東方急行軍。

在他的右手邊，是綿延無盡的海濱和海岸邊的松樹林，他和部隊陸續經過了：

高砂、

明石、

舞子。

敵人就在京城，戰場還很遙遠。但是在這段行軍的期間，秀吉仍舊不停的發出軍令、派出使者，活像是他在戰場上忙碌準備。因爲正在行軍，他只能把馬鞍當成大本營，他的作戰思想超越在他之前名滿天下的軍事天才——即使是上杉謙信和武田信玄也都是要看到敵軍才展開合戰。可是對秀吉而言，在他還沒見到戰場之前，就已經開始策劃合戰策略，之後就等著戰勝了。

（戰爭就是要這樣打才對。）

秀吉心想。戰爭之前要先做好必勝的準備，比如說增加我方的友軍，削弱敵軍的友軍，目標是讓我軍的人馬超越敵方數倍，這樣可以減少運氣在合戰中的影響力。不需期待什麼奇蹟出現，最可靠的是戰略和戰術理論。

——必定會戰勝，要在這樣的狀況下投入戰事才行。想要打一場勝仗，必須在開戰之前就做好準備。

這是秀吉的作戰理論。後來，秀吉前往越後，參拜上杉謙信這位神秘名將的昔日遺址。

——看起來，他只是個鄉下大將。

秀吉如此評論。謙信在作戰時非常仰賴運氣，加上他在戰場上懂得各種戰術技巧，才會贏得英名。但是評論他是個鄉下大將，意思是謙信算是老一代的武將。

在行軍的路上忙碌不止，爲的就是先取得戰勝的契機。等到大軍抵達戰場時，他已經不用憂慮戰敗了。

秀吉派出使者，分頭前往丹後的細川藤孝、忠興父子，還有大和的筒井順慶，希望這些可能協助光秀的將領轉而投效到我方。

除此之外，還有一位大將是秀吉最重要的拉攏目標，就是織田家的次席家老：

丹羽五郎左衛門長秀。

「官兵衛，最關鍵的人是丹羽大人啊。」

秀吉在馬上說道。

「可是，就算丹羽大人不肯當我們的助力，我們也照樣能夠擊敗光秀吧。」

「嗯嗯，官兵衛，看來我們的想法有些歧異。」

秀吉策馬前進。

（什麼？）

官兵衛趕緊推敲秀吉的戰略思考源頭。

在織田家裡，丹羽長秀和柴田勝家算是兩大家臣，地位比秀吉和光秀這些新加入的家臣更高，丹羽家好幾代都擔任服侍織田家的家老，他的年紀比秀吉大三歲。

他從十五歲起就待在信長身邊，當時信長叫他的乳名萬千代。信長看出他有資質，所以很用心的培育他當家臣。

丹羽長秀成年後，被擢升為侍大將，可說是無役不與，相當受到信長的器重。信長的庶兄信廣還把女兒嫁給長秀。此後，丹羽長秀就和柴田勝家並列為：

——織田家雙璧。

各國領主和百姓都這樣稱呼他們。就能力而言他不如勝家，器量也比勝家小，但是並不像勝家那樣高傲，也沒有害人之心。唯一和勝家相同的，就是一樣頑固。

舉例來說，信長終於攻佔了近江時，他向朝廷奏請賜予官位給這些軍團長。例如秀吉官拜筑前守、光秀官拜日向守、柴田勝家官拜修理亮、瀧川一益官拜左近將監、荒木村重官拜攝津守。至於丹羽長秀，信長想要讓他擔任「越前守」，但是長秀頑固的拒絕了封賞。

「在下無能，只要繼續擔當五郎左衛門一職就夠了。」

竟然有人推辭升官的機會，這讓信長大笑出聲。於是暫停擢升長秀。其實長秀性格老實，有時秉持己見，不肯聽信長的勸說，讓信長覺得這位大將挺可愛的。這樣的性格，全都在合戰時反映出來。長秀在戰場上並不愛用華麗的計策，就算陷入苦戰也不肯退卻。要他進攻時，他就一心向前猛攻，猶如拿著大木槌在土地上打木樁一樣，一步一步擊潰敵軍。後來，信長把近江佐和山城賜給他，讓他能夠住在距離安土城不遠的地方，領地則封賞給他若狹小濱十萬石。

秀吉改姓氏時，把木下的舊姓改爲羽柴，就是從柴田之中挑出柴字，從丹羽之中挑出羽字。他同時取用了兩個大將的姓氏，在織田家裡大受喜愛。只有勝家非常不爽。

——猴子那傢伙，竟敢用我的姓。

反正勝家打從一開始就不喜歡秀吉，認爲他太機靈了。但是，丹羽長秀的態度卻不同。

——能夠取我的姓氏中的一字，還眞是讓我相當有面子啊。

這讓長秀很開心。秀吉知道勝家厭惡他，跟丹羽長秀的交情也很差，所以他常常拜託長秀庇護他。當時三十多歲的秀吉，的確需要織田家的老臣庇護。

到了信長的晚年，秀吉變成最受信長信賴的部下，困難的任務往往交給他。不過信長也沒忘記丹羽長秀的忠誠，每次下令他出兵征討，都不會忘記賜給他領地。

同樣是信長晚年的時候，很久未受重用的長秀被賦予了一個龐大的任務：征討四國，討伐四國的長曾我部氏。

這場戰爭名目上的統帥是信長的三男織田信孝，實際的總指揮則是交給丹羽長秀。首先，他得要先把軍團組織起來。

信長將他要征服四國的目標通告周圍的各個大名，要這些小國準備作戰。

——到時候要來大坂集合，由信孝與長秀統領。

他這樣下令。

於是長秀和信孝都來到大坂城，等待軍團集結。孰料在等待的中途，發生了紀州雜賀黨的反織田行動，於是他出兵討伐。長秀只帶一小批部隊從大坂出發，在泉州岸和田佈陣，正當他在紀州鷺森（現在的和歌山市）與敵方對戰時，突然接到本能寺之變的噩耗。

——這下該怎麼辦才好？

長秀心想，就算他要爲大主公報仇，集結的兵力也不夠。匆匆回到大坂城的長秀無計可施，若想返回自己的領地若狹小濱，路上一定會被光秀給阻撓，弄成有家歸不得。而且，當初說好「來大坂集合」的那些與織田同盟的大名，剛從自國帶兵前往大坂，就聽說了本能寺之變。世間將再度回到戰國時代，大家都趕忙率軍回國。

（我們只能枯坐在大坂嗎？）

長秀和織田信孝無計可施。這時收到了秀吉的中國大返還消息。

「哪有這種蠢事！」

織田信孝對這個快報難以置信。目前秀吉不是正在和毛利的大軍對峙當中嗎？之前秀吉因爲兵力不足，曾經回報大坂，要求信長出馬，信長於是前往京都，借宿在本能寺，沒想到卻遭逢不幸。既然秀吉在前線遇到強敵，又怎麼可能突然率軍返回呢——這是信孝的評估。信孝目前是伊勢神戶的城主，人們都說信長的兒子都很愚蠢，唯獨信孝稍稍聰明。倘若他不是出生在織田家，而是普通老百姓，憑他的器度，充其量只能當個小者的小領隊。

（這，是眞是假？）

丹羽長秀正絞盡腦汁思考現狀。他很瞭解秀吉的爲人，秀吉回來的話，一定會想出對策。而且這傢伙就算用飛的也會飛回來。

秀吉不斷的派遣信差使者前來，其中有一封信是由以前擔任信長側近的將領、現在在羽柴軍服役的堀久太郎寫的。綜合羽柴軍的行動，可以看出秀吉調頭的目標，很顯然是要跟光秀對決。

（得救啦！）

長秀心想。打個比方，長秀和信孝就像是坐在一艘名爲大坂的破船上，在大海中遭遇颱風，船帆和船舵都完蛋了。

而且秀吉還送來一封語意懇切的信：

——這場復仇之戰，希望與兩位會師。

信上寫了這句話。只要秀吉回來，長秀就能爲故主復仇，信孝也可以爲亡父復仇了。這眞是令人雀躍的好事。

但是，織田信孝卻開心不起來。

「竟然是那隻猴子。」

他這樣說道，什麼準備也不做，就一個人前往城內的書院喝酒。丹羽長秀其實也不是不瞭解信孝的心事。這場復仇之戰，主導權全都握在秀吉的手裡，大軍跟隨著秀吉。照慣例，總大將是由秀吉擔任，信孝和長秀只能在羽柴軍中擔任部屬。

（這樣也好，這是理所當然的。）

長秀明白宿命就是如此，有了充分的瞭解，就知道自己會被安排到哪個位置了。事已至此，開心的當個秀吉旗下的將領，輔助秀吉，這也不是壞事啊。

秀吉抵達了尼崎。

「喂！這裡不是有座禪寺嗎？」

他大聲喊道，於是前導者把秀吉和部隊帶往栖賢寺這座大寺院的境內。

——把市街弄得熱鬧點。

他一邊走一邊下令，於是官兵都前往市街住宿，甚至還豎立起寫著：

「羽柴筑前守大人大本營」

的木板，讓往來於市街的人把消息傳出去，這消息就是秀吉爲了征討光秀，已經抵達攝津。至於秀吉和隨從，則是進入寺院裡。

「準備洗澡水，準備飯菜，我要休息了。」

秀吉說，打從信長喪命之後，秀吉就秉持服喪的心情只吃素食、不肯吃肉。可是現在合戰在即，沒體力要怎麼打仗呢？所以，管他是鹿肉豬肉、還是魚肉雞肉，統統端上來給我吃，有大蒜的話，把大蒜也拿來做菜。

「我年紀已經大了，你們就讓我放肆一下吧。」

他對身旁的堀久太郎和養子於次丸這樣說。由於連續數日都持續吃素，身子使不上力，這樣是無法打仗的。想要爲已故的信長主公復仇，就必須戰勝。至於當初服喪割掉髮髻所殘留的一頭長髮，則是剪得更短，表示服喪之心不變。

「我們也要剪掉。」

堀久太郎和於次丸都想割掉髮髻，卻被秀吉阻止。他只把於次丸的瀏海剪下一小段。「剪頭髮的事交給我就好，你們只需要素食。」畢竟秀吉是個大胃王，而且愛吃肉食，之前連續多日的素食生活，讓他苦不堪言。

秀吉來到尼崎之後，有三位攝津大名前來拜會，分別是高槻城主高山右近，茨木城主中川瀨兵衛，以及尼崎、花隈、伊丹城主池田勝入齋。他們都按照秀吉提出的要求帶了人質前來。秀吉抱一抱這些人質，說道：

「好可愛啊。」

然後很帥氣的當場把人質還給各城主。既然這幾位城主有心，那人質就沒必要啦。這麼大的氣度，中川瀨兵衛看了不禁私下咋舌。

接著立刻召開軍議。根據信長遺留的作戰法度，凡是領地或城砦離戰場最近的將領，必須擔任部隊的先鋒。所以，離戰場最近的高槻城主高山右近成爲先鋒第一隊，中川瀨兵衛成爲第二隊，池田勝入齋則列爲第三隊。

右前鋒總計八千五百人，都在十二日馬上出兵前往戰場做先發。至於秀吉的本軍一萬兵馬，則是追隨在後向北前進。

可是，一直熬到中午，秀吉仍舊留在尼崎動彈不得。原來大坂的織田信孝直到現在都還沒決定要靠向哪一方。秀吉不斷派出使者，等待傳回好消息。

「三七殿下（信孝的乳名）從小就是硬脾氣，現在還是脾氣不改啊。」

秀吉雖然語中帶有幽默，內心可冷靜不下來。織田家的遺孤倘若能夠參加合戰，必定能夠吸引周圍的大名成爲麾下。但是他最後還是放棄了，中午過後，終於懶洋洋的沿著淀川北上。秀吉當天就把大本營推進到攝津富田，前線沿著山崎突出，在那一帶佈陣。

明智軍也是在淀川佈陣，最前線位於勝龍寺一帶。兩軍的前線相距大約兩公里。雖然已經這麼接近，但是到了當天晚上，雙方還是以靜待變，不開一槍，就這樣對峙著。

「不移動、不挑釁、不出擊，直到我下令爲止。」

秀吉嚴格的控管前線部隊，等待著織田信孝和丹羽長秀的八千名大坂軍抵達。目前兩軍的兵力相當，一旦大坂軍派兵支援，羽柴軍就佔有優勢了，秀吉就是在等那一刻。另一方面，光秀也沒有在晚上行動。照理說，夜襲是打仗的常識，光秀卻十分謹慎。原因在於秀吉回軍的速度太快，讓光秀有些措手不及，以致高估了羽柴軍的陣容。

（那隻猴子，難道糾集了兩倍的兵力來對付我？）

他如此評估，導致不敢採用全軍突擊的方式進行野戰，而是改成野戰與陣地戰的折衷戰術。陣地防禦戰可以有效的削弱敵軍數量，卻也造成光秀在作戰方面顯得消極退縮。

再者，光秀還覺得很痛苦。

光秀最爲信賴的大和筒井順慶居然投靠秀吉了。雖然說順慶沒有帶兵到戰場一帶，可是如果他出現了，應該會把部隊放在淀川東岸的高地洞峠那邊。爲了預防順慶出兵，光秀得把手下最精銳的齋藤利三部隊派去盯住重要性不高的隘口，而不能參與平原上的野戰。

接著，戰場下起雨來了。

午夜來臨，已經是十三日了。

雨繼續下著，戰地上的羽柴軍動也不動。光秀感覺自己很幸運，趕忙在淀城後方構築陣地。就像是找到魚了才開始編織魚網一樣，忙亂之中也沒辦法出兵。

到了中午，秀吉陣營發生一陣小騷動，原來織田信孝和丹羽長秀率軍從大坂趕來。

「終於到了。」

秀吉就是在等這一刻，在雨中，他搭乘轎子飛奔到大塚（高槻南方的河港）岸邊，迎接信孝與長秀的到來。

「啊啊，此舉必定能夠撫慰故右大臣的在天之靈。」

他從轎子裡跳出來，在雨中跑到信孝面前單膝跪地。

「辛苦你了。」

信孝只說了這句話。接著秀吉站起身來走向丹羽長秀，握著他的手：

「在下感激不盡。」

秀吉小聲的說。根據使者的回報，長秀還眞是花了好大的功夫，才終於說服信孝出兵。接下來，秀吉就在雨中說明敵我兩方的狀況、說明攻擊方針、說明地形等。這一帶是淀川流域最狹窄的河段，河的西岸有天王山等山脈擋在河岸，東岸則是石清水八幡的山擋在河岸。

「萬事拜託您了。」

長秀表現出高度的善意，答應在此情況下接受秀吉的調度和指揮。

雨中的軍議隨即終了。

那我們就開始吧，秀吉說得好像搗麻糬一樣輕鬆，回到轎子裡。

「出發。」

他在轎子內發令。剛才已經跟信孝與長秀討論過，他們帶來的新部隊都歸入本軍，爲前鋒做後盾。在此同時，直屬秀吉的部隊也跟著往前線推進（只留下弟弟羽柴秀長的部隊擔任預備隊）。

後方部隊又得重新部署一次，然後往前移動。在這次移動之前，秀吉已經搭轎前往前線，轎子在山麓的街道上奔跑。

「拿出氣勢來！」

秀吉把頭和手伸出轎子，激勵部隊往前推進。因為雨天導致地面泥濘，秀吉一直喊著：「想要贏得戰功，就要拿出氣勢！」人馬的腳都奮力在泥濘中前進。

稍早，前線傳來幾聲火槍的響聲，如今狀況一變，敵我兩方上千挺的火槍同時開火射擊，氣勢猶如山崩一般，這時是下午四點。

明智軍的突擊相當勇猛，光秀的首席家老齋藤利三衝出洞峠，投入最前線，輕鬆擊敗秀吉最前線的高山右近軍兩千人，率領第二隊兩千五百名士卒的中川瀨兵衛則是下令部隊立刻補上。

「誰敢後退就砍頭。」

瀨兵衛指明有可能退卻的騎兵，大罵：

「何兵衛，你這小人！」

相對的，瀨兵衛也大聲稱讚勇猛的官兵：「我看得很清楚，你們都是有前途的勇士。」他的吼聲如同噴火般驚人。

即使如此，還是擋不住齋藤利三軍的突擊，於是第三隊池田勝入齋軍迅速加入第一線。秀吉直屬部隊加藤光泰雖率軍沿淀川趕來增援，齋藤利三隊卻在重壓之下逐漸出現潰敗跡象。

在此同時，街道西側的天王山上發出火槍聲，齋藤利三的右側腹中彈。原來中川瀨兵衛早已派兵佔領山頭，從側面射擊加速了齋藤利三軍的崩潰。明智陣營趕緊派出松田政近軍前去救援，打算爬上天王山，卻在斜坡上被瀨兵衛的支隊追殺，加上秀吉派出堀道利軍兩面夾擊，政近因此戰死。

秀吉正領著後方的大本營向前推進，可是漫天的煙雨阻擋視野，很難用肉眼看出敵我勝負，只能從靠前線使者不斷傳回的報告瞭解戰況。

「明智陣營的先鋒呢？」

秀吉問。根據回報，明智軍的第一隊是齋藤利三，第二隊是阿閉貞秀，之後就是光秀親自指揮的一萬名本軍。

「內藏助（齋藤利三）呢？內藏助被擊敗了嗎？」

秀吉特別要求使者注意戰場上的幾個重點人物，當明智軍最強的那支部隊有崩潰跡象時，秀吉就可以推動另一個戰術了。開戰經過一小時，齋藤軍漸漸有站不穩的跡象了。

一見到這個機會來到，秀吉馬上發動總攻擊。他要官兵沿著淀川河床前進到前鋒的右翼，人數夠多之後，就開始前進，踏著河灘的泥沙迅速前進。由於光秀把大多數兵力放在後方當作預備軍，對秀吉右翼的推進沒有做好完備的防禦，結果，秀吉的右翼部隊行進速度飛快，頗有包圍明智軍先鋒的態勢。

這時齋藤軍才感到恐慌，開始退卻。

光秀也感覺前線即將崩潰，馬上投入之前預留的預備隊。

「太遲啦——」

光秀也眞是倒楣，洞察戰場狀況的能力就是比秀吉慢一步。現在投入預備隊已經太遲，預備隊一到達前線，就被秀吉陣營團團包圍，光秀的部隊一支一支崩潰、敗退。後撤的部隊又遇上明智擺在後頭的殿後軍，殿後軍一看前線已經完蛋，部隊就自行崩潰，士兵四散奔逃。這時，戰爭已經持續兩個多小時，光秀開始收拾殘軍，回到勝龍寺城，想在城裡重整部隊和將領。可是，以伊勢貞興爲首的有力將領大半已戰死，這時光秀才明白這場仗打不下去了，終於拋棄戰場，逃往近江坂本城。

日落之前，仍舊在戰場上馳騁的只剩下秀吉陣營的人馬。最前線的中川瀨兵衛也停止了戰鬥。

「我們不打算追擊敵軍嗎？」

瀨兵衛看著這名發問的步卒頭領，忍不住笑了。

「你還有力氣啊。」

回顧戰場上的部隊，在激戰之後，士卒已經疲憊不堪，足輕或趴或躺在路旁和河灘，任雨水灑下，辛苦的喘息。原本在會戰之後應該立即追殺光秀、砍下他的首級。但是，這份功勞就讓給那些剛抵達戰場的生力軍吧。

「我已經累壞了。」

瀨兵衛搬了一把小凳放到街道旁，坐在上頭好好休息，突然起身問隨從：

「秀吉跑到哪去了？」

隨從聽了低垂下頭，小聲的回答「我不知道」。

「如果照老規矩的話，」

瀨兵衛說道，當我方戰爭得勝時，在戰場的餘燼熄滅之前，戰地諸位將領就要向總大將回報戰果，祝賀戰勝。如今，假使信長主公還活著的話，瀨兵衛就應該去參見信長。問題是信長已經死去啦。

「難道他去參見三七殿下？」

瀨兵衛想想，哪有這種傻事。現在的織田信孝並不算是織田家的後繼者，只是伊勢神戶的城主罷了。信孝算是織田家的一位大名，瀨兵衛也是相同位階的大名。

「這一仗打的眞爽快。」

瀨兵衛這麼說。攝津人有個習慣，就是腦子想什麼，嘴巴就忍不住說出來。只要站在他身邊，就會瞭解瀨兵衛丟不掉這個習慣。

「難道說，要我去恭賀秀吉戰勝？」

瀨兵衛這時是直稱秀吉，不加敬稱。假如是秀吉，他一定會逐一向各大名道謝，讚揚大名的辛勞，這是秀吉的習慣。

這時，街道那一頭出現了一支部隊。

「什麼？」

瀨兵衛首先看到的，是兩名騎士擔任先驅，後方有士卒舉著朱紅唐傘和大馬印旗跟著，一看就知道是秀吉的轎子。

「是秀吉啊。」

瀨兵衛喃喃自語，並沒有從小凳子上起身，也不打算站起來。對瀨兵衛來說，應該是秀吉要停下轎子，下轎好好慰勞他才對。在和瀨兵衛有關的文書記錄中寫道：

——相應之官職就要有相應之禮儀。

文書中這樣描述他的心事，實情卻不是如此。

當轎子通過瀨兵衛面前時，好像突然注意到似的，轎子旁邊的小窗打開，秀吉露出他的臉：

「瀨兵衛，您辛苦啦。」

秀吉就這樣說了一句慰勞的話，僅此而已。

——以下，我們借用一些記錄文章，說明瀨兵衛當時的言行反應：

瀨兵衛心直口快，有話就說，

「本人推斷，您有奪取天下之神色。」

他如此說道。

秀吉公照理說不可能沒聽到這句話，但是他裝做沒聽到，趕緊離去。

勝家

軍容華麗是舊織田軍團的特徵。信長過去攻打北陸時率領的武士群，也是個個穿著華麗亮眼的戎裝。

「是天兵天將下凡了嗎？」

當地的百姓看到簡直嚇破了膽。信長這個人滿腦子都是天馬行空的創意。例如，他要求大將級的武士要豎起一種設計花俏、稱爲「馬印」的旗幟標示出自己所在的位置，而且這個創意很快就流行全天下，當時人們還特地爲此編成曲子。像是，織田家貴族的馬印是這樣的：

金盒信忠卿
金之傘信雄卿
金之杵三七殿下

織田軍團大將級的馬印是：

金之葫蘆秀吉卿
繪鶴竹上金紙片長秀卿
三之金丸一益卿
金之御幣勝家卿

其中柴田勝家的馬印又稱：「鬼柴田的御幣」。意味著敵人看到這面旗，就會不由自主感到心驚膽寒。

柴田勝家的大本營位於北陸，他是織田家在北陸的總督，負責牽制越後的上杉景勝。話說，越後在謙信死後由養子景勝繼位，但是軍力已經不像謙信在世時那樣威震四方，光環逐漸褪色，現在只能算是一介地方的小霸主。勝家領著麾下的佐佐成政、佐久間盛政這些驍勇善戰的大將牽制上杉軍，不讓對手越雷池一步。這段時期的戰鬥，勝家軍可說是連戰皆捷，佔盡優勢，上杉景勝差點就要撤退回越後的老巢本國了。

就在這關鍵時期，勝家突然接獲本能寺之變的消息，不過那已經是事變發生後的第三天、六月四日的事了。

說到這裡，勝家的運氣就是差了秀吉一截。當時人正在遠征備中的秀吉，是在六月三日收到消息。

反過來說，勝家也有比秀吉運氣好的地方，那就是他的敵人上杉軍沒有毛利軍那麼強大。

「我等必須即刻回京都，討伐光秀。」

勝家對麾下的部將這麼宣布。他把部分將領留在越後防堵上杉的蠢動，然後回到居城北之庄調兵遣將，準備率領主力軍南下，不過他似乎並不那麼心急。

（我一定要討伐光秀。）

勝家大概是自信過度，以為除了自己，沒有其他人有本事討伐光秀。這份自信心出自於他是織田家的筆頭家老，同時他還掌握了織田家數量最多的軍隊。勝家有信心，要比實力絕對無人能出其右。正當秀吉從山陽道那邊撤軍，急行軍趕回京都時，勝家正沉浸在他一廂情願的想像中。

——那隻臭猴子正在爲如何對抗強大的毛利而發愁呢。

時值夏天。

北陸的氣候比山陽道更宜人舒適，從越前南下的北國街道沿途風光明媚，放眼望去盡是一片綠意。

（天命降臨到我勝家的身上了嗎？）

勝家率領大軍南下的途中，內心不禁這麼想。不只是勝家，手下的將領也都抱著同樣的想法，只是大家心照不宣。這一年，勝家六十一歲。

他一面策馬前進，腦子裡浮現出一幕幕自己的半生戎馬。

勝家，人稱權六，官拜修理亮。柴田家世世代代都是織田家的家老，所以勝家才能擁有今日崇高的地位。

——織田家靠的就是權六我啊。

勝家常常這麼說，對其他將領也總是擺出高高在上的態度。

信長年紀輕輕就坐上了家督的位置。當年織田家的臣子無不憂心忡忡，擔心脾氣乖張、行爲脫序的信長可能會毀了織田家。所以，有部分老臣想要改立信長的胞弟勘十郎信行，勝家也參與了這項秘密計畫。不過，這個行動最後行跡敗露功敗垂成。勝家抱著一死的覺悟向信長請罪，卻意外獲得信長的原諒。不僅如此，甚至還受到信長的重用。信長對背叛他的人從不輕饒，唯獨對勝家，非但不追究，還予以重用。原因應該是他看出勝家這個人擁有非凡的領導能力吧。

信長年輕時就決定將來要讓勝家擔任常任的先鋒大將。把最強悍的大將置於先鋒，是軍隊編制上的常識，這也是身爲武人最高的榮譽。可是勝家總是一再的推辭。

「卑職才能淺薄，無法承擔重任。」

但最後還是答應了。勝家接受這項任命後，正要回家的途中遇到信長身邊的一名旗本。那名旗本沒和勝家打招呼，不發一語打算擦身而過，勝家突然叫住他，開口責罵：

「這成何體統？」

在織田家的家風中，信長的存在是至高無上，所以他的直屬部屬，包括旗本在內，對其他的幕將不需要行禮。勝家卻對這樣的家風有所不滿，這也是過去他拒絕擔任先鋒大將的理由之一，因爲在這樣的家風之下，就算擔任先鋒大將，對部屬也毫無威嚴可言。

「爲什麼不對我行禮？」

勝家這樣質問那名旗本。對方也不甘示弱，不予理睬。不料，勝家突然抓住他的衣襟將他撞倒，接著抽出刀子殺了他。

信長聽到這個消息勃然大怒。勝家立刻進城，向信長解釋原因。

「這就是末將之前不願接先鋒大將的原因。如果先鋒的權威可以任人踐踏，那麼不當先鋒也罷。」

信長覺得柴田言之有理，於是不再追究。

信長出兵攻打近江時，勝家也參與了這場戰役。當時他僅派寥寥數人看守近江浦生郡的長光寺城。這時，南近江的舊國主佐佐木承禎率領八千兵馬來襲，包圍城池，還截斷城裡的水源供給。城內立即陷入無水可用的窘境，無法炊煮、無水飲用，陸續出現渴死的消息。早就在等待這一刻的佐佐木承禎，派使者前去長光寺城傳達以下的訊息：

——只要出城投降，勝家以下的軍官一律免死。

佐佐木承禎的招降動作只是個幌子。事實上，他是想讓使者進城裡去，觀察缺水問題有多嚴重，士兵是否已經無力再撐。這名使者是非常有名的平井甚助，勝家接見了平井，雙方會談到尾聲時，平井甚助說要離席如廁。不一會，就又回到座位上。

——在下可否洗手？

勝家早看出對方的來意，於是命令兩名兒小姓扛了盛滿水的大銅盆進來。這讓平井大感詫異。

之後，他在外廊淨手時又看到更爲吃驚的景象。那兩名兒小姓竟然把他洗剩下的整盆水往院子潑。

（看來，城裡並不缺水啊。）

平井內心大爲震驚。草草結束會談後趕回自家陣營，向佐佐木承禎稟報此事。

夜裡，勝家把城內所有人召集到本丸，宣布「水已用盡，老天又不下雨，岐阜短時內也無法派援軍馳援，我們的希望越來越渺茫了。再這樣下去，眾將士都會渴死。與其都是死路一條，不如趁今夜出戰直搗敵營，這才是武士的風範。」

此時城內只剩三大甕的水，勝家命人把大甕抬到院子，讓士兵按照順序，一人飲一瓢水，最後剩下一半的水。勝家高舉長刀，手拿石鎚，把甕逐一打破，然後說：

「現在已經滴水不剩，大家只有拚死這條路了。」

當晚，柴田下令開城，眾將士蜂擁衝出，數量比他們多出十倍的敵軍瞬間亂了陣腳。「破甕柴田」之名就是這麼來的。

話說，當初信長在考慮該由誰來擔任北陸的總督人選時，可說是傷透腦筋。

「北陸百姓難以接受他國人。」

信長明白這個道理，所以他必須挑出一位擁有傑出管理能力的將領，才能讓北陸人民信服。除此之外，號稱天下最強的越後軍，在上杉謙信的指揮下戰無不勝攻無不克，因此，北陸總督絕對要具備足以匹敵上杉謙信的軍事長才。基於上述兩個條件，勝家正是不二人選。而勝家也不負所託，以越前爲根據地，陸續拿下加賀和越中，突破越中的魚津城，將上杉景勝逼回自己的老巢。正當勝家軍準備進入越後予敵人致命一擊時，本能寺之變爆發。

「算你景勝走運。」

勝家大嘆道。

從越前南下至近江的這段北國街道，沿途都是坡路。從敦賀南郊入山之後，就是高聳入雲的綿延山脈。

「到了柳瀨，就可以俯瞰湖面了。」

在山區趕路的途中，勝家好幾次這麼嘀咕著。因爲只有琵琶湖美麗的山光水色能夠消除長途行軍的疲憊和鬱悶。每次勝家經過這條路時，內心總是期盼著能快點看到琵琶湖，這次也不例外。

「眞希望早點抵達柳瀨……」

這名脾氣桀傲不馴的武人，此時卻像個多愁善感的詩人。只要抵達柳瀨，應該就能消除內心這股難捱的鬱悶……。

終於看到如手掌般向外展開的盆地柳瀨了，單調枯燥的行軍也有了變化。不過這變化不是因爲明媚的湖水，而是奉秀吉之命從山城山崎的戰場前來的使者。

「明智日向守光秀——」

使者在勝家的坐騎前大聲稟報「殺害右大臣的叛賊，已於昨天十三日，由我家主公羽柴筑前守秀吉在山城國山崎將他討滅，爲已故右大臣報仇雪恨。」

「你說什麼？」

坐在馬背上的勝家，一時之間無法理解使者所描述的狀況。秀吉人不是正在中國地方的戰線上，和毛利軍對峙之中嗎？

「你在說謊吧。」

「不，筑前守大人是眞的殺了光秀那名逆賊。」使者舉了現在京都最流盛行的「秀吉的中國大返還」這句話來強調消息的可信度，又按照日期鉅細靡遺的交代秀吉討伐光秀的過程。讓勝家不得不信。

（臭猴子！）

勝家仰頭望天，空中烏雲密佈。照使者的說法，昨天那場仗是在雨中進行的。

（眞是人算不如天算。）

情勢的發展完全出乎預料，早知秀吉會來這招，哪怕要馬跑到斷腿，他也會率軍兼程趕回。

——我實在太自以爲是了。

勝家萬分懊惱。門第和威望的光環，讓他擺脫不了這種過度自信的缺點。勝家以爲像秀吉那樣的小輩想要調軍回頭，至少也會等他這位首席老臣回來之後再行動。他一廂情願的認定，憑秀吉的實力難以和光秀對戰。就是這種過度的自信，讓勝家的行動速度放慢了下來。

「這件事，」

勝家下馬說道：

「眞是大快人心。筑前的表現的確讓人激賞。我會代替已故右大臣好好嘉獎他一番。」

勝家擺出高人一等的姿態，他想藉由褒揚秀吉的行動來鞏固自己首席老臣的顏面。不過任誰都看得出來，他的眉頭深鎖，內心異常不快。勝家改變了行動的方針，下令全軍即地紮營。

「要在柳瀨這裡過夜嗎？」

手下的將領個個詫異不已。因爲此時太陽高掛，根本還不到紮營夜宿的時刻。

「沒錯，我們要在這裡過夜。不然你說，我們還能做什麼？我們要做的事情，已經被那隻臭猴子搶先做了。」

他把事實告訴了手下的將領，眾人既失望又激動，一刻也無法安靜的待在陣營裡，紛紛趕往勝家的營帳集合。

「臭猴子。」

他們在勝家面前這麼痛罵秀吉。這些人都是織田信長分配給勝家的「與力」大名，由於大夥兒長時間在戰場上並肩作戰，日子久了就和勝家的部屬沒兩樣，連憎恨的目標也變得一致，都非常討厭秀吉——不過有位大名例外，就是前田利家。

這天晚上勝家苦思良久，終於想出新的行動方針，心情也化暗爲明。那就是信長和他的嫡子信忠死後，織田家的家督該由誰繼承的問題。根據勝家的腹案，繼承會議要選在織田家的發祥地尾張清洲城召開，由他掌握主導權。

「明天就前往尾張的清洲城。」

勝家以織田家首席老臣的立場發出這樣的軍令，並派使者去通知織田家轄下的將領。當然，秀吉也收到了。

「到清洲城集合。」

勝家以故信長代理人的身分發出這樣的命令，把主導權搶了過來。另外他還派出更重要的使者前往南方伊勢的神戶城。

「三七大人」，也就是信長的三男織田信孝就住在那座城裡。正當秀吉準備和明智光秀開戰時，信孝就待在大坂。秀吉從山陽道登城不斷的催促，信孝才勉為其難的參加討伐光秀的戰鬥。信孝原本就討厭秀吉，現在要他在秀吉的指揮下作戰，更是百般不情願。戰勝之後，信孝毫不客氣的這麼問秀吉：

「我可以繼承織田家嗎？」

秀吉堆起微笑，簡單的回了一句「現在說這些，為時尚早」。站在秀吉的立場，信長的葬禮都還沒舉行就急著問這種事，有失人子的倫理。而信孝也察覺到秀吉話中的深層含意。

（這個筑前守，根本不想擁立我。）

信孝並不是憑空臆測，而是從秀吉和信雄過去的關係來判斷。信孝最信賴的人是勝家，一直以來也跟勝家走得比較近。

信孝回到伊勢神戶城之後隔了兩天，柴田勝家派遣的使者登門拜訪。

「修理亮大人有意要推舉三七殿下。」

使者表明了來意。

信孝聽了大為歡喜，帶領隨從啟程前往清洲。只要有首席老臣勝家的支持，繼承家督一事就沒問題了。

信孝的宿命與他複雜的身世息息相關。他出生於二十四年前的永祿元年（一五五八）正月。偏巧不巧，信長的次子信雄也在同年同月出生。信孝的出生日期比信雄早了二十天，按照道理，應該是織田家的第二個男丁，可惜因為生母身分卑賤，遲遲沒有通報信孝的出生，所以信孝被排到了第三。受到這件事的影響，信孝在成年之後，始終覺得自己受到不公平的對待。

「三介。」

信孝私下都叫他的「二哥」信雄的乳名三介。信孝從未把信雄放在眼裡，在織田家見到面也總是昂首闊步，不以弟弟的身分向兄長行禮。除了身世上的委屈之外，信孝聰慧機靈，信雄天性駑鈍，這也讓信孝難以尊信雄爲兄長。如今，父親信長和長兄信忠突然去世，按照排位，信雄成了第一順位的繼承人，這讓信孝的內心更無法平衡了。

信孝抵達尾張清洲城時，勝家特地出城門迎接，還領著信孝進入本丸，兩人在院子的涼亭懇談。

「卑職想擁立三七殿下您擔任家督。」

爲了不讓外人聽見，勝家刻意壓低聲音說。勝家擺明要做人情給信孝，但是信孝臉上卻沒有喜悅之色，也沒有點頭，姿態頗爲高傲。

「三七殿下。」

勝家又再說了一次：

「卑職想推舉您當繼承人。」

「我聽到了。你說的是眞的嗎？」

「殿下言下之意是？」

「我眞的可以繼承織田家督的位置嗎？」

「關於這件事，」

勝家壓抑內心的惱火，因爲這種事，他自己也不敢說十拿九穩。

「的確不是輕易的事。」

勝家這麼回答。秀吉手上還有秀勝這張王牌。秀勝是信長的第四子，乳名於次丸。當初信長在秀吉的要求下，將於次丸過繼給秀吉當養子。雖然於次丸已改姓羽柴，不過秀吉有可能爲了實現自己的野心，放棄這層領養關係而擁立他，或是擁立次子信雄。「那傢伙不是簡單的人物，千萬不能大意。」勝家這麼說。

這時的秀吉人在近江。

他在整頓在明智之亂中被燒毀的安土城，同時照顧暫時遷居到近江蒲生避難的織田家女眷。

就在這時候，勝家的使者帶著清洲會議的召集令前來。秀吉看過之後問：

「三介大人也會去嗎？」

使者表示柴田也有派使者前去通知。是嗎？照這麼說，三介殿下也會去了？秀吉滿意的點頭。

（看樣子，羽柴大人是想擁立信雄殿下了。）

使者內心這麼想，於是匆匆趕回清洲稟報勝家。傳言很快在清洲城裡散佈開來。當然，信雄也聽到了。他耍弄著扇子，看起來似乎非常高興。

秀吉從安土出發了。

他不是穿著輕裝，而是隆重的武裝。他的胞弟羽柴秀長和蜂須賀正勝各率領千名士兵護送秀吉前往。這麼做是爲了預防會議中要是一言不合出現突發狀況，甚至在清洲城內爆發內戰。

「這次的繼承人遴選會議，比打仗還精彩呢。」

秀吉麼說。意思是比打仗還要危險？還是有比打仗更龐大的好戲要上演？不管是哪一種，在這場遴選會議中下錯一步棋，唾手可得的天下霸權就可能被勝家全盤搶了過去。

秀吉沿著湖畔前進，途中繞到另一個地方。

離開安土城往北走十八公里的湖邊有一座佐和山城。城主是在織田家足以和柴田勝家平起平坐，堪稱是信長左右手的丹羽五郎左衛門長秀。

秀吉來到城外，令大軍在山下的牌樓等待，自己則是帶了一名兒小姓登山進城。這樣從容的行動是對長秀友好的表現，秀吉明白，目前的局勢之下，必須把長秀的心拉到他這邊來。

「聽說修理亮大人打算推舉三七殿下爲家督。」

丹羽長秀一臉不悅的說。他很討厭信孝。

「那位公子眞的很令人頭痛。」

信長的兒子之中，信孝也算是個可造之材。只不過論才幹，也僅止於「村子裡面隨隨便便都可以找到五個」的那種程度，資質跟普通人沒什麼兩樣，待人處世方面卻遺傳到父親信長的壞習慣，對資深的家臣總是擺出驕傲自大的姿態，當他們是足輕般的吆喝。這倒還沒什麼，令丹羽長秀氣不過的是，現在柴田勝家竟然要推舉態度囂張的信孝繼承織田家的家督。雖然勝家在織田家的地位是首席，但他好歹也是排名第二的位置。

「權六簡直是鬼迷心竅。」

長秀忿忿的說。討伐光秀時，勝家沒出半點力氣，現在卻急著出頭，召開什麼遴選會議。

「大人先按耐住性子。」

秀吉揮揮手安撫長秀。兩人促膝懇談了一會，取得默契之後，秀吉便起身鄭重辭別。爲了避免引起敵人懷疑兩人共謀，長秀在秀吉離開山城後，才準備啓程前往清洲。

清洲城外沼澤遍布，沼澤間的蘆葦叢中，不時傳來紅冠水雞的鳴叫聲。

遴選會議在清洲城的正堂舉行。坐在靠窗通風位置的是瀧川一益，這個席次比秀吉稍高。一益是近江甲賀郡出身的浪人，後來被信長收留。一益在戰場上奮勇殺敵受到信長的賞識，最後拔擢爲織田軍團長的成員之一。信長晚年時，還下令一益前去收服關東。

由於當時織田家的聲威還不及於關東地區，一益爲此吃盡了苦頭。好不容易收服了武州、上州的地侍，正和關東地區的霸王北條氏對峙時，爆發了本能寺之變。

消息傳到關東，不少地方武士趁機脫擺脫一益。陷入孤軍奮戰的一益見勢不可爲決定撤退。大軍從厩橋（前橋）南下經高崎，上溯到神流川（群馬縣和埼玉縣交界處）時遭北條氏大軍的伏擊，死傷慘重。最後，一益帶著僅剩的一支軍隊逃回領地伊勢。

「左近將監（一益的官名）是不是老啦。」

清洲城內負責招待的內務們這麼耳語。一益的確是蒼老許多，五十八歲的男人看起來像個七、八十歲的老朽。來到清洲後，也只說了一句。

——小命尚在，卻像活在地獄一般啊！

對關東慘敗的經驗他不願多談。信長在世時的常勝將軍，從來不曾輸得這麼狼狽又徹底。

「我終於瞭解主公偉大的地方了。」

一益感觸良深的說。因爲有信長的威望，才有英勇蓋世的一益。信長一死，領地內的地侍就不再把他放在眼裡了。也許我的能力僅止於此吧。信長之死所帶來的衝擊，一益的感受最爲深刻。戰敗的陰影讓他的想法變得越來越灰暗。

（織田家的氣數將盡了吧。）

戰敗這件事讓一益重新認識到信長生前的威望是多麼巨大。也因爲這樣，他對信長死後的織田家已經不抱任何希望。

（現在，只能依靠勝家了。）

一益這麼想。信長死後，能夠維持織田家威望的人，當然就是筆頭家老柴田勝家。除了投靠勝家，一益想不出還有其他更好的人選，所以在遴選織田家繼承人這件事上，他選擇和勝家站在同一陣線。

參加遴選會議的家臣和將領多達上百人，大名等級的有柴田勝家、丹羽長秀、瀧川一益、羽柴秀吉、細川藤孝、池田勝入齋、筒井順慶、蒲生氏鄉、蜂屋賴隆等人，另外還有織田家的親族和旗本。

會議的議長就是柴田勝家。

「各位千里迢迢前來，路途辛苦勞頓，勝家非常感謝。」

勝家以粗厚的嗓音說。他坐的位置背對明亮的窗戶，在光影的襯托下體型看似更爲巨大，讓人油然產生敬畏之心。

勝家大略說明了本能寺之變的經過後，閉上眼睛，口中開始喃喃的唸起佛經，爲信長父子祝禱。

之後他睜開眼睛說「哀傷也無濟於事」。

「眼前最重要的，就是選出繼任的家督，讓織田家能永續繁榮。」

「…………」

「就是三七殿下了。」

勝家發出像是來自深淵般的聲音說：

「論年紀和才幹，三七殿下都是最適合的人選。各位意下如何？」

在勝家的權威壓力下，在場的家臣沒有一個出面反對。

「既然，在座的各位沒有人反對，那麼……」

勝家正打算宣布時，敬陪末座的秀吉突然一派輕鬆的舉起扇子說：

「沒想到修理亮大人竟然會這麼說出這麼荒唐的話來。想必是右大臣的過世，讓大人您哀痛過度，失去了理性思考的能力，才會忘記最重要的道理。」

「我還以為是誰在說話呢，原來是筑前守大人。」

勝家緩緩的轉過頭看著秀吉，語帶酸澀的說「筑前，你再說一次」。秀吉不理會勝家的質問，轉而看著在場的諸公。

「繼承這件事，最重要的就是正統。」

秀吉滔滔闡述血脈的重要性，說要是少了這項考量，家就會分崩離析、導致滅亡。古今以來，這樣的例子不勝枚舉。還說勝家說的話毫無道理云云。

「筑前！」

勝家急躁了起來。

「說，你到底想要擁立誰？」

「三法師。」

「無理取鬧。」

三法師是一名三歲的小娃兒，是信長嫡子信忠的獨子，也是信長的嫡孫。本能寺之變爆發時，三法師與生母正好待在信忠身邊。信忠找來僧侶出身的侍臣前田玄以，對他說：

「把他打扮成僧侶的樣子，也許可以騙過敵人的耳目。快快帶著三法師逃出火場。」
玄以抱著幼兒衝過敵人的包圍，混進市區的人群中，再趁機逃出京城到岐阜城避難。在這場遴選會之前的幾天，三法師也來到了清洲城。
秀吉必須推舉三法師。
（不這麼做的話，討滅明智的功勞恐怕就會化成泡影。）
天下的霸權也會旁落他人之手。
（織田家的當主就由這個幼兒來當吧。）
秀吉早就盤算好了。他明白信長一死，信長的霸權就等於結束了。但是，信長的霸權沒有道理非得由信長的血脈來繼承。如果信長和過去的足利幕府一樣統領天下，那麼霸權的確得要由血脈子孫繼承，但是目前織田家的領地還不到全日本的三分之一，統一霸業尚未完成。既然是未完成，只要誰有本事，就由誰掌握霸權，這是天經地義。
至於織田家的繼承人，到時候只要封他們爵位和領地，維持織田家的體面，足夠供後代祭祀的程度足已。按照秀吉的想法，如果繼承人沒有實力，就不該承接征服天下的霸業。所以，比起有野心的大人——信雄或是信孝，織田家由沒有野心的幼兒來繼承再適合不過了。
（勝家那個死腦筋，就是想不通這點。）
其實，勝家心底也是打算藉由貴族等級的禮遇來籠絡織田家，藉此把霸權攬在自己身上吧。
不過此時的勝家，卻在遴選會議上駁回秀吉的提議。
「正統這種事，也得因時因地而異。試問，一名幼兒如何帶領織田家在亂世中生存？」
勝家終於和秀吉正面槓上。在座的瀧川一益也聲援勝家。
秀吉不甘示弱，又說：
「藐視正統是混亂的根源。」
現場和勝家的爭論的就只有秀吉一個。先前和秀吉達成默契的丹羽長秀只是閉目聆聽沒有表態，看似保持中立。

（丹羽大人，你眞是會演戲啊！）

秀吉心裡覺得好笑。話說，他和長秀在佐和山會面時就已經商量好，一旦兩派展開論戰，丹羽長秀要表現出中立的態度。

（接下來，就等其他人的表態了。）

就秀吉的觀察，在座的家臣礙於勝家的威嚴，所以不敢表示意見，事實上心裡是支持擁立三法師的提議。這也是理所當然，因爲這些人幾乎都是曾經和秀吉並肩作戰、在山崎的戰場上討滅光秀的鐵血同袍。他們心裡明白，支持秀吉，自己在山崎立下的功勞才會獲得重賞。要是支持勝家，在山崎立下的戰功肯定會被抹煞。

情勢對勝家相當不利。因爲勝家的與力大名大部分都留在北陸地方，防堵上杉軍的蠢動，僅有少數幾名家臣陪同勝家前來參加今天的大會。

秀吉的語氣開始出現起伏變化。

「像這樣，」

他抹去嘴角的白沫說著。儘管在今天的這場會議上，你我爭得口沫橫飛，但結局還是平行線——他故意操著尾張腔，用滑稽的口吻說：

「總而言之，這是決定織田家家督的大事，不能光由修理亮大人或是筑前我來決定，而是要尊重大家的意見，由大家來決定誰是最適當的人選。」

「那是當然了。」

勝家不耐煩的說。本來就該如此，可是這個小矮子現在說這些，究竟在打什麼鬼主意。小矮子又繼續說下去：

「在下想說的都說完了，繼續留在這裡，諸君恐怕也不敢暢所欲言。然而，不管最後決定由誰擔任家督，我筑前還是會跟右大臣在世時一樣，爲新主公盡忠效力。」

「筑前，你要退席了嗎？」

「正是。」

秀吉垂下頭，擦拭額上的汗水。他解釋，自己突然感到一陣腹痛、惡寒，大概是肚裡的寄生蟲在作怪，所以想先回其他房間歇息。說完，就匆匆離開了會議的現場。

（蠢蛋。）

看到秀吉的蠢模樣，勝家反倒鬆了口氣。因爲只要秀吉人不在現場，他所提出的擁立三法師的建議，就有可能會胎死腹中。

話說秀吉這邊，他在招待人員的帶領下經過走廊，來到一間房裡休息。那裡是招待人員的休息室，裡面還放了煎茶台子之類的道具。

秀吉擺好枕頭，像是在保護肚子般的弓著身子，慢慢的躺下。

招待人員把張羅來的尾張土產香薰散放進熱水裡熬煮，再拿給秀吉飲用。秀吉喝下之後說「我很快就會好，讓我一個人靜靜」，然後把招待人員打發走，自己靠在枕頭休息。

（唉呀，我還眞是個大惡棍啊。）

他自己也覺得好笑。想想自己都四十過半了，半生戎馬的生涯中水裡來火裡去，爲織田家效盡犬馬之勞。而且，他的忠貞與旁人的精神美學不同。他把自己的生命拋到一邊，全心全意爲信長開疆拓土、聚積財富。從當信長的小者開始的那一刻起，爬到現在大名這個位置，這段期間他爲信長賺進了難估算的財富，信長應該也是心知肚明吧。

如今，那個信長死了。

仁至義盡了。再沒有必要繼續替信長的遺孤賣命、替他們賺錢。

（接下來，輪到我給自己賺錢啦。）

他這麼想。織田家的霸業不能讓給信長的遺孤，他要把大位搶過來。這可是大逆不道的惡事啊。

（人若想飛黃騰達，一輩子之中至少要有一次絞盡畢生的智慧，做一件轟轟烈烈的惡事才行。）

這是隱藏在秀吉內心的想法。眼前的局勢下，秀吉必須放手大幹一場，而且要光明正大。若是有所顧忌或想私下偷偷來，就會被認爲他是在幹壞事。所以，必須做得像舉辦仲夏祭典一樣光明正大，如此一來大家才會跟著打節拍，一起熱鬧起舞。

（就像在跳幸若舞那樣。）

秀吉聯想起他喜歡的舞蹈。舞者表現方式分爲陰氣和陽氣，陰氣的舞者偏向保守嚴謹，舞跳得再好，觀眾總是會聚焦在他的缺點上，而不是優點。相反的，陽氣的舞者對自己充滿自信，就算技術不是最優秀的，觀眾還是會因爲他的開朗而忽略他的缺點，只看優點。

話說，秀吉也休息了一個多小時，突然聽到走廊傳來跑步的聲音。

（那腳步聲應該是五郎左衛門吧。）

果然是丹羽長秀。

這一切都是秀吉寫好的劇本。秀吉剛才先離開，他退場之後，就由丹羽長秀輪番上陣表演了。

就在秀吉回房間休息的這段時間內，遴選會議正照著他的劇本繼續進行。秀吉在座時，織田家第二號家老丹羽長秀始終不發一語，保持中立的態度。等秀吉退場之後，就豎起舉鮮明的旗幟了。

「剛才聽兩位大人的意見後，老朽認爲筑前大人的提議比較令人放心。」

長秀以公正莊嚴的態度發表了這樣的意見。第二家老的意外發言，彷彿給在場的諸將領解了套，大家開始議論紛紛。

「誠然，我等也是這麼認爲。」

眾人紛紛表達支持有正統繼承權的三法師。在這一面倒的氣氛下，勝家依然不服輸，堅持要擁立信孝。但是他越是堅持，包藏私心的嫌疑就越明顯。眾人不禁懷疑，勝家是否有所企圖，才會想要強度關山。這樣的氣氛，勝家自己也感覺到了，於是不得不爲自己辯解：

「我勝家並非有所圖謀才會如此堅持。」

丹羽長秀最後這麼說：

「老朽認爲，今日的會議應該尊重筑前的意思才合情理，請容我說明其中的道理。」

長秀開始解釋：

「筑前原本在備中作戰，他聽聞已故右大臣遭逢變故，不顧眼前的危險，立刻率軍返回，在山城山崎剿滅了明智日向。可是反過來看，修理亮大人您做了什麼？」

按照道理，應該率先討伐光秀的是修理亮大人才對。長秀這麼說。

「修理亮大人身爲織田家首席大將，就算要對付兩三個光秀那樣的逆賊也絕非難事。」

長秀先是稱讚勝家一番，接著又說，可是您卻不急不忙，行軍速度緩慢，以致錯失先機。這段期間，筑前秀吉和我們並肩作戰，爲主公報仇雪恨。

「所以，這個功勞應該記在筑前身上。至少繼承人的這件事必須尊重他的意見，這樣才能展現您身爲首席家老的寬大胸襟。」這席話，說的勝家也不得不服。

…………

腳步聲越來越近了，秀吉趕緊閉上眼睛。裝肚子疼的這件事，不能被丹羽這個盟友知道。

「筑前，快起來。肚子疼好些了嗎？」

腳步聲進了房間，果然不出所料，正是丹羽長秀。從他興奮的語氣中可以知道，秀吉的劇本順利成功啦。

「喂，你還不快起來。三法師順利繼承家督了。」

秀吉聽到後立刻跳了起來。他緊緊握住長秀的手，表情誠懇的說：「織田家的未來有望了。」

秀吉再次出現在會議上時，議題已經轉移到其他方面。

處分信長的遺領——包括信長的直轄領地和明智

光秀的領地。這些領地的分配大致如下，織田信雄分到尾張、織田信孝是美濃、秀吉是丹波。不過，這些分封不是永久給予，而是暫時代爲管理，直到三法師成年爲止。

柴田勝家分配到的是北陸道四國（越前、加賀、越中、能登）的一百八十萬石領地。在會議中，柴田突然抬起臉，大聲吆喝秀吉：

「筑前。」

秀吉聽到柴田無禮的叫喚，心裡頗爲不悅。

「什麼事？」

「近江長濱給我。」

秀吉不敢置信，不知該怎麼回答。近江長濱不是織田家的公領，而是信長親自封給秀吉的領地。而且勝家要求的「長濱」不只是秀吉蓋的長濱城，還包括北近江三郡在內的二十萬石。儘管現在秀吉的根據地在播磨、因幡，近江長濱這塊領地很遙遠，但柴田這樣厚臉皮開口要別人把領地給他，實在蠻橫無理至極。

「長濱是在下長久以來的封地。」

「我知道，但是，我就是想要那裡。」

「不給。」

秀吉並沒有這麼拒絕。相反的，他還露出春風般的笑容。

（這個男人的野心眞是不小啊。）

他內心這麼恥笑勝家。這裡說的野心，是奪取天下的野心。來日，勝家率領他的四萬四千大軍從北陸出發，直指京都時，近江長濱城就會成爲他的絆腳石。長濱城位於北陸的咽喉，只要秀吉佔住這個琵琶湖北岸的要塞，勝家就絕對到不了京都。這次勝家開口索討長濱，就表示他公開承認自己有奪取天下的野心。

（彼此彼此。）

因爲，秀吉心裡也同樣有奪取天下的意念。秀吉就是看穿了勝家的這點，才會覺得好笑。他故作輕鬆的回答：

「你要就給你吧。」

這回輪到勝家大吃一驚。

「當眞要給我？」

他又再問了一次，秀吉還是點頭。要做大事就不能拘泥在小事上面，現在爲了長濱這座城和勝家翻臉的話，反而划不來。秀吉愼重的再說了一次「給你」。但多加了一項條件：我不直接給你，我跟你的養子（勝家沒有親生兒子）柴田勝豐交情不錯，我要把城送給他。

秀吉一面回答，腦子一面拚命轉。秀吉和勝豐交情匪淺，兩人平日就往來頻繁。勝豐雖是勝家的養子，但是勝家近年來轉而疼愛外甥佐久間盛政，刻意疏遠勝豐，甚至有謠傳，勝家有意把家督的位置傳給盛政，勝豐可能爲了這件事記恨養父。所以，將來要是秀吉和勝家開戰，秀吉只要在勝豐身上下點功夫，應該就可以輕易的把他拉到自己的陣營來。秀吉早就盤算妥當，才會爽快的答應交出長濱。

勝家似乎沒有發現秀吉的葫蘆裡賣的膏藥，還很高興的說：

「伊介（勝豐）是我的養子，給我或給伊介都是一樣。」

秀吉從來不曾像現在這樣，感覺勝家這頭老獅子是如此的親切友善。

下一個議題是尊卑的順位。

信長去世後，爲了避免紛爭，織田家的親戚和重臣必須重新安排尊卑的順位，稱之爲「目錄」。

勝家提議，要在這次的會議中制訂尊卑的目錄表。關於這件事，秀吉倒是沒有反對。目錄的首席是柴田勝家。

柴田勝家

丹羽長秀

瀧川一益

羽柴秀吉

在排位的目錄中，秀吉是敬陪末座。明明自己是討伐光秀的主要人物，現在卻連排名都不如瀧川一益，這讓他心中多少有些不快。但是秀吉很快的轉念一想，奪取天下才是眞正的勝利，至於在織田家排行第幾都無所謂。所以，對於這件事，秀吉也表現得出奇的順從。勝家大概也覺得讓秀吉吃了大虧，內心過意不去，於是難得的對他釋出善意。

「筑前，你對這樣的安排有意見嗎？」

「在下沒有意見，不過，倒是有個請求。」

聽到秀吉的回答，在座的人都捏了把冷汗，以爲他要對剿滅光秀這件事邀功。

不過，秀吉卻提了另外一檔事。他感傷的娓娓道來：

「我想在座諸位都知道，在下和三法師過世的父親中將大人（信忠）交情甚篤。」

秀吉開始述說自己和信忠的交情有多好。他說的是事實，在明智叛變中死於非命的信忠，生前和秀吉感情深厚。

信忠總是「阿藤、阿藤」的叫著，要秀吉告訴他戰場上發生的事。秀吉提了幾件關於信忠的事蹟，在場的人聽了全部都安靜下來。接著，秀吉拭去眼淚，揩著鼻涕說：

「基於在下和信忠大人的情誼，我必須照顧信忠殿下的遺孤三法師，請讓我當三法師的傅人（扶養人）吧。」

「好，就由筑前你來當吧。」

勝家答應了。他原以爲秀吉會獅子大開口，沒想到是這等小事，勝家總算鬆了口氣。

所有的議題總算討論結束，接著就是三天之後，那些可以謁見三法師的家臣和將領要一起進城，向織田家的新任家督三法師進行首謁。明白來說，就是表達擁戴的宣示大會。

眾將領陸續離城，回到自己的官舍，唯獨秀吉沒走。他到內殿會見三法師的隨身女官，向她表明自己是三法師的傳人，請求拜見三法師。

這個構想能力絕佳的男人，靠著他一身精湛的演技，讓自己編寫的劇本順利的進行下去。秀吉前去拜謁三法師，目的是要讓這乳兒記住他的長相。

奶娘抱著三法師出現在上座，她用敏銳的眼神打量著下座的秀吉。

「那位大人，就是筑前大人。」

奶娘對懷中的幼兒這麼說。接著又轉而勸進秀吉

「請大人再靠進些」。

「豈敢豈敢。」

秀吉誠惶誠恐的婉拒了。

（乳兒看到老人會被嚇到。）

秀吉明白這個人之常情。儘管四十幾歲的男人還不能稱為老翁，但外型也不像年輕人那樣討人喜愛，所以他刻意選在六尺之外向三法師行拜謁之禮。

秀吉離城後，一回到官舍就立刻召集清洲城內的童玩師傅約二十名，要他們「連夜趕製玩具，而且要在明天天亮之前送過來」。

秀吉承諾給予他們重金獎賞。

製作童玩的師父果然沒讓秀吉失望，在隔天天亮之前就把做好的鳥、獸、車子、娃娃、小船等各種童玩送到秀吉的官舍。這天早上，秀吉先拿一半的玩具進城謁見三法師，親手拿玩具逗他玩，逗得三法師開心不已。

「筑前。」

三法師終於記住秀吉的名字了。接著，秀吉抱起三法師，放在自己的膝蓋上，三法師不哭也不鬧。

隔天天亮後，秀吉帶著剩下另一半的玩具，再次登城拜謁。他又把三法師放在膝蓋上逗他開心、陪他玩玩具。這名幼小的孩子很快就記住了這個四十好幾的男人的長相，也習慣了他的體味。

當天。

文武百官在鼓聲中偕同進城。眾臣聚集在本丸的

正殿之內，按照順序就定位，大家很快就安靜下來。

正殿上座的空間非常寬敞。

少說也有二十幾張榻榻米那麼大吧，左邊有個小房間是武者的隱藏室。不同於安土城那種金銀青丹的華麗，這裡的正面和左右兩旁的繪畫是低調的水墨畫。

過了一會兒，秀吉突然出現在上座，眾人看了個個驚訝得說不出話來。

再定睛一看，發現秀吉手中抱著三法師時，柴田勝家與在場的數百位大名小名，立刻朝正殿的方向伏身跪拜。

秀吉盤腿而坐，把三法師放在自己的膝蓋上，接受眾臣的跪拜。

眾臣按照禮法，先是半抬起頭，再很快地把頭低下。看著眼前的景象，秀吉非常滿意的直點頭，因爲這些人看起來就像在對他跪拜一樣。眾臣之間有人低聲竊笑，也有人像勝家一樣滿肚子怒火，恨得咬牙切齒。

秀吉十分滿意自己的演出，笑嘻嘻的接受勝家等人的跪拜。

（這下你們該知道，天下霸主究竟是誰了吧！）

他心裡很想這麼大喊。只有在山城山崎剿滅明智光秀的我，才有資格代理天下霸主的權威，勝家那班人只配向我下跪。

與其說這是一齣秀吉精心策劃的戲碼，倒不如說秀吉天生就愛玩這種黑色幽默。而且，在場的人除了勝家，其他人似乎都覺得很有趣。

晉見大會結束之後，在休息室裡歇息的大名們無不捧腹大笑。

「剛才我們好像在給筑前那傢伙行禮呢。」

勝家卻怎麼也笑不出來。

（也許該把秀吉殺了才是上策。）

他這麼想。秀吉膽敢使用騙術的伎倆坐在上位，還借三法師的威嚴要大家向他跪拜。儘管大家當它是鬧劇，難免會讓人產生秀吉才是掌權者的錯覺。秀吉抱著三法師，理所當然的接受織田家大名的朝拜，有可能在不久的將來，把織田家的政權一把搶了過去。

當天晚上，諸將領齊聚在柴田勝家的官舍，接受簡單的酒菜招待。

勝家突然向眾人宣布：

「明日要在城裡舉行祝宴。」

沒錯。大家都知道，城裡要舉行宴會，慶祝三法師繼承家督一事。

「等宴會結束後，就把筑前的手腳捆綁起來押到二之丸，命他切腹。」

勝家這麼說。

他有自信，在座的大名都站在他這邊。而且這是織田家首席的命令，大家不敢不從。可是，這份自信卻是勝家心思粗糙的證明。

因爲今晚列席的大名之中，還有一個丹羽長秀。

勝家沒有發現，長秀早就私下和秀吉有所勾結。

「聽懂了嗎？」

勝家再一次施壓，眾將領只能點頭贊成。爲了不讓機密外洩，勝家也做了防範措施。

「今晚，大家一起喝通宵吧。」

將領們乖乖的服從命令。因爲擔心會被懷疑是去向秀吉通風報信，所以沒人敢提前離席。

酒過三巡，長秀偷偷跑去上廁所的這件事，似乎沒人發現。

（得想辦法救救筑前才行。）

丹羽長秀會做出這樣的決定，一來是出於善念，二來是爲了自己的政治前途著想。如今勝家、瀧川一益和信孝已經聯手，要是他不拉攏和秀吉的關係，日後肯定遭到同僚的排擠。

長秀把自己的隨從叫進廁所，交代他「你幫我擋擋，我去去就回」，然後自己偷偷溜出了官舍。

來到秀吉的住處，長秀趕緊把秀吉拉到門口，告訴他勝家的秘密計畫。

秀吉聞言，立刻向長秀下跪致謝。雖然這種感謝方式滑稽又誇張，但是秀吉向來認爲，受人恩惠必定要加倍奉還。秀吉這名天生的演員，即使在長秀轉身後，依然合著手掌目送他遠離。長秀的背後沒有長眼睛，而且就算他回頭看，玄關那裡光線昏暗，應該也看不到跪在那裡向他叩謝的秀吉吧。秀吉的演技就是這麼絕妙眞誠，就算是演技，也實在是演得太逼眞了。

目送長秀離開後，秀吉把蜂須賀正勝、中村一氏兩人叫到玄關旁的小屋商議，如此囑咐他們：

「我不出席明天的祝宴。幼主那邊，就拜託你們出面了。」

兩人點頭答應。「那麼，大人要去哪裡？」秀吉舉起白扇，往西邊一指：

「姬路。」

既然是逃命，當然是逃得越遠越好。

「我要在姬路睡覺睡到飽。」

秀吉這麼說。這也難怪。打從備中高松調兵返回，在山崎殺死光秀以來，秀吉一直沒有好好的睡過一次覺。

「可是主公突然離開清洲，不知道修理亮大人會怎麼想。」

「應該會氣得直跳腳吧。」

「那很好啊。」

「那傢伙是個笨蛋。」

秀吉這麼說。今天晚上不告而別，離開清洲的話，等於是和勝家正式決裂了。

（之後，就只能靠武力解決了。）

秀吉做了這樣的心理準備。儘管這次的逃跑計畫不在他原來的劇本裡。

當天晚上，秀吉帶著百名輕騎，一陣風似的離開了清洲。

羽柴少將

再怎麼說，這可是空前的大對決啊。

北陸的柴田勝家

近畿的羽柴秀吉

「遲早得要選邊站才行。問題是，該選誰才能保住身家？」

舊織田系的大名個個憂心忡忡。眼前，柴田和羽柴對立的導火線是信長遺留下來的繼承權之爭，誰能搶到主控權，誰就是未來的天下霸主。這是織田家史上最重要的霸權之爭。

「該選哪一邊才好？」

近江日野的小城主蒲生賢秀這位嚴謹、忠誠的大名，近日來也爲了這件事煩惱不已。要是在柴田和羽柴之間選錯了邊，後果可能是抄家滅族的命運。

「你認爲該選哪一邊才對？」

這天，賢秀把嫡子氏鄉找來商量。蒲生氏鄉是位年僅二十七歲、智勇雙全的年輕大將，信長在世時常把氏鄉留在自己身邊，非常器重他。

「父親，您的看法如何呢？」

「唉，爲父也拿不定主意。以常理來看，應該選擇修理亮大人吧。」

賢秀會這麼想並不無道理。柴田勝家這個人家世淵博、武勇蓋世，又是織田家的首席老臣。雖然領地位於北陸，卻是受到信長封賞最多領地的大將。

勝家的身家背景究竟有多顯赫，從他的原配便可理解。勝家的第一任妻子是信長的堂妹，妻子死後當了很長一段時間的鰥夫。之後，信長的妹妹，也就是曾經嫁給近江淺井家的阿市夫人有意改嫁給他，織田家的兒子也都大力贊成。尤其是信孝，更是積極的促成這門婚事，說「柴田大人就像自家人一樣可靠」。雖然阿市已經三十六歲，卻依然風姿綽約，堪稱日本第一美女。她也是信長的遺產中最美麗的珍寶，而此時的勝家已是六十一歲老頭子。一個年過花甲的老朽，能討到如此國色天香的美嬌娘當夫人，當然樂不可支，於是在清洲會議後，勝家立即舉行婚禮，把阿市娶回越前的北之庄城。此舉也讓勝家在織田家的地位比信長在世時更上一層樓。

「從這點來看，我們應該投靠柴田。」

父親賢秀這麼說。但兒子氏鄉聽了卻是頻頻搖頭。

「柴田的確是織田家的中流砥柱，不過他並不把我們這些外樣大名放在眼裡。」

柴田的祖先世世代代侍奉織田家，因此門第觀念相當強烈。從信長的時代開始，隸屬於柴田勝家的大名，不是織田家系的貴族，就是世代服侍織田家的譜代，例如：

能登七尾城主　前田利家

越中富山城主　佐佐成政

加賀尾山城主　佐久間盛政

越前大野城主　金森長近

加賀松任城主　德山則秀

其中的金森、德山雖然不是尾張人出身（金森來自近江、德山來自美濃），不過這兩個人從年輕時就在織田家任事，身分跟譜代差不多。總之，提到柴田勝家這個人的個性就是：

「偏心。尤其偏袒自家人、譜代、同鄉，像我們蒲生家這種在信長公晚年才投效織田家的家族，在柴田大人的眼裡跟外人沒什麼兩樣。」

氏鄉這麼說。

再來看看秀吉。信長在世時，秀吉就像個雜牌軍的大將。舉例來說，他的心腹大將是販夫走卒出身的蜂須賀正勝、近江叡山領的僧兵隊長宮部善祥房繼潤、奈良興福寺的僧兵筒井順慶、身分不詳的美濃浪人仙石權兵衛秀久等等，都是一些人生閱歷豐富的傳奇人物。另外還有幾位是隸屬於舊荒木村重派系的大名，這些人原本是攝津足利幕府底下的武士，在信長晚年才投靠織田家，像是高山右近、中川瀨兵衛。連京都出身的細川藤孝，也爲了重振家風而投靠秀吉。

「羽柴的麾下幾乎沒有名門出身的織田家武士。所以，只有羽柴大人掌握霸權，我們這些外樣大名才有機會出人頭地，光耀門楣。」

「那麼你說，我們該選哪一邊？」

蒲生家經過討論後，始終無法做出結論。最後賢秀決定請日野城下的成願寺裡一名精通周易、名叫陽春的僧人卜卦。

東北失朋友

西南得知交

東北指的是勝家方，西南是秀吉方。蒲生家得到這個卦後，終於決定加入秀吉陣營。

此時的秀吉，當然沒閒工夫理會什麼八卦的傳言。

「我這個人是天生的工作狂、勞碌命。」

他在馬背上這麼說。沒錯，秀吉在這段時期，的確沒有多餘的心思拘泥於這些芝麻小事。昨天他人還在姬路，兩天後突然出現在京都。他必須四處奔波，不斷的想定計謀。

（要讓勝家陣營窩裡反就得靠智慧。先騙他上鉤，再當面臭罵他一頓。）

即使睡覺秀吉也不得清閒，他無時無刻都在想著要怎麼樣扳倒勝家那個狂妄傲慢的傢伙。

「那傢伙的腦筋跟猴子一樣鬼靈精。」

勝家這邊亦做如是想。不過，要說到耍詐的功力，他的火候可就差秀吉一大截了。勝家雖然愛耍陰，手法卻是粗糙又愚笨。

就拿清洲會議來說吧，當時他打算趁秀吉進城赴宴之際逼他切腹自殺。但是計畫太過簡單粗糙，以至於風聲走漏，讓秀吉先一步逃之夭夭。說到逃命這點，秀吉的速度可眞是快得跟猴子一樣。

「我想到一計。」

勝家想到了新的計策，他派使者前去拜訪秀吉。此時秀吉人已經不在姬路，而是在京都南邊的山崎寶寺城，他在那裡接見勝家的來使。

（勝家又想說什麼了。）

他一派從容的接見使者，問明來意。

——信長公的葬禮要在岐阜舉辦，請大人務必出席。

勝家又打算以織田家首席家臣的身分舉辦喪禮。不過，喪禮只是幌子，事實上是想趁這個機會抓住秀吉，把他給殺了吧。

（的確很符合那個人慣用的手法。）

秀吉這麼想。勝家從年輕時就有謠傳說他「滿腦子害人的主意」、「心腸拐彎抹角」。以秀吉看來，勝家最缺乏的，是縝密的思考能力。

「我當然會去參加。不過，這地點怎麼能選在岐阜或清洲呢？」

秀吉義正詞嚴的說。雖然岐阜和清洲是信長公的發跡之地，不過也僅止於此。若要選擇符合信長公威望的地點，應該在安土舉辦。或者，信長生前已受封爲朝廷的右大臣，加上他是死於京都，魂魄應該還在王城上空飄游才對。而且，到時候朝廷也會派敕使前往參加。基於這些理由，葬禮選在京都以外的地方舉辦，實在是不適當。

「要辦，就在京都舉辦。」

京都，是秀吉的地盤。在京都舉辦葬禮的話，柴田就會感到害怕而不出席。

使者無言以對，只能摸摸鼻子打道回府。勝家對秀吉的主張也沒表示反對，反而帶著人馬從清洲回越前北之庄的居城。葬禮這件事也就擱置了下來。

（笨蛋、鄉巴佬將軍。）

秀吉之所以會這麼想，是因爲勝家對葬禮這件事的敏感度太低。勝家只想到要利用葬禮誘殺秀吉，卻沒想到葬禮本身的政治價值。

秀吉想的可不一樣。由誰主持信長的葬禮，就等於是向天下昭告，那個人是織田政權的接班人。這是何等重大的政治價值啊！如果秀吉是勝家：

（無論如何，一定要舉行葬禮。）

沒想到，勝家那傢伙竟然跑回北陸，把喪禮這件事當做遺失物品般的棄而不顧。如此一來，有資格舉辦這場喪禮的人，除了秀吉之外別無他人了。秀吉在山崎剿滅了光秀，立下莫大的功勞，沒有人比他更適合擔任這齣精彩大戲的主角。

（秀吉我雖然在重臣中敬陪末座，不過勝家放著葬禮不管，也沒交代要由誰接手。這樣全天下人都知道，秀吉我是不得已才接下棒子。不，等等，說不定大家會以爲這是勝家爲了我苦心策劃的戲碼。）

——可恨的勝家。

秀吉忍不住又這麼想：

（現在他正在越前北之庄，日日夜夜抱著阿市夫人，給她說盡甜言蜜語吧。）

秀吉越想越生氣，卻又安慰自己，勝家那個粗漢眞是笨透了。現在是他生涯中最重要的時期，他卻娶前主子的妹妹爲妻。一個六十一歲的老頭子，滿腦子只想著女人的溫柔鄉，實在是蠢不可及啊。不可否認的，秀吉其實是嫉妒得咬牙切齒。

但是——

秀吉還是以舉行葬禮爲重，而且要盛大舉辦，才能抬高自己這個主辦者的份量。

他先到京都拜訪過去和信長交情深厚的公卿菊亭大納言，兩人關室密談。

「有件事想請大人指點。」

「哪裡，秀吉大人您眞是客氣。」

菊亭晴季畢恭畢敬地領著秀吉到茶室內。一直以來，晴季就像秀吉安排在宮內的私人軍師一樣，暗中提供許多協助。如今秀吉的身分往上跳了好幾級，晴季當然也希望能藉助秀吉的力量，擴大自己在宮廷內的勢力。晴季擅於企劃，他在這方面的智慧，就像湧泉一樣源源不絕。

「大人有什麼需要，但說無妨。」

「我要求官。」

秀吉開門見山的直說了。爲了替信長舉辦葬禮，卑職需要一個高官的頭銜。大家都知道，卑職在織田家的排位並非首席，擔任信長葬禮的主祭官，在身分上稍嫌不足。不過，那個排名只是織田家內部的位階，而朝廷賜予的官位則是天下等級，所以，我需要一個比勝家更響亮的頭銜。

聽到秀吉這麼說，晴季拍了一下膝蓋：

「大人言之有理。」

按照菊亭晴季的說法，信長生前在朝廷裡的最高頭銜是右大臣。因此，從五位下筑前守的身分，的確不適合擔任信長葬禮的主祭官。

「那麼，您能瞭解在下嗎？」

「怎麼會不瞭解……」

晴季帶著笑容，表情激動的回答。

「中將這個頭銜如何？就中將這個頭銜吧！只要大人同意，朝廷那邊我會想辦法。」

「一下子跳到中將，這樣不妥吧？」

「放心，拐個彎就行了。先立爲少將，三天後再晉升爲中將。這件事包在我身上。」

「那就偏勞您了。不過，只要少將就好。」

秀吉堅持只要少將的頭銜。畢竟時機敏感，一下子升上中將，恐怕會引來天下百姓的反感。而少將這個位置，做爲他在山崎替織田右大臣報仇的獎勵剛剛好，百姓應該也會爲他的升官感到高興。

（再怎麼說，這回可是要演給所有的人看啊。）

秀吉心想。這個心態的轉變非常重要，因爲，在該年六月信長去世之前，秀吉只要演戲給信長看就行了，但是從現在起，他必須表演給全天下的百姓觀賞才行。

同年十月三日，秀吉被任命爲從五位上左禁衛少將。此時，距離在山崎剿滅光秀一事還不到四個月。從這時期開始，秀吉的官銜就是：

「羽柴少將」。

秀吉從菊亭家趕回城裡。

「要開始舉辦葬禮啦！」

他召集胞弟小一郎還有幾名辦事能力強的家臣一起討論葬禮事宜。秀吉滔滔不絕的下達各項指令，活像個充滿活力的少年。

（兄長是怎麼了？）

連小一郎都覺得秀吉的表現太過招搖了。

可是，秀吉實在是壓抑不住源源湧上來的喜悅，他就是喜歡這種感覺。每次召集一大堆人舉辦大型活動時，秀吉總是滿面紅光，心情雀躍。像是日後在北野舉辦的大型茶會、後陽成天皇的聚樂第行幸、肥前名護屋的變裝園遊會、醍醐的賞花盛會，他也是樂此不疲。而這次信長的喪禮，就是秀吉的生涯中第一次主辦的盛大活動。

「我要舉辦日本有史以來最盛大的葬禮啦！」

秀吉開心的說。他所策劃的這場葬禮，隆重的程度也的確是空前絕後了。

秀吉以舉辦葬禮爲名，奏請朝廷追封信長爲：

從一位太政大臣。

用這個最高的官階來彰顯信長的一生。此外，他還幫信長取了總見院殿贈大相國一品泰巖大居士的謚號。

這場盛大的葬禮從十月十一日展開，連續舉辦十五天，動用三萬名以上的警備兵力，而這個數量不過是羽柴秀吉可動員兵力的一半。在非戰爭時期，召集如此浩大的兵力進駐京都，目的無非是想要向全天下展示自己的實力，同時也藉此淡化柴田勝家的光環。

葬禮在紫野的大德寺舉進行，參與的僧人除了禪宗還有另外八派，人數超過五千名。

再來看看信長棺柩的華麗程度吧。棺木以綾羅綢緞包裹，放置於金碧輝煌的柩轎內。負責抬棺的家屬是信長的四男、秀吉的養子於次丸，因爲能夠爲信長抬棺的血親中只有於次丸出席葬禮，其他的幾個兒子由於政治立場不同，並沒有到京都，秀吉只好找於次丸和池田輝政等人輪流負責抬棺。

事實上，棺柩裡放的並不是信長的遺骸，因爲信長在本能寺的大火中自戕，身體跟著寺廟一起被燒成了灰燼。

「沒有骨骸，該如何舉辦葬禮？」

負責總召的胞弟小一郎對秀吉這麼問。

「這樣才好，遺骨化成微塵更符合信長公的風範。」

秀吉這麼回答。信長生前喜歡吟唱〈敦盛〉這首歌謠，歌詞裡形容人生就像「一場夢幻」。他曾對傳教士說，人世間沒有靈魂的存在，還公開宣布自己是無神論者，直言「人死之後一切化爲虛無」。所以，不留遺骸的這件事，的確是很符合信長的價值觀。秀吉用昂貴的香木刻了一尊佛像放在棺木裡，送到蓮台野火葬場。當火舌熊熊燃起時，香氣的微粒也跟著擴散開來。

秀吉在大德寺山內蓋了一間總見院，將信長的靈柩供奉在此，並提撥錢一萬貫、米糧千石做爲供養費，另有銀一千一百枚和米五十石爲修繕費。

人在北陸的柴田勝家聽到個消息時，不屑的笑笑說：

「織田家的當主三法師都沒出席的葬禮，一點意義也沒有。不過是一大群人在河邊跳舞熱鬧罷了。」

勝家說的沒錯，三法師並沒有出席喪禮。

在清洲會議上，秀吉主張由三法師繼承織田家家督的位置，推翻勝家擁立信孝的主張。不過，柴田並沒有就此認輸。

「絕不能把三法師交給羽柴。」

他和信孝密談之後，由信孝以「扶養」之名，將三法師接到自己的居城岐阜城。此舉明顯違背了清洲會議上「三法師留在近江安土城」的協議，勝家擔心，三法師一旦落入秀吉手上，秀吉的氣焰會更加囂張，於是暗中耍了手段，硬是將信長的嫡孫置留在岐阜城。這場三法師爭奪戰，秀吉是輸了。

勝家似乎非常有自信。

「羽柴要舉辦假葬禮、還是賄賂公卿買官，就由他去玩吧。總有一天，我勝家一定會掐住他的咽喉，將他勒斃。」

也許是因爲手上掌握了優勢的軍力，讓勝家沉溺在過度的自信中，遲遲沒有採取積極的行動。當近畿的秀吉馬不停蹄的各方奔走時，勝家卻窩居在越前北之庄，完全沒有動靜。

秋意越來越深了。

這點，是身爲北方霸王的難處。由於北陸的冬天來得早，入冬後積雪嚴重，道路冰封，軍隊無法移動。勝家宛如被關在雪牢中的困獸，一旦中央發生狀況，根本沒有應變的能力。

（春天到來之前，一定要先騙住那個羽柴。）

勝家心想。他派人去把自己幕下的大名能登七尾城城主前田利家找來。

「你去羽柴大人那裡跑一趟吧。」

勝家這麼拜託他。

前田利家是織田家的譜代大將，年輕時是個血氣方剛的浪子，連信長都拿他沒輒，不過秉性純良，在同僚之間頗受敬重。

「於犬。」

這是利家小時候信長給他取的小名。打從這時期開始，利家和秀吉就是好朋友。其實，當利家還在使用犬千代這個幼名時，已經是織田家的上士階級，但是他卻和當時綽號叫猴子的秀吉非常投緣。信長把居城搬到岐阜的時代，利家和秀吉的房舍也剛好在隔壁。利家的夫人阿松和藤吉郎的夫人寧寧也情同姊妹，兩家人相處十分融洽，日子就像在玩家家酒一樣樂趣無窮。

——我和我那位好姊妹每天都隔著樹籬笆聊天。

阿松在日後，常常和人聊起那段愉快的時光。由於藤吉郎夫婦膝下無子女，所以將利家的女兒阿豪收爲養女（日後的宇喜多秀家夫人），把她當成親生一樣寵愛。阿豪的存在，讓這兩家人的關係更加緊密了。

不過，在織田家的官僚體系下，利家和秀吉兩人最後走上不同的政治立場。一介小者出身的秀吉日後飛黃騰達，晉身爲織田家五虎將之一。而利家長期在織田家任職，擔任信長幕下的將領，加入赤母衣眾。信長派柴田勝家去平定北陸時，將利家升爲大名，要他在柴田底下效命。利家當過越前府中的城主，在獲得能登國之後，便改以七尾城當作居城。目前，他還是遵照舊織田體系，繼續留在勝家的幕下當大名。

「麻煩你了。」

勝家這麼說：

「你和筑前的交情好，由你出任是最好不過了，請你務必跑一趟。」

「請問是什麼任務？」
勝家當然連利家也得一併矇騙才行。
「老實說，我想和筑前言握手言和。仔細想想，主公的骨灰都還沒冷卻，織田家的重臣之間卻開始互相內鬥，再這樣下去，難保不會演變成兵戎相見，這如何對得起主公在天之靈，對三法師也是大不敬。我考慮再三，決定先釋出善意，和羽柴和好，你覺得如何？」
利家一聽，涕淚縱橫的說：
「太好了，大人終於注意到了。卑職爲了這件事日夜擔憂，夜不成眠。若是兩位大人能握手言和，三法師的未來就能綿延無虞了。」
「嗯。」
勝家移動身體，正襟危坐的說：
「那就有勞你擔任使者了。」
確實，這個任務也只有利家能夠勝任。只要利家出面，秀吉應該會相信吧。

十月二十八日，以利家爲主使，不破光治、金森長近爲副使的使者團，從越前北之庄出發。勝家讓他們帶了醃香魚兩桶、醬菜兩箱還有越前產的棉花千束，做爲與秀吉的和談之禮。由於這時期日本國內才開始種植棉花，因此棉花是相當貴重的禮品。

這是一場鬥智之戰。
就在使者團到來之前，秀吉把黑田官兵衛找來閒聊，兩人當然也聊到了這件事。
「柴田最擔心的就是雪吧。」
「冬天，整個越前都被籠罩在大雪之中，我們正忙著四處賺錢的時候，柴田卻只能坐困愁城。他一定煩惱到人都變瘦了吧，說不定又在想什麼詐騙的招數，比方說，派使者跟我們示好。我猜，那個使者一定是正直的又左。」
「主公眞是眼光長遠。」

官兵衛佩服不已的說。其實這種程度的小事，他自己也早就料到了。

「等著瞧吧，又左一定會來。」

隔天，前田利家果然帶著兩名副使來到秀吉暫居的山崎寶寺請安。他先在富田左近將監信廣的府邸歇息，等信廣向秀吉稟報。

「啊呀！」

秀吉雙手用力一拍，那副模樣就和當年那個猴子一樣逗趣滑稽，威嚴盡失。

「官兵衛，他來啦、他來啦。」

「是啊，主公果然料事如神。」

「說到這個料事如神。」

秀吉瞄了一眼官兵衛，突然噗嗤的笑出來。官兵衛感到困惑。

「官兵衛，其實你也猜到了吧？」

「主公，您太抬舉在下了。」

官兵衛一本正經的否認。事實上，以官兵衛的智慧，應該猜不出使者的名字。

（差別就在這裡吧。）

他暗自這麼想。雖然秀吉和官兵衛兩人都足智多謀，不過要能準確猜中人名的這件事，秀吉則是略勝一籌。

秀吉來到書院就往利家衝了過去，一把拉起他的手說：

「唉呀，又左，我好想念你啊。」

不消說，臉上掛著兩行熱淚。秀吉本來就是一個淚腺發達，隨時都會感動痛哭的人，只不過現在，他把誠懇、多愁善感、友情和眼淚都當成政治工具。他明白這些工具的效果非常驚人。

「是啊，是啊。」

利家也跟著不知所措的痛哭流涕。利家的眼淚，是真誠不矯情的眼淚。

「別後發生了好多事啊。」

利家哭著說。他和秀吉的共主信長死於本能寺、秀吉殺了光秀替信長報仇。就是這件事，讓雙方陣營出現巨大的裂痕。

「我有話要跟大人談。」

利家打算開口談正事，秀吉卻轉頭對另外兩名副使不破和金森大展笑容說：「有朋自遠方來，不亦樂乎啊，大家不需要這麼嚴謹，稍後我下令擺設酒宴，咱們邊喝邊跳舞。」

他招來家臣，要他們備酒設宴。突然間，城裡像要舉辦祭典的忙碌了起來。

「可是，」

保守的不破光治也想開口，秀吉又大聲吆喝：

「不急不急，有什麼話待會兒邊喝邊聊吧。」

秀吉像在揉紙團般的，安撫不破的情緒。

酒宴開始了。

這是一場高規格的酒宴，負責配膳和招待的人員，都是秀吉家裡的高階家臣。秀吉的胞弟羽柴小一郎負責奉茶，蜂須賀正勝負責準備美食。秀吉從自己的位置上走下來和使者團同座，眾人舉杯言歡。秀吉酒量差，只在杯緣淺嚐一口便不再多飲，僅是這麼小一口，秀吉的脖子和耳根就紅成了一大片。

「我說，在座的諸位啊。」

他操著尾張腔，說起話來像個十足的鄉巴佬：

「你們都是修理亮大人的與力，就算我們的交情再好，一旦上了戰場，還是得兵戎相見、殺個你死我活不可。」

「這就是讓人痛心的地方。」

利家削瘦見骨的手臂握起了拳頭，手指的關節因爲過度用力，而發出喀答喀答的聲音。這是利家從犬千代時期開始就有的老習慣。

「所以，要是您和修理大人不能握手言和，攜手守護織田家的話，吃苦受罪的可是我們啊。」

「你們是爲了這件事情來的嗎？」

「正是。」

利家和兩名副使拍著膝蓋大聲回答。利家往前探身，嚴肅的說：

「若是無法讓兩位大人和睦相處的話，在下利家就要切腹。」

（利家這個死腦筋，被勝家耍得團團轉啦了。）

秀吉心這麼想，不過沒說出口，反而握住利家的手說：

「我怎麼忍心逼老友去死呢？爲了你的命，什麼樣的委屈我不能忍？就算要我自刎也在所不惜啊。儘管修理亮大人處處刁難、咄咄逼人，但爲天下蒼生設想，我願意與他握手言和。」

「就是要這樣啊！」

利家和另外兩名副使丟下酒杯，鄭重地向秀吉低頭致意。

「你終於肯聽我的勸了。」

利家涕泗縱橫的握住秀吉的手說：

「這份人情利家永生不忘。利家願意爲大人捨身賣命，肝腦塗地在所不惜。」

其他兩人也同聲附和。事實上，他們也的確信守諾言了。利家在日後投靠到秀吉的陣營，不破光治和金森長近也成了豐臣家的忠誠大名。

「不過，我這邊也有一件事相求。」

秀吉是在談條件。利家對秀吉滿懷愧疚，也想盡可能的滿足秀吉的要求。

「老實說，也不是什麼大事，」

秀吉說：「我想去向岐阜的三法師殿下請安。只是路途中的驛站實在過於破爛，讓人傷透腦筋啊。」

這個話題聽起來很平常。

「所以，我想在大津和岐阜之間的每個驛站增建幾間休息用的屋舍，但是蓋房用的木材必須從賤岳的樹林砍伐。不知道修理大人是否能同意？」

的確如此。沿著琵琶湖東岸的路徑上，沿途盡是一望無邊的平原，完全沒有種植優良的高山樹林。想要取得良木，就必須從湖北賤岳山區砍伐才行。

秀吉說要去砍那裡的木材，倒也合情合理。

（這招眞是高明。）

在後面聽到這段對話內容的黑田官兵衛，眼睛突然一亮。

（沒錯，就是要在賤岳。）

官兵衛對秀吉的戰術眼光佩服得五體投地。因爲到目前爲止，還沒有人發現那個地方（湖北）的戰略價值。

以官兵衛來看，柴田勝家極有可能在春天融雪後揮軍近畿。而越前到近江的道路大部分都是曲折蜿蜒的山路，穿過這些山岳谷壑進入近江平原之前的最後一段山路，就是賤岳山區。到時候，柴田可能以這裡爲戰場，對秀吉陣營發動攻勢。所以秀吉打算藉著伐木這個理由派人入山探勘，詳細調查戰略要地。

「是，這點要求應該不成問題。」

前田利家和兩名副使不疑有他，欣然點頭同意。

既然是要在通往岐阜的途中興建休息站，那和公用驛站一樣，柴田大人應該不會反對使用賤岳的木材。

使者團接受了兩天的熱情招待，到了第三天，便要從山城山崎的淀川河邊啓程回北陸。秀吉準備了領內播磨的名產，飾磨的褐布千匹和明月酒二十桶，讓使者團帶回去送給勝家。

才出發之後沒過多久。

「我忘了一件事。」

利家這麼說。雖然秀吉爽快的承諾，可是爲了愼重起見，還是得請他寫誓約書才行，否則豈不是和孩童之間互相傳話的遊戲一樣嗎？其他兩位副使認爲利家言之有理，於是金森長近快馬加鞭回到寶寺城，請秀吉寫誓約書。

「這是應該的、應該的。」

看到秀吉笑臉拍掌，金森的內心鬆了一口氣。

不過，秀吉的腦筋轉得快，立刻心生一計。他若無其事的對金森說：

「我看這樣吧，與其讓你帶著一紙誓約書回去，不如我派胞弟小一郎前去越前，這樣更有誠意也更慎重不是嗎？」

聽到秀吉說要派親善大使去越前，金森非常高興。

「要是能這樣，那就再好不過了。」

金森頻頻點頭，起身離開秀吉暫居的城館，秀吉穿著磨破的草鞋送行。

（這個地方眞是風水寶地啊。）

金森這麼想。這座寶寺城位於山崎有名的天王山山腰。在金森長近看來，沒有其他地方比這裡更適合做爲稱霸天下的據點了。

目前，秀吉的主要據點在播州，以姬路城爲居城。照道理，他應該住在那裡才對。不過，秀吉自從剿滅明智光秀之後，一直留在天王山，而且還補強寶寺城的結構，讓它堅固得像一座城郭。

這裡的地理位置，正好位於京都和大坂的交界處。

（錯不了。）

眼前，一條閃閃發亮的河流從樹林間流出，那條河就是淀川。河的北面是京都，南面是大坂。只要派水軍出動就可以控制瀨戶內海，征服九州了。

（這個人果然有一統天下的野心。）

想到這裡，金森不禁打了個哆嗦。可是他不露聲色，只是趕緊把焦點轉移到其他無關痛癢的話題上。

「這裡的紅葉眞是美極了。」

這個喜歡茶道的男人停下腳步，駐足欣賞山區的景致。天王山的南面是一大片落葉林，楓樹、鹽膚木、櫨樹像是上了彩妝般鮮豔美麗，連爬牆虎也換上一身紅衣。

「天王山的秋天，的確是美不勝收。」

秀吉一本正經的附和著。

（不像是秀吉會說的話呢。）

在日後的桃山時代當了秀吉茶師之一的金森，內心一陣莞爾。不過他隱藏得很好，不讓秀吉察覺。

人的心會對季節變換感到憂傷，這樣的情懷古今皆然。秀吉雖然沒有機會好好唸書，一樣能瞭解這種感傷之美。

秀吉突然話鋒一轉：

「北陸的紅葉也很美吧？」

「是啊，因爲有降霜，樹葉的顏色更爲火紅。但是能夠欣賞紅葉的時間並不長，因爲很快就會下雪了。」

（——下雪？）

這才是秀吉眞正關心的事。

「會下很多雪嗎？」

「豈止是多而已，整座村莊的屋頂，都會掩埋在大雪底下。」

連要集結大軍都是不可能的任務，更別提長途行軍了。言下之意是，勝家軍現在正處於動彈不得的狀態——不消金森說，秀吉也明白這點。

兩個人順著林間步道慢慢的往下走去。

「正因爲如此，北國的春天顯得格外五彩繽紛。冬天的北國人，最期待的就是春天的來臨了。」

話題突然變敏感起來，金森不禁捏了把冷汗。秀吉說的等待春天的迫切渴望，不就是柴田勝家現在的心情寫照嗎？秀吉是在暗示什麼嗎？金森無言以對。大概是爲了化解金森的尷尬之情，秀吉突然笑了起來。笑聲又大又洪亮，連附近的野鳥都因爲受到驚嚇而飛起。

（眼前這位大將的風格，和柴田大人完全不同。）

金森忍不住這麼想。柴田勝家武勇善戰，雖然也有心軟的一面，但是：

——滿肚子算計。

織田家的家臣也都覺得，柴田有某方面讓人感到陰險。雖然還不到邪惡的地步，但就是心眼小又態度傲慢。

（也許，他不是個值得效忠一輩子的大將。）

金森時常這麼想。勝家本來並不是金森長近的主子，而是在織田家的家臣中金森的地位較低。自從織田信長去世後，隨著潮流變化，現在他們的關係就像主從一樣。不過，既然要選主人，倒不如趁現在放棄勝家，轉投靠秀吉吧。

下坡的路，突然變得又急又難走。

（眞是可惜。）

這是金森對秀吉的看法。金森從越前出發時，表面上是奉勝家命令擔任敦睦大使，但他心裡明白，這趟任務根本不是來敦睦，而是要暫時安撫秀吉，不讓他發現北國的情勢。對於這點，他和相信「一切都是爲織田家」的前田利家看法不同。

利家的腦筋不夠靈活，無法洞悉事情的微妙之處，金森卻有這個天分。正因爲他明白這只是一趟虛假的敦睦任務，內心對秀吉更加感到虧欠。

「羽柴大人。」

他終於開口了。「這只是在下的推測，總之，請羽柴大人要提防柴田大人。」他刻意壓低聲音，小到幾乎被四周的鳥叫聲掩蓋過去。秀吉點頭說：

「感謝。」

秀吉知道，這時候要是不領情，後果可能是遭到背叛。所以，他一再地向金森說「非常感謝你的金言」。當然，金森說的柴田勝家的陰謀，秀吉內心早就像照鏡子一樣看得一清二楚。

過了十天左右，秀吉把胞弟小一郎秀長叫來，命令他出使北國，進行敦睦。

他再三囑咐小一郎務必謹愼行事。

「最重要的只有一件事，你要裝做在遊山玩水，一旦北國開始下雪，要盡速回報。」

爲了情報的安全性，秀吉還特別挑選小一郎的隨從。

初雪是一個非常重大的訊息，表示勝家的軍事行動將全面暫停，這也是爲什麼秀吉會如此愼重的原因。

其實，小一郎的隨從人員擔負著一個非常重要的任務：等春天積雪開始融化時，必須趕在勝家軍出動的第一時間，以閃電般的速度將消息回傳給秀吉。另外，當小一郎的任務結束離開越前之後，混在隨從人員中的情報人員會悄悄的脫隊，混進柴田領地的鄉鎮和山野之中。

「那麼，和柴田見面時的態度呢？」

小一郎臨行前問了這個問題。秀吉嚼著他愛吃的烤米菓（日後當上太閤依然愛不釋手的點心）說：

「要小心應對，假裝誠惶誠恐的樣子，虛與委蛇。」

那個傲慢的男人必定會當著小一郎的面數落羽柴的不是，大吐心中的怨氣。

「在春天之前，那傢伙愛怎麼糟蹋我，都隨便他去吧。」

在秀吉的觀念中，傲慢不過是笨蛋的代名詞罷了，傲慢的人缺乏有智慧的腦袋。所以，他要讓勝家繼續享受當北方霸王的滿足感，直到春天到來為止。

❦

前田利家、不破光治、金森長近這三人急著回北陸覆命。為了縮短旅程的時間，從大津改搭琵琶湖的船舶，在湖北的長濱下船。到木之本後，再沿著北國街道往越前北之庄。

勝家聽到他們的回報後喜出望外。

「筑前那傢伙答應了嗎？他眞的欣然答應了？」

大概是開心過度，對秀吉要砍伐賤岳木材的要求也沒再深入追究。「就依他的要求吧。」他這麼說。

過了十幾天，秀吉果然派胞弟羽柴小一郎秀長帶著他的誓約書來到越前北之庄。勝家給予盛情的迎接，自己也寫了誓約書交給小一郎。他還設宴款待小一郎，自己也喝得大醉。酒過三巡，勝家突然提起這件事：

「小一郎，我聽到有人稱你美濃守，你當官了嗎？」

小一郎恭敬的回答：

「是的，是家兄奏請朝廷任命。」

秀吉升格爲左近衛少將的同時，他也奏請朝廷讓他的胞弟擔任從五位下美濃守，朝廷答應了他的請求。所以，以小一郎現在的身分地位，已經可以和勝家平起平坐。

「是嗎？原來是眞的。」

勝家說話時，額頭上青筋暴起。勝家聽說，小一郎原本只是在尾張中村務農的百姓，後來秀吉在墨股當守將時把他拉進軍隊裡，讓他擔任武士。一介貧賤的農民竟然能爬到美濃守的位置，勝家認爲這種行爲簡直是藐視禮法，豈有此理。

「秀吉賴在山崎，不肯回姬路，這不合常理。」

勝家越想越生氣。他氣秀吉利用山崎控制京都、朝廷，還給自己加官進爵。

「你叫他滾回姬路去。」

「是。」

小一郎低下頭，說他回去後一定轉告兄長。

在北之庄住了一晚，小一郎隔日便離開往南。

對勝家來說，計畫進行得非常順利。他在小一郎離開的同時，派遣急使前往伊勢長島拜訪盟友瀧川一益。一益是舊織田家的五大將之一（光秀死後只剩下四人），他與勝家結盟，發誓共存亡。不只如此，一益是近江甲賀出身，精於策略。這段期間，他不斷派遣使者來到勝家的府邸獻計。像這次的「冬季假敦睦」的計策，就是一益想出來的點子。

「進行得非常順利。」

勝家把這個訊息傳達給瀧川一益。不過，雖然計策是一益想出來的，但是聽到計畫進行得如此順利，他反而起了疑心。

（眞不敢相信，那隻猴子會這麼乾脆的答應。）

其中必定有詐，他這麼想。

瀧川一益原本是一介浪人，後來被信長收留才得以安身立命。也因爲這個原因，他觀察人事敏感入微，不像出身名門的勝家那樣粗糙馬虎。

受到信長的賞識、一路平步青雲的一益，在織田家興盛的時期，還受到這樣的讚美：

進也瀧川

退也瀧川

進也瀧川，意思是只要一上戰場，一益總是快馬當先，驍勇殺敵，而且狡猾欺敵。退也瀧川，是指擔任比先鋒更危險的斷後任務，當主力軍撤退時，只要有瀧川一益殿後，就能擋住追擊的敵軍，讓我軍安心的撤退。

除此之外，瀧川這個人還精於諜報工作。近江甲賀出身的他擁有多名甲賀和伊賀的手下，再難取得的情報他都可以弄到手，這也是他深受信長器重的原因之一。

「那隻猴子究竟在想什麼？」

一益納悶不已。這段期間，他從伊勢長島城派出不少諜報人員潛入山城天王山下的山崎，可是至今連一個都沒有回報。

「這是怎麼回事？」

就連派去聯絡的人也一去無回。

——妖怪地藏。

這個盛行於伏見一帶的謠言，傳到了一益的耳裡，讓一益更加懷疑。

傳說在文德帝時代，朝廷爲了出外人的安全，在上京的路上沿途興建好幾座地藏神像。現在，在伏見和宇治地區還可以見到當年留下來的地藏像，例如，伏見東口木幡山山腳下還保有「六地藏」這個地名。根據一益聽到的謠言，這些地藏在入夜之後會化成鬼魅跑到街上閒晃，看到可疑的外出旅人就會把他們抓起來吃掉。

但一益認爲，這根本就是秀吉玩的花樣。秀吉可能派了蜂須賀正勝的部下埋伏在山崎近郊，發現可疑的旅人就抓起來。經過調查，要是發現嫌疑重大，就會毫不留情的殺害。

（可是，這不像猴子的作風啊。）

一益心想。因爲秀吉向來的做法都很開放，毫不避諱的收買他想要拉攏的人。沒有人比秀吉更瞭解，用草木皆兵的陰險手段反而得不到人心的支持。

（如果猴子眞的這麼做，就表示在這個時期，他有非這麼做不可的理由。）

根據一益抽絲剝繭的調查，他認爲猴子一定是爲了某種目的，故意在山崎的要塞附近營造出一個神秘詭異的地帶。但究竟是什麼目的，一益則是百思不解。

秀吉是個有膽識的人，他在等待北國降雪。等下了雪，雪積得又深又厚，勝家軍無法從越前出動時，他就要發動閃電攻擊。先攻打伊勢，將瀧川一益擊潰，斷了柴田勝家的羽翼。這樣應該沒有違反敦睦合約吧，因爲他只和勝家簽訂敦睦合約，並沒有和一益有什麼約定。

只不過，現在他還不能採取行動。

在此之前，秀吉必須把一人當十人用，以最快的速度，在外交和謀略方面取得優勢。

在秀吉的想法中，獲得軍事勝利的前提，就是要先取得外交的優勢。這也是爲什麼他從年輕時期開始總能百戰百勝。

現在是關鍵時刻——勝家被大雪封住的這個時期，秀吉必須施展千手觀音的本領，快馬加鞭的完成所有的部署。

紀之介

到了這個時期。

「熊……」

秀吉這麼說。熊，指的是北方的柴田勝家。以前他還叫勝家是鬼。

「北邊的熊，還沒躲進洞穴裡睡覺嗎？」

這陣子秀吉嘴上常常這樣咕噥。北陸那邊還沒被大雪冰封嗎？積雪是否已經阻斷了北陸和中央的聯繫道路？柴田那隻熊是否進入冬眠啦？令人振奮的時刻還沒到來嗎？怎麼沒聽到降雪的消息？雖然此時的秀吉在京都和琵琶湖的燦爛陽光下四處奔波，滿腦子想的卻都是北方的天空。

「紀之介啊。」

他嘴裡喊著一名小姓的名字。這時，秀吉人還留在京都南邊的天王山寶寺城。

「紀之介在。」

「你來啦？動作真快啊。」

秀吉用戲劇性的口吻開玩笑說。看得出來，他的心情似乎特別好。

小姓也算是貼身保鏢。通常都是由年輕的士官擔任，這些人必須無時無刻守在主子的身邊。在城裡時，要幫主子處理個人的大小事。打仗的時候更是寸步不離，必須拿著刀槍，在主人坐騎周圍執行保護任務。在這個時期，秀吉的小姓特別多，像是加藤清正、福島正則、平野權平、脇坂安治、石田三成等等。平常秀吉就不斷的鞭策、教育這群年輕的士官，好讓他們日後能夠成爲獨當一面的大將。

大谷紀之介就是其中之一，他名叫吉隆，也有人叫他吉繼。紀之介日後當上刑部少輔，敦賀十六萬石的大將。在關原之戰中，在同儕石田三成的請求下帶病參戰，最後在激戰中自戕身亡。

秀吉升爲織田家的大名後，受封爲長濱城城主，坐擁北近江的領地。聰明伶俐的紀之介，就是那時候秀吉收留的少年。他和當時名叫佐吉的石田三成都是秀吉身邊的兒小姓。當年的那些兒小姓，包括紀之介在內，現在都已經是二十四歲的成年人了。

「你知道北方那頭熊前陣子派了敦睦使者團前來的事嗎？」

秀吉這麼問。

「小的聽說了。」

「你已經知道啦？果然是聰明的孩子。」

「小的已經不是孩子了。」

「哈哈哈，可是你的小嘴兒還是一樣柔軟。你們幾個之中，就屬你長得最細皮嫩肉啦。」

「請問主公有什麼吩咐？」

紀之介鼓起臉頰問道。這名皮膚白皙、唇紅齒白的年輕人，有著一張稚氣未脫的臉龐。秀吉很早就看出，紀之介和石田佐吉這兩人天資聰穎，具有大將的資質。秀吉晚年在大坂城裡聊天時，曾經這麼說過：

——我一直在想，要是讓紀之介領百萬兵上戰場作戰，肯定有大作爲。可惜，他始終沒有這個機會。

這天，秀吉把紀之介找來，就是想交代他一件任務，測試測試他的能耐。

「紀之介，這事兒你可不能對外人說。」

「小的絕對守口如瓶。」

「那我就說了。這陣子，我每天都在等待北陸下雪的消息，你知道是爲什麼嗎？」

「關於這件事。」

紀之介的表情突然嚴肅起來，但是沒有馬上回答秀吉的問話。因爲他知道，下雪這件事對秀吉而言，關係著一件極爲重要的計謀，所以不敢隨便回答。

「小的不知。」

生性謹慎的紀之介這麼回答。

「不過，如果是小的，就會這麼做。」

「喔？換做是你，會怎麼做？說來聽聽。」

「下了雪，柴田軍就會被困在越前北之庄，無法南下到中原這裡。也因爲這個原因，柴田大人才會向主公您表示要和談。」

「說得好。然後呢？」

「而主公既然答應了這個請求。那麼，換做是小的是主公您的話，就會趁這個空檔攻打伊勢的瀧川大人。」

「嗯，繼續說。」

秀吉雖然微笑以對，心頭卻不免吃驚。因爲紀之介一語道中了他內心的計畫。更令秀吉吃驚的是，曾幾何時，他的思考模式已經被這個從小跟在身邊的兒小姓摸得一清二楚。

伊勢的瀧川一益是柴田最得力的盟友，所以秀吉必須趁北國大雪冰封時踏平伊勢，削弱柴田的戰力。而且，攻打伊勢的瀧川並不違反當初的敦睦約定，因爲柴田並沒有把瀧川納入談和的條件之中。

「你說得很好。不過，只是這樣嗎？」

「還有一件事。」

「說。」

「就是長濱城。」

「長濱城怎麼了？」

「要趁著下雪時，想辦法把對方拉到我們的陣營來。」

「說得好，你果然聰明啊。」

秀吉往膝蓋上用力一拍。他要紀之介去做的，就是這件事。

近江長濱城位於琵琶湖北岸的湖畔，石牆深埋在湖水下面，船隻可以從城內的水門直接駛入琵琶湖。長濱城一帶是北近江三郡的交通重鎮，是連接京都、美濃和北陸的要衝。

對秀吉而言，這座城應該是最令他印象深刻的城了。就連秀吉的妻子寧寧，也把「回想起住在長濱的時候」這句話當成了口頭禪。

她常常跟侍女們提起住在長濱城時期的事情，彷彿那裡是她故鄉一樣。秀吉爲了平定天下，把居城移到大坂城之後，長濱的百姓來向他請安時，秀吉也總是喜出望外的說：

「老鄉來看我了嗎？」

畢竟那裡是信長第一次封賞給他的領地。長濱城是他親手設計，從規畫到町區的名字都是他取的。

花了那麼多心血打造的城堡，卻在今年夏天的清洲會議上讓給了柴田勝家。

「筑前，把你的長濱城給我。」

柴田勝家擺出首席大老的架子，硬逼著秀吉交出他的長濱城，因爲這座城對柴田而言具有相當重要的戰略地位。當他率領大軍從北陸南下來到中原時，必須有個中繼站，而近江的長濱城正是他理想中的地點。以長濱城爲前線基地的話，進軍中原的行動就容易多了。反過來看，要是柴田沒弄到長濱城，對他反而會是一大威脅。因爲以中原而言，長濱是通往北國的入口，只要把這裡的街道堵住，北國大軍就無法南下。

「我要定了，給我。」

柴田在會議上毫不客氣的開口索城。沒想到秀吉竟然也爽快答應，這讓在場眾將大吃一驚。

「好吧，你要就給你。」

對秀吉而言，在清洲會議上讓三法師得以繼承織田家家督的位置，就已經是達到目標，不需要因爲長濱城的事再掀戰火，所以他才會拱手把城讓出。

——筑前，你當眞捨得？

連織田家排名第二的老臣丹羽長秀，也對秀吉的反應大感意外。秀吉豪爽的回答：

——小事一樁。

不過，秀吉也不是無條件奉上。

「要給可以，但是我不給柴田大人您，而是要給您的養子。」

這就是條件。柴田勝家因爲沒有子嗣，所以領養了有血緣關係的勝豐爲養子。秀吉決定把長濱城給他的理由是：

「誠如柴田大人知道的，我和伊賀守大人（勝豐）非常投緣。」

眾人也覺得秀吉的條件合情合理。畢竟柴田硬逼著秀吉交出長濱城，秀吉一定非常生氣。但至少他和勝豐兩人交情不錯，把城給勝豐，秀吉心理上多少也舒坦些。

——筑前大人眞會爲大局設想。

百姓一想到秀吉受到的委屈和他展現出來的大器，都很同情他。

而勝家這邊又是做何感想？

（筑前這傢伙就愛裝模作樣。把城直接給我，或是給勝豐，還不是都一樣。）

儘管內心不爽快，不過一想到秀吉的愚昧就覺得好笑。

就這樣，勝家的養子勝豐在秋天時搬進了長濱，當上長濱城的新城主。不過，長濱城的百姓都感到非常失望。

——那麼好的城主，讓令人不捨啊。

從長濱百姓喜愛秀吉的程度看，秀吉當城主的那個時代，一定是勵精圖治、百姓都能安居樂業吧。

到了豐臣時代，長濱城城主換成山內一豐。關原一役後，改由家康的家臣內藤信成擔任城主。長濱城在大坂夏之陣後成了廢墟，不過當地百姓依然對秀吉念念不忘，即使進入德川時代，私底下還是繼續追思秀吉，把他當神一樣崇拜。當時爲了避過幕府的耳目，民眾不敢公開祭祀，神社表面上是供奉惠比壽，私底下卻是在祭祀秀吉。明治以後，民眾總算可以公開祭祀秀吉，連神社的名稱也正名爲「豐國神社」。秀吉留下的影響太深遠，以至於柴田勝豐這位新城主始終得不到百姓的喜愛。

「筑前大人在長濱城的影響力實在太大了。」

勝豐領教到了這點，卻不知如何是好。幸而善體人意的秀吉對他說：

「伊賀大人是不是感到煩惱？放心，我會向百姓說明。」

秀吉特地派人到長濱拜訪當地的耆老。

「新領主秉性敦厚純良，與秀吉情同手足，請把他當成秀吉一樣的疼愛。」

這話看似簡單，其實內容隱藏了秀吉爲日後鋪下的棋步。總而言之，秀吉的話安撫了長濱的耆老，也讓柴田勝豐鬆了口氣。

「這世界上沒有像筑前守這麼菩薩心腸的人了。」

勝豐對家臣這麼說。勝豐這個人脾氣古怪，難以取悅。但也因爲這樣的脾氣，讓他對秀吉的出面相挺十分感動。

但秀吉心裡想的卻是：

——總有一天，我必定會從柴田家手中，把長濱城給搶回來。

這也是爲什麼秀吉這次會主動出面幫助勝豐。不僅如此，秀吉在各方面都給予勝豐極大的支持。

勝豐對北近江這塊新領地的政治經營也頗爲用心。一夕之間當上大名的勝豐，需要更多的家臣來輔佐他治理新領地，正好近江有大量的地侍，勝豐就地取材，延攬不少地方武士加入他的麾下。與其只用越前人當家臣，勝豐廣納各方人才的方針，更能讓他盡快的融入新領地。被勝豐延攬到幕下的近江家臣有：

德永石見

木下半左衛門

大鐘藤八

山路將監

秀吉對這件事極爲關心，於是這麼問：

「紀之介，你是近江在地人吧？你聽過這些人名嗎？」

對大谷紀之介而言，這些名字豈止聽過。紀之介的老家世代服侍近江的守護京極家，而前面提到的那些人都是舊識，而且是同宗。他和木下半左衛門還是親戚。

「那麼，你就去長濱住幾天，拜訪那些老朋友吧。」

秀吉給了他這個任務，還幫他想好了住在長濱的理由。

紀之介的母親還健在，目前住在播州的姬路城下。於是秀吉編了這麼一個藉口，說是紀之介的母親住長濱時，非常喜歡吃琵琶湖裡的鯽魚，尤其是一尺兩寸的鯽魚。紀之介爲了讓老母嚐嚐懷念的美味，於是特地到長濱跑一趟。

紀之介出發了。

秀吉也沒閒著，他早一步率領二萬大軍來到近江，讓他們屯駐在織田家交給他管理的安土城。安土城的天守閣和殿舍在光秀之亂時付之一炬，所以現在的安土城只是一座用圓木暫時搭建的便城。秀吉帶這麼多兵馬進駐城裡，檯面上的理由是：

「爲了恭迎三法師。」

不過，秀吉擁立的幼主三法師並不在他的控制之下，而是被柴田陣營的織田信孝留在岐阜城，無法離開。原先爲了讓三法師入住的安土城也變成無主空城。當然，秀吉此番帶領大軍進駐的主要原因與三法師毫無關係，他只是在對近江長濱城主柴田勝豐施加無言的壓力。秀吉深諳外交不能只靠巧顏令色，必須恩威並施才能收到最好的效果。

就在這個時候，北陸開始降雪了。這是由出使北陸的秀吉胞弟小一郎親自派遣的飛腳所傳回的消息，秀吉也不拖延時間，即刻採取行動。

「這是怎麼回事？」

儘管長濱的柴田勝豐大為吃驚，卻又不敢觸怒秀吉。秀吉這邊也殷勤的派了好幾次的使者前去解釋屯兵近江的原因，安撫勝豐，而且每次都會讓使者攜帶豐盛的禮物前往，有效的鬆懈了勝豐的戒心。

（那個筑前不可能對我做出不利的事。）

勝豐用這句話來安撫內心不斷湧上的恐懼感。

事實上——

在這個時期，大概沒有其他人的戰略處境比勝豐更危險吧。

雖說他是北方勢力最前線的城主，但是和越前北之庄的根據地距離遙遠，若是真的開戰，本國軍隊至少得花三天才能趕來。更何況現在是冬季，天寒地凍，需要的天數就更多了。換句話說，在春天融雪之前，這裡就跟孤城沒兩樣。一旦真的在冬天開戰，肯定會被攻陷。而且長濱城是秀吉親手設計、興建，是他的居城，秀吉非常清楚它的弱點。

因此，勝豐對家臣們千交代萬交代：

「千萬不能惹惱筑前大人。」

要是和秀吉翻臉，大家恐怕會沒命。

但是話說回來，秀吉在安土城近江的湖邊一帶屯駐大軍，再怎麼樣，勝豐也該去抗議一聲才合理。

「不妥。」

只是，基於前面提到的戰略上的弱勢，勝豐只能按耐性子保持沉默。而且，秀吉對勝豐就像長輩般的慈愛可親，勝豐也認為沒有抗議的必要，於是決定像個合起來的貝殼一樣裝聾作啞。

這期間，大谷紀之介一直住在長濱的親戚木下半兵衛的家裡，也常和老朋友德永石見、大鐘藤八等人聯絡。

——我來抓一尺兩寸的鯽魚。

在這個愚蠢理由的掩飾下，他和木下、德永、大鐘等勝豐身邊的近江派家臣頻頻接觸。

——非常可疑。

北陸柴田家派駐在勝豐身邊的家臣起了疑心，暗中探查。

最令這些監視人員驚訝的是，勝豐竟然說：

「羽柴大人的家臣來到近江時，帶他來見我，我想聽他說說京都的見聞。」

話說，勝豐這一年來咳嗽不止，秋天搬來長濱之後體力更是大不如前，幾乎到了臥病在床的程度。他把羽秀吉的家臣叫到病榻前。

紀之介以非官方的身分，私下到長濱城勝豐的房間內探視，暢談秀吉的日常生活、京都市井百姓的生活等等。監視人員知道這場密室談話後大爲吃驚。這正中紀之介的下懷。

（有問題，很可能密談叛變之事。）

監視人員很快把這件事稟報給越前的勝家。

「不可能。」

勝家先是一笑置之，但是同樣的消息不斷傳進耳裡，心裡不免開始起疑。

（勝豐說不定眞的起了二心。）

事實上，勝家和養子勝豐之間的關係在這幾年越來越疏遠，這點勝家自己也承認。

「叫勝豐派一名家老到越前來向我稟報。」

勝家嘴上這麼說，不過心裡並沒有嚴肅看待。勝家這個人自大驕傲、剛愎自用，從來也沒把勝豐當一回事。

——一個成不了氣候的小角色。

勝家就是這麼瞧不起勝豐。就像用肉眼測重一樣，連秤子都省下了。當然，勝家還抱著一種心態，就是他立勝豐爲嗣子，打算把家業交給他繼承，勝豐感恩都來不及了，怎會背叛他呢。

不過，勝家倒也沒說「我相信勝豐，不管傳言有多難聽，我都相信他。」

要是說了，而且傳到勝豐的耳裡，也許事情的發展會完全不同吧。

勝家這個人的態度就是模稜兩可，缺乏果斷力。

「把人叫來，我把事情問清楚再說。」

勝家的這句話由越前的使者帶給長濱的勝豐。勝豐大爲震驚。

「義父眞的那麼說嗎？」

他臉色發白，重複問了好幾次。確定之後，又嚇得幾乎暈厥過去。

（義父在懷疑我了。）

去年正月曾經發生過這麼一件小插曲，越前北之庄在過年時，勝家坐在高位，殿堂裡擠滿了前來祝賀的家臣和將領。

儀式開始了。

兩名光頭的雜役捧著酒具來到勝家面前，在小桌的酒杯裡斟滿了酒。

勝家點頭，拿起酒杯。

「玄蕃。」

他叫的是佐久間盛政的名字，但是這不符合禮儀。按照排序，第一個受杯的人是首席家臣，而首席應該是養嗣子柴田勝豐，可是勝家卻指名要給自己的外甥佐久間盛政。

勝家的這名外甥驍勇善戰，是柴田軍的前鋒大將，深受勝家器重。勝家還賜給他加賀二郡，由他當尾山（金澤）城城主，是柴田家臣之中最受禮遇的一個。而且每次柴田有大事要商議時，總是說：

「把玄蕃叫來。」

彷彿佐久間盛政才是他的養子。更離譜的是，勝豐的領地只有佐久間盛政的五分之一，這讓勝豐的處境變得十分尷尬。

不知從何時開始，越前出現這樣的耳語：

——勝家大人是否有意廢了勝豐大人，改立玄蕃大人爲養子？

勝豐也聽到了這個傳言，他心裡明白，以義父的個性的確有可能這麼做。因爲勝家這個人非常欣賞在戰場上英勇作戰的男人，由佐久間盛政繼承柴田家的話，必定能讓柴田家光耀生輝、更上層樓。偏偏勝豐就是嚥不下這口氣。

於是——

「玄蕃，」

他拉住佐久間盛政的袖子，把他手上的酒杯搶了過去。

「你要做什麼！」

佐久間盛政臉色大變。勝豐不顧場合，大聲說：

「這酒應該是我來喝！」

他拿起酒杯，一飲而盡。

勝家在位置上看到了這一幕，不發一語。自此之後，勝家對勝豐的態度完全降到冰點。

最後還是要召我去了。

（義父可能會殺了我吧。）

勝豐心想。

勝豐把家臣德永石見找到房間裡密談。

「我左思右想，我這條命可能危在旦夕了。」

很自然的，柴田勝豐在這時候想到了秀吉。相較於勝家的冷漠無情，秀吉卻對他無比的慈愛。秀吉把長濱城和北近江的三郡讓給柴田家時還這麼說：

——我不給勝家大人，我要給跟我交情好的勝豐大人。

要不是秀吉特別這樣指名，此時的勝豐恐怕還在柴田家裡備受忽略，嘗盡人情冷暖吧。

（對我有情有義的人不是勝家，而是秀吉。）

他不得不這麼想。

「俗話說良禽擇木而棲，士爲知己而死。這是鎌倉右府（賴朝）流傳下來的風範。石見，你說是吧？」

勝豐希望能得到德永石見的認同。
「難道我錯了嗎？」
「主公您絕對沒有錯。」
德永石見會這麼回答，是因爲他早已接受大谷紀之介的遊說，決定投靠秀吉了。

這個時期，秀吉的軍隊已經推進到湖東的佐和山城，目的是要給長濱城的勝豐施加無言的壓力。從佐和山城到長濱城騎馬只要半小時，要是秀吉眞想攻打，不消幾個時辰就可以團團包圍長濱城。
但是，秀吉並沒有出言恫嚇，反而像在邀請勝豐參加茶宴一樣的熱情親切。
「閣下覺得如何呢？投靠秀吉大人的話，秀吉大人絕不會虧待您的。」
秀吉的使者透過德永石見的居中牽線，對勝豐表達這樣的訊息。

不僅如此，秀吉還要紀之介對這位勝豐的老臣誘之以利。
——希望您能勸伊賀大人（勝豐）早日下定決心。事成之後，我家主公必定會立大人您爲大名。
德永石見——也就是德永壽昌，日後果然成了秀吉的直參大名，俸祿三萬石。等到秀吉死後，又轉而投效德川家康。
柴田勝豐終於下定決心：
「我要效忠筑前大人。」
他派遣使者和人質到佐和山城的秀吉住處，表示投誠之意。
秀吉拿起摺扇往膝蓋一拍，大聲說：
「好，伊賀守大人也要效忠三法師主君嗎？眞是太好了。」
而且開口閉口都是：「三法師主君」。
一切都是爲了三法師。柴田勝豐交出長濱城，不是想要巴結秀吉，而是爲了效忠三法師。這是秀吉的說法。

「這對三法師可是大好消息啊，伊賀大人的忠肝義膽真是令人敬佩。」

他必須端出三法師的名義，讓勝豐背叛勝家的行爲具有正當性。將一切的陰謀導向合情合理的正義之舉。

不管怎麼說，長濱城又回到秀吉的手中了，距離他把城交給柴田家至今還不滿半年的時間。城主依然是柴田勝豐，封賞還多了二萬石。

大谷紀之介順利達成任務。他離開長濱城，登上秀吉駐紮的佐和山城，在本丸向秀吉報告這件事。

「做得好。這是大功一件，不亞於十次拿槍打前鋒啊。」

秀吉用誇張的比喻讚揚紀之介的出色表現。不過他的聲音壓得極低，畢竟這是諜報上的勝利，總不好在眾人面前大肆宣揚。

「那麼，主公接下來要去攻打瀧川了嗎？」

「不，還不去攻打瀧川。」

唯獨這件事，秀吉口風守得特別緊。沒有人知道他的下一步究竟要怎麼走。

這天，也就是天正十年（一五八二）十二月十三日，是討伐光秀過了半年的日子。

在這裡，我們先來回顧一下這段期間秀吉的重要行動。

十一月二日：在寶寺城接見前田利家，答應柴田勝家的議和。

十二月初：進京都。

十二月七日：離開京都，來到近江。

十二月十三日：進駐佐和山城，接受長濱柴田勝豐的投誠。

（接下來，要攻打伊勢了吧。）
每個人都理所當然的這麼想。
不過秀吉卻按兵不動，繼續駐囤在佐和山城，靜待北方來的情報。
終於，北方的臥底人員冒著大雪跑回來稟報。
「修理大人動彈不得了。」
因爲下大雪的緣故，柴田勝家對長濱的背叛也只能乾瞪眼，無法採取任何行動。
「柴田被困在雪牢裡啦。」
秀吉大爲欣喜，立刻下令麾下的大軍往東前進。
——往東。
這個號令出乎所有人的意料。
「眞要往東邊嗎？」
擔任先鋒的蜂須賀正勝驚訝的又問了一次。
「不是該往南才對嗎？」
南邊是伊勢。秀吉沒多做說明，僅簡單的說：
「往東。」

（要攻打岐阜。）
這是秀吉隱藏在心中多時的機密。要是這個機密提前洩漏，肯定會引起內部極大的騷動。因爲岐阜城是織田家的領地，跟聖地差不多。
信長殞歿後，岐阜城在清洲會議時交由信長的三男三七信孝掌管。所以，三七信孝的領地除了美濃國之外，還有部分的伊勢，俸祿總共有五十萬石。
「我們的敵人是三七大人。」
通過醒井後，秀吉向眾人做了這樣的宣布。他首先向黑田官兵衛坦白，當時兩人都在馬背上。
「眞是出人意料之外。」
這是非常艱難的任務啊。
官兵衛這名謀臣沒把後面那句說出口。三七信孝是信長的三男，討伐信孝就等於是向主家宣戰。到時候，秀吉陣營的將領會作何感想？立場是否會因此動搖？
「沒有別的選擇了。」

秀吉故作輕鬆的說。三七信孝屬柴田陣營，如果只是這樣倒還好，但最讓秀吉氣不過的是信孝把織田家的幼主三法師軟禁在岐阜城，不肯放手。去年七月在清洲會議上，秀吉主張：

——三法師主君應該住在織田家的主城近江安土城。

勝家當時沒有理由反對，只好默許秀吉的提議。三七信孝卻不顧約定，把幼主留在岐阜，所持的理由是：

「在三法師成年之前，由我負責扶養。」

秀吉一再抗議，但三七信孝都沒有理會。對信孝而言，當然要把三法師抓住不放。只要握有三法師這張王牌，柴田、瀧川、織田信孝的聯盟就是正統。必要時還可以高舉「三法師」的令牌，說秀吉是叛賊，號召立場搖擺不定的大名討伐秀吉。

所以，秀吉不能坐視不管。

「非得把三法師從岐阜帶來安土不可。」

秀吉對官兵衛這麼說。

（的確如此。）

官兵衛也贊成秀吉的看法。在清洲會議上，秀吉為了當三法師的傅人，答應把長濱城北近江三郡讓給勝家。秀吉也的確獲得眾人的支持，當上三法師的傅人。可是會議之後，柴田卻處處刁難，挾三法師之名假傳聖旨，說什麼也不肯交出三法師。

秀吉這麼說。

「只能背水一戰了。」

「可是這仗，有勝算嗎？」

太難了。官兵衛這麼想。這次的對手是信孝，只要走錯一步，秀吉很可能會落得背叛主上的臭名，而遭到全天下人唾棄。

「何難之有。」

秀吉拉緊了韁繩，仰天大笑說：

「官兵衛，這世上的事，就是要放手光明正大去做。」

這是秘訣，秀吉心想。不管是做好事還是做壞事，都要光明正大。如此一來，世人就會被這股陽剛之氣所迷惑、吸引。就算這個行動帶有少許罪惡，眾人也會用鮮豔的色彩將它掩飾過去。

（如此而已。）

秀吉在決定採取這個重大的行動之前，對這樣的看法始終深信不疑。

進入美濃之後，天氣突然風雲變色雷雨交加。秀吉召集眾將領到國境的山中村，並且當眾宣布：

「我們要進攻美濃。」

而不是說：

——要討伐三七信孝。

「我們要去迎接岐阜的三法師。就算要賠上生命，也要將主君接到故右大臣的居城安土城。所以，我們必須進攻美濃。要是有人膽敢阻撓這份忠誠，秀吉我必定砍下他的人頭、壓潰他的城池，還會以大逆不道的罪名，將他的首級吊在三條河原，以儆效尤。即使那個人是主家的家臣也一樣，絕不輕饒。這樣，你們聽懂了嗎？」

秀吉大聲吆喝，滿堂的氣氛陷入一片靜肅。終於，師出有名了。

（果然厲害。）

官兵衛坐在位置上，看到秀吉精湛的演技，內心驚歎不已。如果同時有兩方聲稱自己是正義之師，那麼，通常聲音大的那邊才能獲得支持。爲了點燃將領們的鬥志，必須先消除他們內心的罪惡感。

——進攻岐阜不是罪惡，是正義。

秀吉的聲音猶如擂戰鼓般激動熱切，滿座的將官受到激勵，向心力快速凝聚。秀吉首先將軍隊分成三條路線，很快就完成進攻美濃的部署。

美濃岐阜城的周邊有許多小城護衛，這些小城的城主都是織田家的大名小名。清洲會議之後，美濃的將領全數歸三七信孝所管，因此秀吉必須降服這批人。

隔天，秀吉揮馬鞭攻進美濃，率領大軍在美濃境內的各城之間來回奔馳，施加壓力，同時又派出使者說服美濃的各個將領。大垣的氏家行廣、曾根的稻葉一鐵很快就宣示效忠，把城淨空。對他們來說，柴田目前被大雪困在北陸，爲了對柴田盡忠而遭到秀吉攻打，實在是划不來。不如趁現在歸順秀吉，說不定還能得到豐厚的賞賜，何樂而不爲。

秀吉只花了短短兩天的時間就收服美濃境內的大小將領，岐阜城頓時成了孤城。秀吉繼續帶兵包圍岐阜城。

「回頭是岸。」

他這樣對三七信孝喊話。

「只要你肯痛改前非，讓三法師主君搬入安土城，我馬上下令撤軍。若是不從，則將以叛逆之名砍下你的首級以示懲戒。請做決定吧。」

三七信孝的靠山柴田勝家現在被困在大雪中，動彈不得。而美濃的部將又一面倒的靠向秀吉的陣營。在這種情況下，信孝也只能接受秀吉的招降了。

「但是，被那隻臭猴子威脅，我眞是不甘心。」

信孝氣急敗壞的殿舍廊下來回走動。最後，在老臣苦口婆心的勸說下，決定先假裝投降。

「事到如今反抗也沒用，本座會照你的意思，帶三法師離開岐阜。」

信孝派遣使者到秀吉的陣營表達投降的意願，可是秀吉不相信。

「說謊。」

他拍拍使者的肩膀說：

「自古以來，貴族這群人總是言不由衷，說話不算話啊。」

貴族出身的人不了解世道險峻，也不了解承諾的嚴肅，說過的話，隨時都可以翻臉不認帳。

「請回去轉告三七大人，如果他是誠心投降，就要送人質到我營帳來。」

「臭猴子！」

三七信孝聽了之後怒不可抑。可是，現在他的居城被三萬大軍包圍，秀吉的命令無可違抗，只好將自己的親生母親坂氏、女兒甚至還有幾名家老送去秀吉陣營中當人質。

秀吉總算把三法師弄到手了。

他將三法師交給此次一同出兵包圍岐阜城的信長二子信雄，由他擔任三法師的監護人，並且親自將三法師送到安土城。

這是秀吉演給全天下人欣賞的一齣大戲。信雄和信孝都是信長的兒子，現在三法師從信孝手中移到信雄手中，這位織田家的幼主等於是秀吉的囊中物了。

秀吉終於成功的把三法師從柴田手中搶了過來。

* * *

北陸的勝家從飛腳信差口中得知中原發生的嚴重事態，可是現在積雪深厚，他的軍隊根本無法動彈。現在出動的話，不消一天的時間，所有的兵馬、武器和糧草都會被掩埋在大雪底下吧。所以，勝家儘管氣得咬牙切齒，卻拿不出丁點辦法來。

「就像中風一樣。」

勝家面對眼前的困境，這樣自嘲。不過行動雖然受困，至少可以開口向四方求援吧。

「只有靠謀略這招撐到春天了。」

勝家這麼說。按照他的想法，這就像發燒時要服用陣痛解熱藥一樣，既然現在自己陷入中風狀態，只好藉著謀略這帖藥暫時穩住症狀了。這就是勝家的樂觀。

偏偏勝家這個人又不擅長謀略。打從在信長手下擔任部將的時代開始，他就只會在戰場上指揮作戰，而且以此自豪不已。對於秀吉使用謀略手段討信長歡心的做法完全不屑一顧，還曾經在會議席上，毫不客氣的羞辱秀吉：

——猴子又在耍謀略的猴戲了。

如今面臨動彈不得的窘境，也顧不得自己擅不擅長耍猴戲了。

「去拉攏三河大人。」

勝家只有在被逼得走投無路時，才會想到德川。事實上，他應該早點和德川打好關係才對。

現在的家康，並不想蹚這趟渾水。

說起來，家康的運氣不算好。發生本能寺之變時，他人正好受信長之邀到安土一遊，順便到京都觀光。當他在堺市遊覽到一半時，突然收到叛變的情報。但是他這次出遊只帶了幾名隨從，而且都是輕裝打扮，不適合戰鬥。家康急著趕緊回國，卻在回程途中的伊賀遭到伏擊，好不容易才逃過一劫。家康從伊賀經水路回到三河後，便即刻整軍出戰。

家康率領軍隊往西行，原本打算加入討伐光秀的陣容。可是來到尾張鳴海時，收到秀吉已經在淀河畔的山崎剿滅光秀的消息。

（為時已晚。）

家康放棄繼續前往中原。反正這次出征，他也沒有帶足夠的兵力。

再說他只是信長的盟友，並非家臣。

打從年輕時，家康就在信長的指揮下和柴田、丹羽等大將四處征戰。信長對他的嚴苛程度甚至超過自己的家臣，有什麼苦差事總是會落到他身上，但是信長給他的封賞卻是少得可憐。

家康的領地除了本國三河，就只有搶來的遠州和駿河，而三個地方加起來也不過七十八萬石。相較於柴田、丹羽、羽柴、瀧川這些人從信長那裡獲得的兵力和豐厚的賞賜，家康得到的待遇委實太寒酸了。

家康在鳴海時也想通了一件事。他明白以他現有的實力，並不足以參加織田家的中央權力爭奪戰。

於是，他率領軍隊改往東行。他要趁這個機會在東海地方盡量多搶些土地，累積實力。他的目標是織田家解體後留下來的遺產甲州和信州。沒過多久，甲州二十五萬石果然落入家康手裡。

秀吉和柴田勝家在信長殞歿後，爲了爭奪主導權而分裂，織田家因此分成兩大派系，家康則選擇置身事外。最主要的原因是，家康只是織田家的外樣，不是直屬家臣，自己不需要、也沒資格去蹚這趟渾水。他甚至認爲，這場政爭打得越是火熱，自己開疆拓土的機會就越多。

眼見情勢對自己越來越不利的勝家，派使者向家康討救兵。使者千里迢迢從北陸抵達時，家康人正好在甲州古府（甲府）的陣營裡。

「修理大人派你來，是有什麼要緊的事嗎？」

家康在使者面前歪著頭，假裝訝異的問。家康的反應讓使者大失所望，不過他還是把勝家準備的唐布二十匹、越前棉百捆、鱈魚五尾，獻給家康。

「聽聞大人平定甲州方圓一帶，眞是可喜可賀。」

檯面上的理由是來表達恭賀之意。其實私底下還有的重要的任務。

「我家主人說，」

使者開始細數秀吉的野心和各種逾舉的行動等等。

「請大人務必出兵，支援岐阜城的信孝大人。」

說明白點，勝家的意思就是「我現在受到大雪圍困，無法南下。幸好閣下的軍隊在東海的溫暖之地。望求閣下盡速出兵，馳援信孝。」

（他就是這種人。）

對勝家的一廂情願，家康忍不住覺得好笑。

（我爲什麼要出兵幫助信孝？）

沒有理由啊。勝家有，但是家康沒有。這是勝家的老毛病，從來不考慮對方的立場和利害關係，以爲全世界都應該以他爲中心轉。家康心裡這麼想。

（一點都沒變。）

他替勝家感到可悲。家康也清楚，勝家這個人缺乏謀略的才能，否則的話，應該事先調查現在的家康害怕什麼，或者要用什麼東西引誘他。可是勝家彷彿鼻子塞住了一樣，完全欠缺這方面的嗅覺。

「大老遠跑來，真是辛苦你了。」

家康慰勞使者的辛勞，以豐盛的招待表達感謝之意。十分抱歉，我實在愛莫能助。家康反過來向使者大吐苦水，說自己剛拿下甲州，需要費心整頓，而信州反彈激烈，讓他傷透腦筋。偏偏關東的北條氏又從中作梗，讓他疲於奔命，苦不堪言。

「請大人看在多年的情誼上，出手相救吧。」

使者搬出人情義理來了。家康也深感同意，態度誠懇的頻頻點頭，心裡卻在暗笑。家康和勝家並沒有深厚交情，真要扯到人情義理，他和與羽柴秀吉之間，不也是有著同樣的人情義理嗎？

（看柴田這副德行，恐怕難以和羽柴為敵啊。）

家康是明眼人，看出了這樣的未來。話說回來，家康也不打算和秀吉聯手，他只想趁織田家鬧得人仰馬翻時壯大實力。

家康給使者軟釘子碰，要他知難而退。

除了求助家康，其實勝家還有其他方案，例如慫恿中國的毛利：

——去攻打羽柴的背後吧。

現在秀吉的根據地在播州，西邊的備前、備中、美作的宇喜多氏，也從信長時代開始就投靠到秀吉的保護傘下。宇喜多氏的領地再往西，就是以廣島城為主城的毛利家勢力範圍。只不過，此時的毛利氏早已確定了外交方針，就是支援過去的敵人秀吉，藉此保全自己廣大的領地。所以，勝家現在派使者來斡旋，也只是白忙一場罷了。

這段期間秀吉也沒閒著，他帶著軍隊在京都、近江、美濃之間來回穿梭，給這一帶的國家施壓。同時，也積極的對遠方展開遊說工作，例如拉攏越後。

秀吉派遣使者前去越後，密會上杉景勝。

「要不要聯手對付柴田勝家?」

秀吉有把握可以說服上杉。這樣的自信當然不是沒有原因。

以北方的情勢來看,柴田勢力包括越前、加賀、能登、越中等地。其中,越中這個地方和越後的上杉勢力圈相鄰,雙方處在一觸即發的狀態。

當初,柴田奉信長之命駐守北陸,抵制上杉。未料兩軍正在交戰時,信長突然死於本能寺之變中。勝家若是懂得外交手腕,在這個關鍵時刻應該先和上杉家和談。畢竟上杉家已經不再像謙信在世時那麼強大,勝家的北陸軍略勝一籌,因此,只要勝家拋出和解的善意,上杉氏極有可能點頭答應。

可是,勝家沒有這麼做。

(幸虧他沒那麼做。)

對秀吉來說,勝家的遲鈍和剛愎自用,對他而言反而有利。

(但是話說回來,眞是令人不敢置信。)

秀吉心想。這裡指的當然是勝家的思考模式。勝家擁有問鼎中原的野心,卻又不肯和鄰國的上杉家休兵。甚至到了這時候,都還想著要進攻上杉,拿下越後。上杉陣營只好傾全國之力,和勝家軍周旋到底。不過,這對秀吉可是好消息。

——並肩作戰吧。

只要秀吉這樣號召,上杉氏必定會欣喜若狂,迫不及待想和秀吉聯手吧。勝家在等待春天到來,等積雪融化之後就要揮軍南下。可是爲了防範上杉軍突襲他的根據地,勝家勢必要留下數萬兵馬防守越中和越後的邊境。

秀吉把遊說上杉家的任務交給兒小姓石田佐吉三成,要他出使遙遠的越後。

上杉的反應果然不出所料,很快就答應和秀吉聯手作戰。這個約定,等春天積雪融化之後,就可以看到效果了。

大垣

（好想在姬路過新年啊。）

時值天正十年（一五八二）十二月，此時秀吉內心最強烈的渴望就是回家過年。播州的姬路城是秀吉的居城，這段期間，秀吉四處奔走征戰，身體和心理都到了極限。他渴望拋開一切，回到居城痛快的睡個飽。

「正月我一定會回姬路去。」

秀吉寫給妻子寧寧的家書裡這麼寫著，不過這是機密。這時候的秀吉神出鬼沒，居無定所，連同盟的將領也不知道他的行蹤。這是秀吉爲了安全所做的防範措施。

（我是來去無蹤一陣風。）

他必須像風一樣。沒人知道風的模樣、從何處吹起，更不知道風要吹向哪裡。

秀吉剿滅光秀至今才過了六個月。他把大本營設在京都南方天王山山腳下的寶寺城，但不是定居在那裡，而是像風一樣在京都、近江、美濃等地不停的轉移陣地。他在馬背上想對策、在馬背上下令、也在馬背上睡覺。

此時的秀吉已經控制了京都、柴田勝家的傀儡織田信孝的岐阜城也落入他的掌握，平定近江後，他還在琵琶湖北岸山區設置多處要塞，以防堵北陸的柴田勝家南下。

（那個勝家被大雪困住了。）

現在，勝家一定恨得咬牙切齒卻束手無策吧。秀吉趁著這個時機東奔西跑，爲春天即將來臨的大戰做好萬全的準備。他不是只用嘴巴發號施令，而是親力親爲，輾轉各地進行各種事前準備工作。

等到萬事俱備、再回到天王山腳下的寶寺時，已經是一年的尾聲，也就是二十九日。根據觀察，今年的氣候特別寒冷，北陸的積雪應該會比往年來得深。連淀川蘆荻的水澤都結了冰，寶寺中庭石盆裡的水也凍住了。這一天早上，秀吉還得把盆裡的冰打碎才能洗手。依照寺僧的說法，今年的寒氣比往年更加強烈。

（眞是天助我秀吉也。）

秀吉心裡這麼想。也多虧了這酷寒的天氣，秀吉才有機會稍作喘息。

他先在寶寺住一晚，隔天天還沒亮就起身如廁。做完了這些瑣事後，就像剛才說的，用拳頭擊碎石盆裡的冰水洗手。

「佐吉。」

秀吉邊洗手，邊叫著小姓石田三成的名字。佐吉匆匆跑過走廊，不出聲音的來到秀吉身邊蹲了下來。

「去告訴小六，要出發了。」

「是要出征的意思嗎？」

「我說出發，就是出征的意思。不需要再問。」

「人數呢？」

「我正要說，你怎麼老是搶著問。」

秀吉召集重要的將領前來，當面指名隨行的名單。出人意料的，秀吉這次帶的兵力很少，七千人不到。

他還下令其中的五千名先行出發。

「要往哪裡？」

擔任先發大將的蜂須賀正勝這麼問。秀吉看著出發的方向，深深的吸了口氣後，慢慢的吐出幾個字：

「姬路。」

然後噗嗤的大笑起來。他秀吉打算在姬路好好的休息，不過他一再叮囑，絕不可以把這個消息洩漏給一般的士兵。

因爲秀吉必須隱密行蹤，他要讓北陸、美濃還有伊勢的敵人以爲秀吉離他們並不遠。如果讓伊勢的敵人瀧川一益知道他要回去遙遠的播州姬路過年，極有可能會出動大軍攻打近江。

一行人趁天色未亮之前下了天王山，途經山崎街道（西國街道）、攝津池田，往尼崎趕路。中午都過了好一陣子，大批人馬才停下來休息，匆匆吃過中飯後又急著趕路，晚上就在花隈紮營過夜。隔天同樣又是在天色未亮之前出發，當天晚上就抵達了姬路。由於事前已經派人通知，所以秀吉抵達姬路時，城內一片燈火通明，上上下下忙成一團。久違的城主難得回家一趟，大家的心情都很興奮。

「拿酒犒賞士兵，還要昭告城下的百姓說秀吉我回來啦。」

向來喜歡熱鬧場面的秀吉，吩咐下人對外宣布。

他走到內殿，一看到妻子寧寧就說：

「夫人，你忠貞不二的丈夫回來了。」

他衝到寧寧面前，膝蓋幾乎要撞到對方，然後一屁股坐了下來，盤起雙腳。寧寧內心竊笑，還說什麼忠貞不二？我倒是常聽人家說，你這個男人連在戰場上都不忘記找女人取樂呢。不過，看到秀吉滿臉笑容的盯著她瞧，寧寧也不想再數落他了。

「接下來，夫君要做什麼呢？」

要沐浴嗎？還是吃飯？或者，要接見留守城裡的小一郎，問他這段期間發生了什麼事？負責打理家務的寧寧心想，夫君需要的不外就是這些吧。

秀吉聽了哈哈大笑，笑聲大到連布簾都跟著飄了起來。

「寧寧，我的心肝，我想要爬到妳的香床上。」

他這麼說。一旁的侍女聽了都低頭竊笑。寧寧一臉難爲情的說：

「夫君說到哪兒去了。」

「好，不說不說。對啦，從現在起到明天天亮前，我有要事非處理不可。」

「從現在到明天天亮之前？」

寧寧感到納悶。夫君千里迢迢回到城裡，晚上不睡覺，竟然說有事要忙。

「還有，我不在內殿吃飯，把飯菜端去大殿。好，我現在先去洗個澡。」

難得回到自己的居城，秀吉卻還趕集似的忙個不停。洗完澡後，秀吉在大殿一邊用膳邊一邊把書記官、各路奉行還有寧寧的叔父，也就是軍奉行杉原七郎左衛門家次找來，要他把功勞簿一併帶過來。

「照著武士的名冊唸給我聽。」

秀吉這麼說。這段期間以來，打過好幾場大大小小戰爭，至今都還沒有處理戰功的問題，秀吉決定趁這個時候好好的論功行賞。這可是非常重要的大事，一旦賞賜不公，將會引發軍隊的分裂、甚至可能通敵背叛。柴田勝家的養子柴田勝豐就是很好的例子，勝豐就是對勝家的封賞不滿才會串通秀吉，交出長濱城。還有，封賞太慢也會影響會士氣，官兵會懷疑主將的誠意。幸好，秀吉處理行賞的本事就跟天才一樣高明。通常，他會在戰爭一打完，立刻在戰場上進行封賞。若是戰功彪炳，即使仗還沒打完，也會派使者先去通知。

「我看到你剛才的戰功了。」

有時只有口頭上的嘉獎，有時是先給個小道具當信物，做爲戰後行賞的證明。大部分時候是抓起一把金銀立即打賞。也就是帶著一袋袋的金銀上戰場，誰立了功馬上賞賜金銀。其實，這是信長想出來的方法，秀吉只是擴大沿用。但光是這樣還不夠，還有戰後的論功行賞，這是相當繁瑣的事務，所以秀吉才會一回到居城，就想盡快處理好這件事。

秀吉要杉原七郎按照名冊順序唸出每名武士的戰功，由他來決定賞賜的內容，然後由書記官紀錄下來。例如：

「給某某增加多少石俸祿。」

「賜給那個人備前太刀一把。」

或是，小袖一件、馬一匹、以兩枚金幣代之等等，秀吉就這樣一件一件的決定。午夜一過，元旦降臨，雖然已是夜半三更，城裡卻還是熱鬧烘烘。行賞的工作到了天亮都沒結束，一直到快中午才全部處理完畢。這天晚上，秀吉論功行賞的人數多達八百六十人。

「今天是過年了。」

疲憊不堪的秀吉伸了個大懶腰說。城內的大小廂房擺滿了酒席佳餚，還有人在吟唱輕鬆的歌謠。

「我要去睡了。」

「那麼，初一的拜年要什麼時候開始呢？」

石田佐吉搶著問。

「我說我要去睡覺。」

秀吉大聲斥喝。這個愛耍小聰明的佐吉，眞是越來越煩人了。

「那麼，主公就多睡幾天吧。小的會去通知大家，等主公睡飽之後再來拜年。」

「隨便你。」

秀吉衝進寢室，倒頭就睡。寧寧幫他脫下衣服，換上新的內衣，秀吉還是沒有醒來。接著，寧寧在幫他穿絲絹的睡衣時，秀吉突然半睜著眼，笑著說：

「寧寧，那檔事我是不行囉。」

說完，又陷入沉沉睡夢中。不管寧寧怎麼搖，秀吉就是沒有醒來。寧寧不忍心打擾夫君，決定讓他好好睡個飽。

（眞是，把我當成傻瓜了。）

她這麼想。其實，寧寧了解夫君奔波的勞累。以秀吉對工作的熱勁看來，簡直就是個超級工作狂吧。

秀吉整整睡了一天一夜。

沒起來吃飯、沒進半點水，整個人就是睡死了。再次醒來時，已經是日正當中。一名叫甫庵的寫書人這麼形容：「午後，秀吉恍恍惚惚的起床走動」，搖搖晃晃的離開房間後，先去澡堂泡澡。帶著昏沉沉的腦袋在浴槽裡泡了好一會。可是，等他再次從澡堂走出來時，整個人彷彿充飽了能量。

「要開始和夜叉角力了。」

秀吉在廊下走著，口中唸唸有詞。佐吉機靈的跟在秀吉的後頭。

中午過後，秀吉在城內的正殿接受群臣的拜年。

對國主而言，接受賀年是一件非常耗體力的苦差事。一整天都得乖乖地坐在正殿，接受住在姬路的家臣的賀年。等著進城拜年的隊伍把城下的大街小巷擠得水洩不通，城門內外到處是人。每個人按照順序，一一進入大殿向秀吉拜年，秀吉必須不間斷的大聲答禮：

「很好，可喜可賀。」

喊到聲音嘶啞。翌日，輪到鄰國城主、地侍、僧侶和神官來拜年。秀吉一樣得大聲的答禮。

到了正月初四這天，派去伊勢打聽消息的探馬突然回報說發現異狀。

——伊勢的瀧川一益有動靜。

秀吉爲了等這一刻，早早在瀧川勢力範圍的伊勢地區展開外交工作了。他先拉攏織田信孝的部將伊勢龜山城主的關氏和峰城主的岡本氏。不過就在秀吉回姬路過年這段期間，伊勢龜山城發生叛變，佔據城堡的家老把秀吉同盟的旗幟卸下，轉而投靠瀧川一益的陣營。

「那種程度的小城，以後再各個擊破就行了。」

有家臣這樣提議。秀吉搖搖頭，宣布要立即出征，而且不能帶小部隊，必須派大軍出動。目的就是要趁此機會攻打伊勢，殲滅瀧川一益，擰斷北方柴田勝家另一邊的羽翼。

秀吉帶領大軍，以閃電般的速度前進。這場仗必須速戰速決，一旦戰事拖延，北陸就要融雪，到時勝家軍就會南下。如此一來，秀吉勢必會掉進被北方的柴田軍和南方的瀧川軍夾擊的不利局勢。

秀吉的大軍如迅雷般從姬路出發。

他先上京朝見天子。在京都過了一夜，隔天早上就出現在近江路，沿著琵琶湖畔北上，當天傍晚就進入安土城。秀吉整天馬不停蹄的趕路，到此時才下馬背休息。

安土城壯麗的天守閣在明智之亂期間被大火焚燬，於是秀吉下令搭建臨時的大殿和城郭，把織田家的幼主三法師安置在此處，由同住在此的織田信長次男信雄負責照顧。

秀吉領著麾下的大名在大殿內向三法師拜謁，並且如此稟報：

「臣要出兵討伐柴田和瀧川這一班亂源。」

這場戰爭必須打著三法師的名義。只要高高舉起三法師這張令牌，秀吉就是織田家的正統派。他要把過去的首席家老柴田勝家、瀧川一益、信長的三男織田信孝，統統踢出正統的旗幟之外。

隔天，秀吉在城下聚集兵馬，搭蓋了閱兵台，請三法師上去觀禮。

「請主君閱禮。」

秀吉高高抱起留著一頭河童髮型的三法師，對他這麼說：

「怎麼樣？眼下的這些武士都是三法師主君您的家臣。」

由於聚集此地的將領清一色是前織田家的家臣，當他們看到三法師出來閱兵，士氣為之大振，正義的熱血充塞胸口。其實，這六萬大軍誰心裡都明白，未來能夠統一天下的人不是三法師，而是秀吉。這也是爲什麼他們會因應秀吉的號召，主動加入他的指揮。總之，秀吉巧妙的利用這個場合，把這些人的正義和利益完美的融合在一起。

秀吉將六萬大軍分成三路，分別由不同方向往伊勢前進。

第一軍由秀吉的胞弟羽柴小一郎負責指揮，走土岐羅越路線。

第二軍由外甥孫七郎秀次指揮，走大君畑越路線。

第三軍由秀吉親自領軍，走安樂越進入伊勢路線。

伊勢的主城是長島城，秀吉先放火將城下燒成焦土，讓長島城陷入孤城狀態。但是他不攻城，僅僅留下少許兵力在此地把守，因爲龜山城、峰城才是主要目標。秀吉不愧是攻城高手，手段著實令人佩服。他打算用火攻城，再使出他拿手的土木本事挖空城的地基。首先，他命人在城四周立起結實的木柵，讓裡面的士兵出不來，再豎起青竹做的防護牆，防止來自城內的攻擊。最後派數千名礦工挖掘坑道、用鐵鎚和鋤頭挖開石牆。

人在伊勢長島主城的瀧川一益看到這一幕，嚇得目瞪口呆：

「猴子實在太狠了。」

才開戰沒多久，瀧川的鬥志就被擊垮了。這位猛將受到本能寺之變的拖累，進攻關東的任務失敗，還被小田原的北條氏追擊，九死一生。自此之後，他徹底的失去了自信，變得軟弱又無能。這樣的變化證明，這個人前半生的戎馬英名，不過是受到信長威望的庇蔭罷了。

瀧川一益只是一介武夫，除此之外什麼都不是。不懂得分析局勢、看不出自己的未來，說穿了，這個人沒有大腦。過去信長還在世時，這名庸才只要照著信長的指示做，也能交出傲人的成績單。信長一死，一益必須靠自己決定仗要怎麼打。可是：

「一切就交給權六吧。」

這就是他可悲的地方，放棄自我思考，總是依賴別人。他把需要費心思考的事全部推給勝家。說起來，一益會站在勝家這邊也是個粗糙的決定。當初，他是因爲仰慕勝家有「織田家首席家臣」的這個光環，才會盲目的追隨。當然，他對秀吉的嫉妒心也是一個原因。一益從關東逃回來，知道秀吉已經剿滅光秀、控制京都的消息時，內心極不舒服：

——可惡的臭猴子。

過去他在織田家家老的排名比秀吉高，就是這個心態讓他放不下身段。

「那個傢伙不過爾爾。」

秀吉也看出一益的不滿。

「連反抗也是不過爾爾。他一定是沒有經過深思熟慮，才會選擇柴田那邊吧。只要我饒他不死，應該會投降才對。」

他看透了一益的肚腸。

不過，要降服這個人，必須給予猛獸般的恐嚇。

………………………………

爲此，秀吉召來各地的礦工進行大規模挖掘，活像要把伊勢的土地整個翻過來似的。秀吉帶來的六萬大軍負責守護這批挖掘工人。

「猴子眞是不擇手段。」

儘管瀧川一益氣得咬牙切齒，卻也無計可施，唯一能想到的辦法，就是出城應戰。他計畫夜襲包圍在龜山城四周的秀吉。

擅長野戰指揮的一益，決定親自探查敵人的形勢。他率領幾名騎兵出城探勘。雖然一益騎的是黑馬，而且經過變裝，但是那張稜角分明的長相，連一般的雜役兵都能輕易認出他就是瀧川左近將監一益。

「那個人好像是將監大人。」

秀吉的斥候把目擊到的情況急急回報秀吉。

「一定是瀧川。」

秀吉早料到一益會下這步棋。

「他親自當斥候，就表示打算進行夜襲，而且時間可能就在今晚。」
秀吉下令全軍，當天晚上點燃大量篝火，將整個伊勢城照得像白晝一樣通明光亮。
看到這令人震撼的夜景，一益幾乎喪膽，放棄了夜襲的計畫。秀吉一連串的威嚇讓一益鬥志全失，低迷不振，最後決定投降。
伊勢這邊的戰況才剛底定，秀吉又收到急報，說是北方那邊有狀況。
——勝家從北國出發了。
時值二月底。勝家的越前應該還在大雪的籠罩下才對啊。
「他們如何越過大雪？」
「鏟雪前進。」
這個情報並不假。勝家眼見中原的局勢朝夕驟變，實在無法等到春天再出擊。二月二十八日，他率領武士、足輕和鏟雪工人部隊，一邊剷雪一邊前進。雖然挖出的雪道狹小，至少是一條通往近江的路線。勝家的大軍排成一列，在狹窄的雪道中推進，隊伍綿延十幾公里。
「勝家那傢伙出動了嗎？」
秀吉收到這個情報的同時，一旁的家臣幾乎跳起來大叫，語氣聽起來似乎對勝家的壯舉敬佩不已。
「不愧是已故右大臣親手調教出來的男大將。」
此言不差。日本六十餘州之中，敢像勝家這樣在嚴冬季節率軍出擊的勇者實在少見。
這下子，秀吉必須同時應付三個戰場了。
第一個戰場是伊勢。第二個戰場是美濃的岐阜，秀吉率領爲數僅五千名的軍隊包圍信孝的居城岐阜城，並在城外紮營駐守，不讓信孝跨出城門半步。勝家軍不計艱辛，披雪長征，信孝卻被困在岐阜城內無計可施。
第三個戰場是湖北的山岳地帶，從越前北之庄城出發的勝家，沿著湖北的山路南下，不久就要殺到中原來了。爲了阻止勝家的大軍繼續往南，秀吉在湖北山區各隘口設下重兵防堵，誓言殲滅勝家。雖然秀吉早就在這一帶山區搭建好幾座簡易要塞並派衛兵駐守，不過，現在得再盡速增兵才行。

眼前的秀吉可說是蠟燭多頭燒。他的軍隊從伊勢出發，進入近江後繼續往湖北前進，一路飛馳到賤岳附近的山區，緊急構築陣地，增加兵員。接著，他又趕往美濃，囤兵大垣城，打算以大垣爲根據地，把那裡當作三面作戰的指揮中心。

「沒有其他地方比美濃的大垣更便利的了。」

秀吉這麼說。因爲大垣附近的關原，有道路可以通往這三個不同的戰場。往東可至岐阜，北達湖北賤岳，南下是伊勢，不管哪個戰場發生緊急狀況，都可以從大垣趕去救援。

「大柿子」。

這是秀吉對大垣的暱稱。因爲坐鎮在此處，感覺就像坐在高高的大柿子樹上般，山下風景盡收眼底。

看著馬不停蹄的秀吉，石田佐吉不禁對同僚大谷紀之介說：

「主公不眠不休的東征西討，實在太辛苦了。」

佐吉想不透，秀吉怎麼會讓自己掉進三面作戰這種非常人所能應付的處境之中？或者應該說，他想利用這種讚嘆主人的詞句，問出紀之介對秀吉的作戰計畫的看法。紀之介在軍事方面的眼光比佐吉敏銳許多。

「就是說啊。」

紀之介側著頭回答。紀之介長得眉清目秀，歪著腦袋的模樣看起來就像個荳蔻少女一樣可愛。

「我想，主公是想置死地而後生，所以拿自己當誘餌吧。」

紀之介的回答非常巧妙。秀吉同時打開北、東、南三個戰場，把自己放在這個三角形中間當活誘餌，引誘柴田勝家從北方出動。

「這我知道。可是，主公爲了當誘餌而把自己搞得人仰馬翻……這又是爲了什麼？」

「因爲主公想要同時砍了這三個人的頭。」

紀之介這麼說。佐吉聽了紀之介的見解，內心佩服不已，於是把他的話傳給秀吉。秀吉聽了之後歪著腦袋想了一會兒，笑笑說：

「眞是觀察入微啊。紀之介那小子眞的這麼說嗎？」

除此之外，他並沒有透露更多的作戰細節。平日饒舌的秀吉，今天倒是罕見的話少，這是因爲他心裡隱藏的那個計畫充滿太多微妙的要素，一時之間很難解釋清楚，而且他也不想洩漏機密。此時沉默的秀吉，表情蒙上一層淡淡陰影，和平常的他看起來判若兩人。儘管秀吉使出渾身解數，敵人也非省油的燈，他可不敢過度樂觀的看待這場戰爭。

勝家出動了。

大軍翻過越前木之芽峠來到敦賀平野，之後又再往上爬，進入湖北的群峰之中。勝家發現，先前斥候的回報果然不假，秀吉早在各個山頭設下要塞，插在要塞上的旗幟還被湖面的風吹得不停翻動。

「不准進攻。」

勝家對全軍下達這樣的指令。他在各個重要地點興建要塞，安撫士兵，要他們做好持久戰的心理準備。這次的行動由佐久間盛政當先鋒，他是勝家的外甥，也是當今織田家的第一猛將。

「不管敵人怎麼挑釁，絕對不能出戰。」

勝家在中尾山的軍議中再三叮囑盛政。說敵人爲了引誘他出兵，一定會無所不用其極，千萬不能上當。但是年輕熱血的盛政無法理解。

「這是爲什麼呢？在下實在無法理解。」

「我方的兵力太薄弱了。」

勝家這樣回答。如果有壓倒性多數的人數，當然可以出擊，但是眼下敵眾我寡，籠城固守等待機會才是上策。

（太消極了。）

佐久間心想。繼續固守在此地，若是敵人也來個按兵不動，那該如何是好？他又這麼問勝家。

「聽好，我們要靜待敵軍的變化。」

勝家說。會發生什麼樣的變化嗎？盛政再問。

「目前尚不可知。」

勝家這樣回答他。不過，只要繼續對峙下去，敵方一定會發生難以逆料的變化。要耐心等待，等變化出現再發動攻擊，就能出奇制勝。

「在下還是不懂。」

「老夫今年已經六十二歲，歷經無數征戰，出生入死的體驗比你豐富多了。照我說的去做就行了。」

向來疼愛盛政猶如親生的勝家，此時卻罕見的對盛政嚴詞厲色。盛政不解，反而認爲：

（舅舅老矣。）

但是，既然這是舅舅的方略，盛政也只好聽命。

而在秀吉這一方，他率領旗下的機動軍隊離開大垣來到前線，利用各種挑撥的手段誘敵出戰。

「只要誘敵出洞，我們就贏了。」

這是秀吉對這個戰場採取的作戰方略。不過，柴田沒有上鉤，繼續鎮守在城砦內，蟄伏不動。

「不愧是勝家。」

秀吉對左右說。

——意思是，勝家眞是老謀深算。

因爲，當實力伯仲之間的兩股勢力陷入對峙時，通常先出動的那一方會落敗，而耐心等待機會的會獲勝。

秀吉決定放棄挑釁，暫時離開這邊的前線。臨行前他召集將領，提醒他們各個注意的細節，還私下交代胞弟羽柴小一郎：

「敵人一有動靜，要火速向大垣稟報。」

爲了讓前線的局勢能在最短的時間內傳回大垣，秀吉在各個街道要口設置飛騎。這樣還不夠，他又另外設置了狼煙的通報系統。

交代妥當後，秀吉才回師大垣。

以秀吉現有的兵力看，他留下來防堵柴田軍的兵力實在過少。他任命胞弟小一郎爲總指揮，旗下有桑山重晴、中川瀨兵衛、高山右近、堀秀政、小川祐忠、山路將監、木村重茲七位將領輔佐。雖然都是位階不高的小型指揮官，但個個擅長野戰、銳氣蓬勃，應該抵擋得住激戰。包括這些前線官兵在內，加上後方的軍隊，一共是二萬五千名。

對這個時期的秀吉而言，東方的事態更爲急迫。岐阜城的織田信孝又有蠢動的跡象。

信孝獲知柴田南下的訊息之後，決定擾亂秀吉的後方。他率領數名輕騎從城內殺出，放火焚燒大垣附近的大小村落、偷襲守備部隊。這是仿效一揆暴動打了就跑的游擊戰法，這些零星的攻擊，讓秀吉疲於奔命，耗損嚴重。

——不如一舉剷平岐阜城。

大垣的秀吉這麼想。他在不妨礙其他戰線戰力的原則下調集兵員，準備殺進岐阜城城下。不過就在行動前夕，天空突然下起豪大雨，造成河渡川、呂久川潰堤。羽柴軍無法進入岐阜，只能撤回大垣。

在這段時期，湖北的山岳地帶開始出現檯面下的變化。

——只要對峙下去，就會出現意想不到的變化。

柴田勝家的經驗談可說應驗了。

秀吉陣營的確出現了變化，不過這個變化不是自然產生，而是柴田軍的先鋒大將佐久間盛政製造出來的。盛政是戰場上的勇將，也是謀略的高手。

盛政計畫讓敵營內部發生造反，他先過濾秀吉陣營的幾位大將後說：

「可從山路將監下手。」

山路將監正國是新加入秀吉陣營的大將，開戰之前是近江長濱城城主柴田勝豐的家臣，勝豐投效秀吉後，一班家臣也跟著轉移到秀吉麾下。將監目前被派到山岳陣地駐守最前線，不過以將監的立場，內心一定累積了相當多怨氣。勝豐投靠秀吉時他曾經大力反對，這點秀吉也有耳聞。

「那個將監是位硬漢。」

佐久間盛政這麼想。盛政麾下的幾名家臣，過去和山路將監是老友，他們認爲以將監的頑烈個性，必定難以適應新環境。

「對將監訴之以情吧。」

佐久間這麼說。他派使者前往柴田勝家的本營，希望得到勝家的許可。

「好吧。」

勝家同意了。不過也說，他了解將監這個人，將監對現狀的不滿並非出於眷戀舊家主，而是他的保守個性使然。所以，光是動之以情，恐怕不足以讓他重回柴田陣營的懷抱。而且，他的妻小一共七人被送去秀吉那裡當人質，若是投靠柴田陣營，家人的七條命必定不保。要讓將監背負如此大的犧牲回到舊主陣營，恐怕不容易。

「要誘之以重利。」

勝家這麼說。在戰國時代，眞正能驅動人心的不是情感和義理，而是利益。生在亂世的柴田，深切了解這個道理。

「告訴將監，我將賞他越前丸岡城和十二萬石。」

這可是天大的賞賜，佐久間盛政這麼想。這俸祿比盛政還要高，若是將監投誠，就會成爲柴田幕下俸祿最高的家臣。

——這樣還不算高。

柴田勝家這麼說。這是從山路將監窩裡反可能扭轉局面的結果估算出來的代價。

柴田家的密使潛入山路將監駐守的堂木山砦，將勝家的命令傳達給將監。將監考慮良久，這樣回答：

「我答應了。」

他唯一擔心的是家人的安危。將監的七名家人目前被安置在後方的長濱城，受人監視，所以要救出來並非易事。不過他也說，秀吉這個人的個性大而化之，只要謹慎小心，營救任務應該會成功。

只是，將監的想法過於天真，秀吉並不像他所想個性大而化之。過去將監偏激的言論和舉動引起許多人的不滿，因此他的動向更加引人注意。自從柴田的密使潛入之後，將監和家臣的舉動突然起了微妙的變化，周圍的人很快就察覺有異狀。和將監一起駐守在堂木山砦的大將是近江出身的木村重茲，也就是日後的常陸介，他的兒子是木村重成。木村重茲是秀吉自長濱時代以來的老臣，對政治有高度的敏銳性。將監不尋常的舉動，引起了他的懷疑。

爲了防患未然，重茲重新調整砦內的守備位置。他命將監去守備外郭，自己則移到本丸。

這個調動讓將監感到不安，以爲事跡走漏，於是決定先下手爲強，毒殺重茲。他邀請重茲前去茶會，重茲也假裝敷衍，暗中繼續監視。偏偏將監身邊有人跑去向重茲告密。將監通敵一事是千真萬確了。

但這裡是最前線，所以重茲決定先按兵不動，只是稱病婉拒了茶會，再暗中派人火速將情報通報給後方的本營。秀吉接獲情報後不動聲色，以免打草驚蛇，只下令加強對將監家人的監視。

將監也隱約感覺到山雨欲來的詭異氣氛。事情到了這個地步，除了逃到柴田陣營之外別無他法。他喚來機靈牢靠的手下，要他們潛入長濱，救出家人。

長濱城的石牆有一半沉在琵琶湖水面下，城裡有水道連通到外面。將監的家臣弄來一艘小船，計畫趁著黑夜從琵琶湖潛入城中將人救出。計畫原本進行得非常順利，不過就在船要駛離城門時被巡邏船發現，經過一番追逐，終於落網。這時，人在前線的將監，早已經帶著五百名家臣一起投奔到柴田陣營。

將監成功逃走了，可是他的家人卻被帶到堂木山砦，綁在面朝敵陣的木柱上慘遭軍法處死。

——對峙久了，必定會發生變化。

一如勝家所言，局勢的確起了變化。

這場變化的主角山路將監投奔到佐久間盛政的陣營。

「現在正是進攻的時刻。」

他極力勸說。將監的看法對盛政起了很大的作用，其中最令盛政注意的是：

「秀吉目前人不在前線戰場。」

秀吉離開前線是有一段時間了。他爲了進攻岐阜城，率軍前往美濃。

接著，將監還鋪開地圖，詳細說明敵營的陣形，指出弱點所在。

按照秀吉陣形的配置，最前線和後方的兵力較多，城砦的結構也比較結實。而中間的兵力，就像紙一樣的單薄。

「你說的中間是指何處？」

「就是這兩座山頭之間。」

將監指著地圖中央的大岩山和岩崎山這兩座山的山峰說。大岩山由中川瀨兵衛鎮守，岩崎山是高山右近，兩人都是攝津出身的將領，過去在織田陣營裡隸屬荒木村重旗下，和佐久間盛政的關係疏遠。

——他們是什麼樣的男人？

盛政問。

「中川瀨兵衛是個無謀的武夫，高山右近則瞻前顧後，對於突發事件缺乏應變能力。」

將監這麼回答。

「只要從這兩個山砦突破，敵人的陣形應該就會潰散。」

盛政聽了極爲興奮激昂。在這個時期，這樣的戰法稱爲：

——中入。

也就是避開敵人縱深陣地的前端，轉而突襲中間薄弱部分的一種戰法，是過去日本人的戰術思想裡面沒有的新思維。到了戰國中期，弱點突破戰法出現之後，在武將之間蔚爲一股潮流，大家都爭相使用。年輕的盛政對於「中入」這個字眼感到非常新鮮，躍躍欲試。

（這招會贏。）

盛政充滿自信。他跳上馬背，前往勝家的本營，請求允許。

「這件事，」

勝家面有難色說：

「還是作罷吧。」

勝家憑著老練的沙場經驗，認爲將監帶來的變化還太小，若因此放棄山砦出擊，風險實在太大，說不定還會予敵人可乘之機。所以勝家還是堅持原來固守陣地的方針。

辯論越來越激烈，年輕的盛政仗著自己和勝家是親戚，言辭失去了分寸。

「舅舅，您簡直是食古不化。」

他原本想這麼大吼，難不成您痴呆了嗎？幸好隱忍了下來。

勝家也動搖了。如果是壯年時的自己，他定會大聲叱喝，否決這個提議。但是現在他老了，面對視如己出的盛政，氣勢不知不覺的弱下來。最後，勝家的態度終於軟化。

也許，命運的光芒就是在這一瞬間，從勝家的頭頂上消失了吧。

「就照你的意思去做吧。不過，」

勝家附帶了條件：進擊部隊途中經過敵人的軍砦時，一定要留下足夠的兵員牽制。否則一旦中途遭到敵人的突襲，我軍會陷入混亂，全軍潰敗。

「還有一件事，你要牢記在心。」

勝家說。中入的計畫成功之後，不准逗留在敵陣之中，務必立刻撤兵。勝家擔心，萬一進擊部隊遭到敵人包圍，將會陷入孤立。屆時勝家非得出兵相救不可。柴田軍一旦出城打野戰，就會像脫去甲殼的蝦子，肯定引來秀吉大軍的攻擊。

盛政聽完後並沒有說什麼，只覺得勝家杞人憂天，這是老化的跡象。

（舅舅果然老了，腦筋痴呆了。）

他心想。偷擊成功之後又引兵撤退的話，倒不如一開始就別偷襲。佔領敵人的城砦之後，應該以那裡做爲據點，對周遭的敵砦發動攻擊，擴大戰果，這是兵家常識不是嗎？如果連這點膽量都沒有，舅舅當初就不該帶兵出征。儘管如此，盛政表面上還是裝作服從舅舅的命令。

「末將遵命。」

盛政點頭聽命，心裡卻另有主意。

（一旦出征，就是我說了算。）

盛政馬上展開調配人馬和部署。牽制敵人其他軍砦的兵員約有一萬兩千人，由勝家親自指揮。

突襲部隊由佐久間盛政領軍，人數八千。以奇襲作戰來說，這樣大規模的數量，在日本戰史上實屬罕見。

佐久間盛政在天正十一年（一五八三）四月二十日這天，率領這支突擊部隊出發，時間是凌晨一點。軍隊熄了火把、下令馬匹咬住嚼鐵、官兵身穿的護具則是用草桿綁緊，消除聲響，在黑暗中往敵營前進。

夜襲部隊順利抵達中川瀨兵衛的軍砦下方。在此之前，如此大陣仗的軍隊移動竟然都沒有被發現，眞可說是史無前例的壯舉。破曉時分一到，盛政的軍隊攻上軍砦，雙方發生激戰。瀨兵衛奮勇殺敵，但是僅僅千人的守軍，實在難以抵抗。當兵力只剩下五十人時，侍衛眼見勢不可爲，急勸瀨兵衛逃命。

「這裡就要被攻陷了。」

瀨兵衛卻大喊：

今日之戰，就是要讓大家看個清楚。

最後，當守軍僅剩寥寥數人時，瀨兵衛爬上本丸，脫下鎧甲自戕身亡。中川瀨兵衛之前和明智交戰時，奮勇衝上天王山，扭轉了戰局。他這個人生性不拘小節，口無遮攔。他與秀吉是同僚，從不叫秀吉「筑前」，而是叫他：

「猴子」。

不過，並不是當面叫就是了。

防衛戰打了四個小時之後，瀨兵衛陣亡。這段期間，與瀨兵衛軍砦相鄰的岩崎山的守將高山右近，看到一起長大的老友瀨兵衛陷入危機，竟然沒有出兵相救，而是丟下軍砦，倉皇的往後方的木之本逃命。也許，這就是他比瀨兵衛這個勇夫聰明的地方吧。

佐久間盛政的出擊行動獲得大勝利。

（看到了吧。）

對舅舅的愚昧更加嗤之以鼻。他派人向勝家報捷，同時說：

「今日之戰，兵馬疲憊，所以今晚要在此軍砦宿營，暫不撤兵。」

盛政的野心，當然不只是要在此處紮營，而是要以這裡做爲前進基地，明日繼續攻打賤岳的敵人要塞。

勝家知道盛政的用意，心裡又急又憂，趕緊派使者前去勸回。

「立即撤軍。」

盛政一笑置之。

「回去轉告舅舅，別再說這些無用的話。請他準備明日要豎立在京都的旗幟便可。」

這下子，勝家急得像熱鍋上的螞蟻，連派五次使者前去攔阻，但是盛政總是以「此時不出兵更待何時」的態度回應，完全沒有撤兵的意思。

勝家絕望了。

「老夫的生涯就要毀於一旦了嗎？」

他喃喃自語。盛政聽到後，也只是一笑置之的說：

「我一定會贏。」

按照盛政的如意算盤，他認爲秀吉現在人在美濃的大垣，距離賤岳有四十五公里遠。因此，在自己拿下賤岳之前，秀吉絕對趕不到，就算秀吉拋下岐阜的戰場，立即調頭往這邊趕來，至少也要等到明天早上才能抵達吧。而且到那時兵疲馬困，無法立即投入作戰。所以只要趕在這段時間之前攻下賤岳，就可以佔有優勢。

可是勝家的看法完全不同。

——怎麼會如此幼稚呢？

他不斷派人催促盛政收兵，但都不見效果。絕望之餘只好這麼說：

「以玄蕃和山路將監的智慧，豈能了解秀吉肚裡的陰狠狡詐啊。」

勝家第六次派去的使者，把這句話傳給了盛政。

這回盛政連信都懶得回，斷絕了和舅舅之間的一切通訊。

秀吉狂喜不已。

人在美濃大垣城的秀吉收到這個情報的日期，和盛政突襲中川瀨兵衛軍砦是同一天，也就是二十日當天。盛政於拂曉時發動進攻，約上午十點佔領軍砦。兩個小時後，也就是中午時分，人在大垣的秀吉就接到了情報，這一切都得歸功於秀吉先前安排的通報系統。

「贏定了。」

秀吉興奮的跑過雨廊，直往內殿裡衝。

整個人像陀螺一樣轉呀轉，手腳揮舞個不停。在秀吉的生涯之中，再沒有像這一天這麼痛快開心的了。這個捷報讓他看見通往光明未來的七彩橋，正閃爍著迷人耀眼的光芒。可是很快的，秀吉用力閉緊眼睛，想讓腦海裡的那座七彩橋消失。沒有人比他更明白，戰爭是由無數個巧合的片段拼湊起來的結果。要隨時把握機會，把這些巧合的片段用自己的方式組合起來，這樣才能夠得到命運之神的眷顧。所以，現在還不能被七彩橋的光彩迷惑，一旦沉溺其中，勝利就會從指間流逝。

突然，秀吉的下巴像劍一樣突起、瞠目怒視，然後用連他自己也感到不可置信的速度和正確性，發出一道又一道的重大命令。

秀吉在大垣掌握的軍力是一萬五千名。儘管他決定要將這些兵力全部投入賤岳，但是眼下最重要的是行軍的速度。想要讓軍隊發揮奇蹟般的速度，就必須絞盡腦汁思考。

時間是中午時分，軍隊趕到前線之前天就黑了。爲了能在夜晚快速行軍，必須沿路點燃火把和溝篝火，把道路照得像白晝一樣明亮。秀吉挑選五十名壯漢，火速騎馬趕至長濱城，其中二十名的任務是催促沿路的村民點燃家裡的燈火，剩下的三十名則是負責下令沿路的村民拿出家裡的米糧，提供給路過的急行軍官兵食用。

「爲了讓村民樂意提供，絕不可吝惜金錢！」

秀吉命人把大量的金錢搬到備用的馬匹背上，然後把這支先行部隊和隊長召集到城門前的空地。他手裡拿著青竹，拍打著地面說：

「要告訴各地的村長和有錢的農家大爺們，叫他們把家裡的米倉打開，將生米煮成熟飯、把乾草米糠揉成馬飼料。還要告訴農民，隨後會以十倍價格向他們收購。」

他繼續說：

「記得這麼交代他們。裝米的草袋不要丟棄，將空草袋割成兩半。過鹽水後，拿來包煮熟的米飯，馬糧也要如是做。做好的飯糧要擺在農家的門口。兵糧和馬糧不可弄錯，馬糧的草袋上面要插樹枝或是用草紙做記號。」

秀吉越說音量越大：

「你們要拚命的跑，一路跑到近江不要停下來。沿途要對百姓大喊，要他們高聲說出來，這是要獻給士兵的米糧，請享用。要是士兵沒有裝飯的容器，就脫下身上的袍子包飯給他們吃。要是沒有衣物，就用手巾。軍隊中有大食量的人，也有想拿雙倍米飯的人，讓他們儘管拿。若有士兵心思粗糙，誤把馬糧當軍糧拿，這時要客氣的對他說，這是給馬吃的米糠，如果您想吃也可以。」

眼前，秀吉遇到的難題是，他的一萬五千名士兵並沒有聚在同一處。當初爲了進攻岐阜城，秀吉把大半的軍隊留在當地駐紮。如今，他下令分散各地的部隊要盡快趕至賤岳。

「不需要再回大垣城。」

秀吉這麼下令。他派數百名傳令兵，要各地的軍隊直接從駐紮地趕往賤岳。

「目的地只有一個，就是賤岳山下的木之本。誰要是去晚了，子孫都要後悔。」

等一切交代妥當，已經是下午兩點了。分散各地的軍隊在收到秀吉的軍令後，快則四點，慢則五點，紛紛啓程趕往賤岳。

此時，秀吉人早已不在大垣城。

他下完軍令，便騎著馬衝出城門，沿著街道朝近江的方向飛馳而去。剛開始，跟隨他的僅有少數幾名騎兵。漸漸的，百尺後方有十騎、二百公尺後方有五十騎，大家零零星星的趕了上來。

賤岳

太陽下山了。

這天晚上，到了這個時刻月亮還沒有升起，只有點點繁星灑在近江的夜空中。東邊的天空有雲，所以東方的美濃上空是黑壓壓一片。

「我戰勝了。」

佐久間盛政的口中不斷唸唸有詞。

「我還會一路贏下去。」

勝利的喜悅，讓這個平日沉默寡言的男人難得露出了笑容。白天奔波勞累的戰鬥激情，入夜之後還在繼續發酵。他一面拔著地上的草，一面和左右部屬暢談作戰的成功喜悅。這天晚上，突襲部就在敵營中過了一夜。

不過，盛政沒有喝酒。素有酒豪之稱的盛政今晚滴酒不沾，也嚴格禁止將士飲酒，他明白黃湯下肚後的風險太大。星空下的這一大片山脈到處是敵人的軍砦，背後是余吳湖，不得不防。盛政的軍隊就在敵營中坐等天亮。

另一方面，主將柴田勝家還是沒有放棄，頻頻派使者前來催促：

「立刻撤軍。」

佐久間盛政還是一概不予理會。

「舅舅老痴呆了。」

他總是大笑說，老人是智慧過剩，年輕人是血氣衝腦。

後方的勝家急得像熱鍋上的螞蟻，徹夜難眠。他原本的構想是要建築一個堅固的防禦陣形。因爲山岳道路就像鋸齒一樣迂迴難行，通往北國街道的路徑也只有一條，其他都是僅能讓樵夫和獵戶勉強通過的獸徑，而且沿途樹海鋪天蓋地，大軍實在寸步難行。勝家就是看準了這點，他估計，秀吉就算兵力略勝一籌，也難以在深山密林中靈活調動。山區的戰鬥必須以小部隊爲單位，因此陣地的堅固遠比兵員多寡來的重要。秀吉的想法應該也跟他一樣，所以這場山區作戰，誰先出手，誰就輸了。

如今，勝家的算盤瓦解了，因爲他的前線指揮官佐久間盛政決定出兵進攻。

——大勢已去。

勝家好幾次咬著牙這麼哀嘆。主動出擊表面看起來風光，但勝家所構築的堅固防線，卻因爲突襲部隊的貿然行動而崩潰。勝家急著要恢復防禦陣形，不斷派使者到前線催促盛政撤軍。

無奈，盛政的想法和他毫無交集。

「舅父的想法根本是錯的。而且，敵人的大將羽柴秀吉目前滯留在岐阜大垣一帶，就算想趕回來也得花不少時間。只要趁秀吉趕回來之前，先一步佔領賤岳就行了。絕對沒問題的。」

果然，盛政連傳捷報，不但攻下中川瀨兵衛的軍砦、殺死瀨兵衛，連高山右近也聞風喪膽夾著尾巴逃跑。現在，盛政要更進一步，往余吳湖南岸長驅直入。

首先，聳立在他眼前的山脈就是：

「賤岳」。

盛政派兵包圍賤岳。當天晚上，他的軍隊就以包圍的態勢，在余吳湖的岸邊紮營過夜。他心想，眼前的賤岳已是囊中物了。

由於盛政的謀略計畫進行得非常順利，讓他對自己的行動更具有信心。

他想要拉攏賤岳軍砦的守將桑山重晴。

「那個人並不是猴子的家臣。」

盛政就是看準了這點。過去在織田家，桑山重晴和秀吉是同僚。信長在世時，桑山奉命擔任丹羽長秀的與力，後來因爲在這場戰役中，丹羽長秀和秀吉聯手，他才跟著投靠到秀吉的陣營。可是對桑山重晴而言，要和柴田聯手或是和羽柴聯手，並沒有道義上的約束。

這天傍晚，桑山的賤岳軍砦被佐久間盛政的大軍包圍，他麾下只有千名兵力，而且北鄰的兩個軍砦也被攻陷，陷入孤立的他毫無勝算可言。

佐久間盛政先對桑山展開友情攻勢。

「我們是舊識，只要你開門投降，我一定不會虧待你。」

「好，我答應。」

桑山不但爽快答應，還主動向盛政提出一個狡詐的計策。

「讓大家以爲我是棄砦逃跑，如何？」這個方法的確高明，因爲合戰結果若是秀吉獲勝，別人會把棄砦這件事當成戰術性撤退，而非倒戈投敵。從柴田陣營來看，敵將陣前潛逃，何嘗不是樂事一件？

「就這麼辦。」

盛政派使者回覆桑山。接著桑山重晴又說了：

「但若是白天逃亡，我不好向友軍交代。不如等到天黑我再偷偷撤離。在此之前，我們先假裝戰鬥，我方發射空包彈，你們也不要眞槍實彈。」

這個條件，佐久間盛政也答應了。這就是盛政的軍隊會圍著賤岳紮營，以監視取代進攻的原因。

可惜，不幸降臨在盛政身上了。

而這個不幸來自湖面。

湖北山區的下面就是琵琶湖，而這片水域的控制權就握在秀吉手中。

正確來說，直接擁有這片水域的人其實是湖東岸的領主丹羽長秀，也就是織田家排名第二的家老。打從信長在世時，丹羽和柴田勝家就不合，在勝家的氣焰下，丹羽始終抬不起頭來。信長死後，勝家和秀吉正面對決，丹羽長秀選擇站在秀吉這邊。不過，檯面上長秀還是秀吉的上級，所以沒有加入秀吉的陣營，也沒有參與戰爭。可是秀吉還是對他提出這樣的懇求：

「丹羽大人，請您至少封鎖琵琶湖吧。」

丹羽答應了這個要求，派水軍封鎖柴田在琵琶湖水域的活動，長秀偶爾也會親自率領水軍在水面巡邏。這天，長秀在湖面上巡邏時，發現賤岳那邊傳來槍聲，於是派斥候登陸調查。斥候的回報是：

——賤岳山下被柴田軍所包圍，山頭上的士氣低迷，恐怕撐不久。

過去一直保持中立態度的長秀陷入沉思。他認爲此刻自己不該袖手旁觀，因爲一旦賤岳被攻陷，秀吉陣營有可能全軍覆沒。於是，他當機立斷決定參戰。

「念在我和筑前的交情，這回老夫將派兵參加賤岳的戰鬥。」

他召集兩千兵馬從山梨之浦上陸，登上賤岳。這個突如其來的變化，讓桑山的態度開始搖擺不定，最後決定還是站在羽柴軍這邊。既然援軍都趕來了，他沒法子逃跑，而且也沒有那個必要。

「丹羽大人趕來我就放心了。請大人儘管下令，在下必定誓死保護陣地。」

桑山對長秀這樣宣示。長秀知道桑山在打什麼如意盤算，心裡覺得好笑。

「彥，」

他管桑山叫彥。雖然桑山頂著修理大夫的官銜，但是打從他年輕時，大家都習慣叫他彥次郎。

「有閒工夫在這裡說大話，還不快點把彈丸塞進火槍裡，紙丸是打不死敵人的。」

在賤岳的這場戰役中，丹羽展現了難得的義氣。

此時，正火速趕往近江街道途中的秀吉還不知道這件事。

但是，他預料到了。

（必須盡快趕到前線才行。拖太久會有人倒戈。）

秀吉的家臣不多，大部分都是同僚。柴田和羽柴分裂後，昔日同僚紛紛被捲入勝家和秀吉之間的權力鬥爭。對這些人而言，雙方陣營裡面都有自己的老友、親族，當勝敗逐漸浮出檯面，這些人就會開始選邊站。目前的形勢是柴田軍靠佐久間盛政的突擊佔了優勢，因此秀吉必須盡快趕到前線才行。一直以來，秀吉這種非常人能及的疾走速度，不但是基於戰術上的需要，也是基於政治上的需要。

佐久間盛政等得不耐煩了。

——還沒嗎？都這個時刻了，桑山怎麼還不把城空出來？

盛政越等越焦急，於是派數名使者登上山頭。此時已經是晚上八點左右，使者看到城牆後，揮著火炬畫大圈圈，大喊：

——還沒嗎？何時要空出城？

不料，山頭那邊給他們的答案卻是槍砲和子彈，盛政的使者紛紛摔落山谷。

剩下幾名生還者趕緊逃向另一座山峰，就在快要抵達自己的陣營時卻發現更震驚的事實。情況起了不得了的變化。

從山腳下往東側低窪地區看去就是木之本驛站，那裡是羽柴陣營的後方陣地，現在那個地方看起來竟然亮如白晝，無數的火炬和篝火將夜空照得一片明亮，大軍萬頭鑽動。順風吹過來，還可聽得見人馬雜沓的喧嘩聲。

「秀吉已經抵達陣地了嗎？」

實在是太令人難以置信了。可是，眼前照亮黑夜的大片火光，卻又沒有其他的解釋。

時間是晚上九點。斥候一面高聲吶喊一面衝回自己的陣地，將這個消息回報給佐久間盛政。

「是不是哪裡弄錯了？」

盛政不相信，派另一組斥候去確認。直到半夜，第二組斥候回來稟報：

「錯不了。筑前守和麾下的二萬（實際上大約六千）大軍已趕抵木之本，把山谷驛站擠得水洩不通。」

（這是不可能的。）

這個答案完全出乎盛政的意料。按照他的估算，秀吉應該下午才會抵達，再怎麼說都不可能在十五個小時之內趕到。盛政的計畫就是按照這個假設所擬定的。

盛政這回是陰溝裡翻船了。如今，在敵陣中多延遲一分鐘，都可能造成柴田軍的全面潰敗。勝家的夢魘果然變成事實，盛政心想，必須立即撤退，恢復舅舅勝家的「完美陣形」，一定要快。可是夜黑風高，部隊能在短時間內趕回去嗎？佐久間盛政沒有自信。

「火速回報舅舅，說我等現在正要趕回權現坂。」

盛政命人趕回去通報勝家。同時召集諸將領，部署撤軍，交代完畢後，便立刻展開行動。

這天夜裡在木之本，大概沒有其他人的聲音可以壓過秀吉了。秀吉大開嗓門下達各項指令，喊到聲音都啞了。

他揮動青竹，來回走動，沒有一步是在浪費時間。他穿梭在各將領的營帳之間，給士兵吆喝打氣，並派遣快馬飛到前線，告知前線官兵秀吉抵達前線的快報。他下令大量升起篝火，對負責點燃篝火的足輕大喊：

「儘管燒吧！把黑夜照成白晝！」

秀吉手拿青竹在地上敲打，發出震耳欲聾的笑聲。看到一名經過的士兵，便這樣勉勵他：

「明天是你的開運之日，這是千載難逢的大好機會，你可要奮勇殺敵。」

木之本驛站因爲秀吉的到來，士氣沸騰，整座山谷就像祭典一樣熱鬧。

「沒有比這場仗更容易打的戰役了。」

秀吉對眾將這麼說。敵人已經掉進我的陷阱裡，柴田勝家因爲擔心前線的局勢趕到狐塚。狐塚就在木之本北方七公里處，距離佐久間盛政的部隊也只有四公里。

「把網子全面灑開，準備大豐收吧。」

秀吉決定兵分三路，其中，追擊佐久間盛政的部隊由他親自指揮。

追擊、追擊、追擊。秀吉大喊。其他將領不解，因爲盛政並沒有逃跑的跡象。

「不，我抵達陣營的消息，盛政應該知道了，既然知道就一定會逃。我敢打包票。」

秀吉已經摸清了柴田陣營的手法。盛政打算趁黑撤兵，他一退，我們就追上去。在戰場上，追擊窮兵的仗最好打，絕對不能錯失這個良機。

「站起來，出發！」

秀吉下令全軍。自古以來，夜戰都是用於奇襲，這次卻是例外，秀吉要在深夜發動正面攻擊。

他沒有闔眼休息，直接出兵追擊佐久間的軍隊。沿山路往西爬上，經過鉢峰，再從東邊的山腳攀上賤岳。當天半夜就進駐山頭上的軍砦。

「看吧，市松。」

秀吉對身邊的小姓福島正則說。這個叫市松的少年穿著小巧花俏的甲冑，外加黑線縫製的皮革護具，頂上戴著熊毛裝飾的頭盔，背上綁有紙糊的指物（軍旗）。

「看清楚了嗎?市松。」

秀吉這麼說。

是的，不管誰看，都是一目瞭然。佐久間的軍隊正舉著火把，軍容整齊的往後方撤退中，而秀吉的先鋒部隊已跟上敵人的尾巴，驅趕小孩般的在後面追著。

「不愧是玄蕃。」

秀吉說。佐久間玄蕃派他手下的猛將原彥次郎擔任斷後部隊的隊長，自己的弟弟佐久間三左衛門守側翼，抵擋從兩旁攻擊的羽柴軍先鋒部隊。

「這就叫做大將之風。」

秀吉給身邊的小姓來個機會教育。夜晚進擊本來就不容易，加上道路狹窄，僅只能容納兩線人馬的寬度，追擊有相當的難度。

幸好當晚月光明亮，對雙方的行動都有幫助。二十一日這天晚上的月亮，在午夜十二點之前就已經升空。雖然只是弦月，但萬里無雲，亮度非常充足。在月光下西風逐漸增強，吹拂著滿山遍野的新綠枝芽。

佐久間盛政撤退成功了。他們一路逃到賤岳北方的權現坂，在那裡停止前進，重新佈陣，反過來準備和羽柴軍對決。此時是清晨六點左右。

盛政依舊相信自己有獲勝的機率，他的氣勢感染了全軍，士兵們都振奮昂揚。這時候的盛政必須先做一件事：接回掩護他撤退的胞弟佐久間三左衛門。

三左衛門的部隊在賤岳到權現坂這段狹窄的尾根道途中防堵羽柴軍的攻勢，一路且退且戰，展現超凡的英勇本色。盛政理所當然的命令這些斷後部隊撤退。

機會來了。

收到撤退命令的佐久間三左衛門，展現卓越的指揮能力，即使在撤退途中軍容依然整齊不亂。

「就是現在。」

賤岳山頭的秀吉這麼大喊。他下令吹響號角，擂動進攻的鼓聲，喝令大軍全力突擊。儘管羽柴軍來勢洶洶，窮追猛咬，可是都被堵了下來。

秀吉從山上跑下，催促本軍前進。像是用擠得一樣把軍隊不斷的往前推，讓他們去咬住敵人的尾部。

三左衛門部隊奮力抵抗，但因爲是在撤軍途中，防守方面變得鬆散，一路被追著跑，撤退的速度也更快。秀吉繼續催促本軍進擊。

「追上去、追上去。」

戰場上，號角聲和鼓聲轟隆作響。三左衛門部隊撤退了二公里多，終於抵達兄長盛政佈陣的權現坂登山口，打算從那裡爬上去。

盛政隊在山上提供掩護，對尾追在後的羽柴隊展開猛烈的火槍射擊。戰況非常激烈，山谷間煙硝瀰漫，難分高下。

秀吉心想：

（時機成熟了。）

在勢均力敵的局面下，想要佔據優勢就必須投入更多的兵力。可是，秀吉帶來的預備隊已經全數盡出，要說有多出來的兵力，那就是保護他人身安全的小姓團，秀吉決定讓他們加入戰場。

「你們聽好了。」

秀吉大幅度的揮動采配（指揮棒）說：

「不需要保護我，快去追。追上去爲自己建立軍功！」

聽到這一吆喝，眾小姓爭先恐後開始往下衝，下了坡後又往上爬，小小一段坡路，沿途盡是敵人。

小姓團像獵犬一樣四處搜尋敵人。「賤岳七本槍」的英名就是在這時候闖出來的。一番槍是福島市松（正則），他砍死了柴田陣營的猛將拜鄉五左衛門，加藤虎之助（清正）殺死敵軍的火槍大將戶波隼人，加藤孫六（嘉明）、脇坂甚內（安治）、平野權平、糟屋助右衛門、片桐助作（且元）等人也各自立下亮眼的軍功。

山坡下方的部隊開始驚慌逃竄，山坡上盛政的主隊依然軍容整齊，旌旗隨風飄動。在烈日下，雙方軍隊展開慘烈的殺戮，佐久間陣營折損多名大將，但是盛政依然不肯撤退。

此時，戰局出現了意外的轉折。

柴田軍一位大將毫無預警的帶著自己的部隊往北方撤退，敵我雙方都搞不清楚，這名大將是否要臨陣倒戈。戰鬥才剛要進入最關鍵，不管是哪一邊，誰能往前推進誰就贏。偏偏在此時這名大將突然收起旗幟，脫離大軍。他的軍隊排列整齊，就像要去郊遊一樣神態從容的從戰場上退出。

那名大將正是前田利家。

「又左撤退了，又左撤退了。」

到了這一刻，佐久間盛政終於感覺到事態的嚴重性。

利家雖然隸屬於柴田軍，但他是沿襲信長傳下來的體制，沒得選擇，只能投靠到到柴田的幕下。

偏偏利家又是秀吉的好友，兩人的老婆也是無話不談的好姊妹，利家的小女兒阿豪還過繼給秀吉當養女。從這層關係看，利家應該和秀吉是同盟，但是在傳統體制下，利家卻成了秀吉的敵人。

利家原本在盛政的權現坂的後山一處叫做茂山的高地駐兵，和位於東方神明山的羽柴陣營對峙。在戰術上，利家軍的位置是要保護盛政的後方，如今，他非但沒有認眞參戰，還帶著整支部隊下山。

——大人要去哪裡？

面對盛政派來的使者的詢問，利家一派從容的回答：

「盛政大人應該猜得到，利家要回國。」

「回國？」

使者大爲吃驚。因爲利家的居城七尾城是在能登國。

「是的，回國。」

利家重複說了一次。留下這簡短的回答後，利家便率領軍隊從琵琶湖畔的坡路下山。不久前，利家曾經以柴田勝家特使的身分拜訪山城國天王山的秀吉，當時他和秀吉就已經有了這個默契。但是，要他解釋爲什麼要這麼做，恐怕也是一言難盡，不過友情應該是很重要的因素。利家嚴守紀律，而且終身遵行，讓世人對他留下深刻的印象。可是眼前局勢，要他在友情和陣營之間選邊站，實在是太殘酷。所以，他決定先在茂山山頂上觀戰。

（這場戰役，柴田是輸定了。）

這是他多方觀察之後得到的結論。要是柴田家輸了，利家也必須跟隨主子自盡。基於這樣的判斷，最後他選擇撤軍，做人情給秀吉。爲了保住身家性命，也只能如此了。

他做了這樣的決定。

利家下了茂山，經過和盛政的陣地僅一谷之隔的山頭後，往鹽津的海邊走去。再從鹽津沿著山谷來到越前敦賀街道，一路從戰場撤離。

利家的這個舉動，對柴田家其他的將領起了相當大的心理衝擊。由於主將佐久間盛政在最前線的權現坂佈陣，其他部將依照盛政的指示在山頭佈陣。但是更後方的將領看不到盛政在權現坂的佈陣，只看到利家引兵撤退的畫面。

——難道前線失守了？

各將領開始人心惶惶，軍心浮動。意志不夠堅定的官兵跟著有樣學樣，從駐守的山頭往下逃。不破光治，金森長近的軍隊也丟下旌旗，逃之夭夭。

人在最前線的盛政大爲吃驚。他親自策馬登上山頭，觀察後方陣地的友軍，果然旗幟凌亂雜沓，士兵亂成一團，四散奔逃。

「後方崩潰了。」

就連盛政本陣的將領也開始爲之動搖。用當時的軍事術語來形容這個現象，叫做裡崩（內部崩盤）。就是像雪崩那樣，先出現小跡象，然後一個接一個被捲進去，雪球越滾越大，最後演變成大崩潰。到頭來，只剩最前線的部隊繼續留在戰場上。孤軍作戰的恐慌，很快的瀰漫在佐久間的部隊中，盛政就算有再高明的指揮能力，也攔不住急於逃命的人心。

「就是現在！」

從賤岳西坡看到陷入恐慌的敵軍，秀吉立刻揚聲大喊，號令全軍往前推進。秀吉在陡坡上忘情的揮舞指揮棒，不小心滑了跤。

「拉我起來、拉我起來。」

為了保持士氣，秀吉大笑著說。左右的人也跟著笑了起來。大夥笑著把這位矮個子大將扶起來，讓他坐在折凳上。

「把號角拿給我。」

秀吉從身邊的隨從那裡拿過螺貝號角，親自當起號角兵。他把嘴對著吹口，大口吸進湖北的嵐氣，等整個胸腔充飽之後，開始吹起急急的號角聲。這樣秀吉還不滿足，他招來一名身材魁梧的足輕，跳到足輕的肩膀上繼續吹號角。

——看哪，大將親自吹號角啦！

每座山頭、高坡、山谷的將士同時被號角聲吸引而轉頭往這邊看，這才發現秀吉也正在看著他們，士氣瞬間高漲。將士們鼓起精神翻越陡坡、躍過溪澗、攀上岩壁，不斷地往前推進。大家心裡都明白，這是一場必勝之仗，所以儘管身上流滿鮮血，也不能錯過這個立功的大好機會。

到了這個地步，戰爭已經昇華到自然的趨勢，不再是人的力量所能控制。就像滾滾洪水，以銳不可當之勢，往下游的堤防直奔而去那樣。

到這個地步，佐久間盛政的防禦線可以說已經完全崩潰，秀吉這邊卻還是一千、二千、五千，不斷增加兵力。這些人就像獵犬，緊咬著敗逃的佐久間部隊窮追不捨。

（贏了。）

秀吉心裡這麼想，忽然感覺到體內彷彿脫水般的乾渴。

「給我水。」

他大聲的吆喝喊渴，但身邊的小人頭只能向他磕頭請罪，因爲秀吉自己的竹筒子裡已經喝得一滴不剩。秀吉往其他人腰間看去，他們早早就把裝水的竹筒扔了。

儘管渴得頭眼昏花，他還是指揮本陣繼續追擊。晚上十點左右，佔領了佐久間的陣地權現坂。接著繼續往北追擊約兩公里，直到集福寺附近才停止。這時，已經是幾近中午的時刻了。

「我要喝水。」

秀吉邊喊邊走，突然發現一名黑鍬（工兵）身上掛著沉甸甸的竹筒子，他半乞討的跟那名黑鍬要到水喝。戰場上的每一名官兵，都是前夜從大垣出發後，一路忍受疲勞、飢餓、口渴，不眠不休的趕路，所以大家一聽到停止追擊的命令，都當場倒在地上，遍地都是穿著盔甲、幾乎奄奄一息的武者。

秀吉下令黑鍬團去山谷裡取水給將士飲用。

能起身喝水的，表示還活著；起不來倒在地上的，就是死了。每座山頭和山谷都躺著無數死傷的官兵，秀吉派小人頭前往集福寺，向他們高價收購斗笠和蓑衣，拿回去覆蓋在負傷者身上，不讓他們直接曝曬在烈日之下。好可憐啊，秀吉的胸口充塞著無比的哀傷，他就是這麼心思細膩，這是他的本性，不是演技。

「眞是遺憾，沒有砍下玄蕃的人頭。」

追擊行動停止之後，蜂須賀正勝的兒子家政這麼說。秀吉卻回答：

「無妨，像他那樣的漢子應該讓他活下來。我要賜他高官俸祿，請他當我的家臣。」

秀吉的將領聽了都大吃一驚。秀吉的寬宏大量固然令人敬佩，但是寬容到這個地步未免也太離譜。不久前雙方還在煙硝中殺個你死火活，如今煙硝未散，他竟然說「要留盛政活命，還要收他當家臣」這樣的話，這是哪門子異想天開的創意，完全不符合人類的思考邏輯。

沒過多久，秀吉大軍包圍了柴田勝家的狐塚本陣，輕而易舉的攻下。勝家的手下眾多大將紛紛叛逃，留在勝家身邊的人馬僅剩下區區三千名。勝家在隨從的極力勸說下才領著百名士兵離開戰場，踏上回北國的歸途。

柴田勝家不愧是有大將風範的武者，雖然是敗逃，但策馬奔馳在北國街道的英姿，就像在巡視領地一樣的凜然從容。年屆六十二歲高齡的老者，身子骨依然硬朗結實，把頭盔壓低的話看起來就像是個壯年人。越過木之芽峠後，一行人繼續往東前進，沒多久就看到越前平原了。

沿著這條道路來到的第一個城下就是府中，而府中城城主是前田利家。這時候，利家也正好在城裡休息。

在他撤兵回到府中的這天下午，就收到勝家已經來到府中城外，打算經由府中回到自己的居城北之庄。

「人數多少？」利家問。「不到百騎。」手下這麼回答。

利家此刻的心情百味雜陳。他是從戰場上逃回來的，而且這一逃還引起連鎖反應，造成盛政的部隊崩潰敗逃。雖然他不是採取激烈手段，但此舉無疑是對柴田家的背叛，和通敵沒有什麼兩樣。在那樣的戰況下，他的撤兵成了秀吉勝利的最大因素。

（如何是好？）

利家煩惱不已。信長在世時，他按照織田家的體制被納入勝家的幕下。勝家從來沒把他當成下屬使喚，總是待之以禮，非常尊重他。所以利家對勝家沒有分毫的不滿，可是到頭來卻還是背叛了勝家。

反過來看看他和秀吉的關係。這兩人從年少時期就認識，在這個基督教和西洋文化尚未在這個國家普及生根的時代，「友情」這個倫理上的字眼還很陌生。儘管如此，朋友間的情義和忠誠卻是眞實存在的。按照利家的說法，他之所以放棄賤岳後方的茂山陣地，是基於對秀吉的友情（實際上，主要原因還是利害關係）。

「不如趁這個機會把勝家……」

身邊的家臣低聲說道。殺了僅帶著百名騎兵逃難到此勝家，會引起什麼後果呢？對秀吉陣營而言，這可是大功勞一件。

利家聽了，大聲喝叱那名家臣：

「我一個堂堂男子漢，豈能做這種事。」

臨陣撤兵的利家有這樣激烈的反應，實在不合情理。不過如果從利家重情重義這點看，他的喝叱應該是出自內心的吶喊吧。利家決定親自到城下迎接勝家給他安慰打氣，還要讓勝家平安路過。他來到城下的十字路口，命人擺好行軍椅等待勝家的抵達。此外，他吩咐手下張羅湯水和簡單的食物擺在路邊，等著給路過的勝家軍食用。

勝家的部隊終於抵達。利家一人到路上迎接，抬頭看著馬背上的勝家。

勝家下了馬，利家也親自搬來行軍椅讓他歇歇腳。

「我眞是無顏見江東父老。」

出乎意料的，先開口的是柴田勝家。他垂下眼睛說：

「老夫隨已故右大臣東征西討，不下一兩百場戰爭，從沒有一次是因爲自己的疏忽而吃了敗仗。可是，經過這次和筑前的戰爭，老夫知道自己氣數已盡，眞是狼狽又羞愧。」

聽到勝家這麼說，利家無言以對。勝家繼續說：

「過去讓閣下奔波勞累，閣下的辛勞我勝家銘感五內，無以言謝。但可惜老夫的武運已經用盡，無以報答了。」

勝家絕口不提利家從茂山陣地撤兵那件事。

也許是知道自己必死無疑，於是變得豁達多了，他把戰敗的主因歸於自己的武運耗盡。就連戰敗最大的禍首，也就是外甥佐久間盛政的抗命，他也沒有責怪半句。說不定，就算盛政人在他面前，他也不會責怪，反而定還會安慰他說「身爲勇者，在那當下，會選擇主動出擊也是理所當然的」吧。

「罷了。」

勝家嘆道：「我已經沒有能力犒賞閣下。只能把你交給筑前了。閣下與筑前是多年老友，投降於筑前的話，他絕對不會虧待你的。」

接著，又談到人質。按照慣例，勝家過去要求他旗下的大名送人質到北之庄城軟禁。

「讓那些人質回家去吧。」

勝家交代妥當後，吃起了湯泡飯。年雖老邁，卻一口氣吃了五碗，然後躍上馬背揮起馬鞭，繼續朝北方奔馳而去。

秀吉在湖北獲得大勝，卻讓敵軍的總指揮勝家逃了。秀吉獲知消息後，下令全軍停止休息，立刻起兵追擊。要是不趁現在砍下勝家的人頭，那麼賤岳這場勝仗，不就跟兒戲沒什麼兩樣了嗎？秀吉親自揮鞭直指北方，當天翻越過了木之芽峠，進入東麓的越前今庄。羽柴軍點燃篝火，當天晚上就在那裡紮營野宿。這應該是秀吉征服北陸第一晚的篝火吧。

因爲篝火的數量龐大，遠在府中城的利家也清晰可見。利家的府中城和今庄之間相距僅僅十幾公里遠，可以說近如城外。

（難道秀吉要打過來嗎？）

利家心想。按照道理，秀吉必須先派招降的密使前來，可是到現在卻連個影子也沒看到。

不過對這件事，利家倒也不擔心。

——秀吉眞敢殺過來，有我利家在這裡擋著。

利家的態度突然轉爲強硬。要是眞打起防禦戰，府中這樣的小城很快就會被踏平吧。但是利家決心背水一戰，就算只剩一兵一卒，也要留下奮勇殺敵的英名。

天色終於亮了。

城外的羽柴軍那邊也有了動靜。利家緊閉城門，架起城內所有的火槍準備迎擊，激勵將士要死守到底。沒過多久，羽柴軍的先鋒部隊兵臨城下，把府中城團團包圍，並展開射擊。

人在中軍的秀吉接到這個消息，立刻飛馬衝到最前線。

「停止射擊。撤退。退到後面。」

他下令先鋒停止攻擊，並撤退到三百公尺之外。只剩秀吉的坐騎還留在原地。

——怎麼回事？

府中城內的將士也對城外的變化感到納悶，紛紛停止射擊。

最後，城內一片靜默。

如果這個時候城內突然有人開槍，秀吉恐怕是小命不保吧。可是，秀吉非但沒有逃開，反而前進到射程之內。他從馬背上跳了下來，拉著韁繩走到城門前，抬起頭大喊：

「我乃筑前，我有話要對又左說。你們不認識我嗎？」

秀吉擔心城內的守兵認不得他，爲了證明自己的身分，他抽出插在腰間的采配，高高舉起說：

「這樣，你們就知道我是筑前了吧。要是還不相信，就叫認得我的人來看。」

城牆上的守兵起了一陣騷動。不一會，守備隊長高畠石見從城牆上探出頭來觀望。

——錯不了。那個人的長相，的確是筑前守大人。

他當機立斷，爲秀吉打開城門。秀吉單槍匹馬過了渡橋，走進城裡。利家的士兵看到這一幕都屏住了呼吸。

「又左。」

秀吉昂首闊步走著，大喊：

「又左在嗎？誰帶我去見又左？」

「在下帶大人您去。」

高畠石見丟下槍，正準備幫秀吉帶路時，前方突然冒出一個人擋在秀吉的面前。秀吉認出那個人正是奧村助右衛門時，激動的笑著說：

「是你，助右衛門！你平安無事嗎？」

秀吉一臉誠懇的問起賤岳撤軍的那件事，「那時候有沒有人受傷？大家都平安無事嗎？」

「怎麼樣？都平安無事吧？」

「關於這件事，」

事實上，損傷當然是避免不了。在撤軍時雙方部隊發生了小衝突，死了五個人。聽到助又衛門這麼說，秀吉無奈的嘆道：

「真是遺憾。我明明事先下了命令，不准對又左的軍隊開槍（秀吉沒有發出軍令，只是口頭交代）。但是打仗就是這樣，混亂之中難免會出錯。那麼，是誰死了？」

「就是您認識的小塚藤左衛門。」

「什麼，那個藤左衛門死了？太可惜了，他是那麼優秀的武士。」

秀吉語調哀傷的說。一旁的守兵對秀吉的真誠深深感動，有人還流下眼淚，大家的心情都隨著秀吉的喜怒哀樂起伏。

「那麼，又左現在人在哪？」

秀吉又開始邁步走。

「在本丸發號施令。主公說要在書院跟您見面。」

「喔，要在書院見面嗎？」

秀吉爬上本丸，來到殿社的前面。「請往玄關走吧」，助右衛門這樣招呼他，秀吉卻搖搖頭，也不知道是什麼原因，自個兒打開偏門往裡面走了進去。

一踏進偏門，就是廚房的土台。

「這裡是廚房。」

「無妨。我是想見又左，不過有個人我更想見一面，就是阿松夫人。」

阿松是利家的妻子，也就是後來的芳春夫人。阿松聰慧又能幹，大家都這樣讚美她：

——加賀百萬石的其中一半，是芳春夫人的功勞。

對秀吉而言，阿松不只是好友的妻子，當年他們住在岐阜的時期，雙方還是隔壁鄰居。秀吉的妻子寧寧和阿松的感情比親姊妹還要好，阿松的親生女豪姬也過繼給沒有子嗣的秀吉夫妻當養女。對秀吉來說，除了他看上的女人之外，再也沒有其他女人像阿松這樣投緣了。

「快帶我去阿松夫人的房間。」

秀吉大聲嚷嚷，連草鞋都沒脫就直接跳進屋內，大剌剌的走在木頭地板上。來到阿松房間的門口前，秀吉停下了腳步。畢竟是女人的房間，總不好侵門踏戶，所以他只在走廊打招呼。

阿松剛好人就在房間裡。她原本是織田家家臣藤原主計的親生女，可惜主計早逝，母親改嫁同爲織田家家臣的高畠家，阿松由利家的父親前田利春領養。所以，利家和阿松可以說是在同一個屋簷下長大的青梅竹馬。利家比阿松年長九歲，兩人在阿松十二歲時舉行婚禮。

如今，阿松已經是三十七歲的婦人，體態豐腴臉頰圓潤，櫻桃小嘴柳葉眉，舉止優雅，言談中透露著一股獨特的華貴氣質。此時的秀吉，也許比利家更想籠絡阿松的心吧。

「我來這裡，是想跟阿松夫人報告您在播磨的女兒平安無事的消息。」

秀吉這麼對阿松說。播磨的女兒指的是住在播州姬路城裡的豪姬。這時的豪姬已經是芳齡十歲的小姑娘了。

「寧寧也交代我，記得向夫人請安。」

秀吉侃侃而談，就像在閒話家常。

這時，利家從書院匆匆趕來，一看到秀吉正要向他請安時，秀吉連忙阻止他：

——我們倆的交情，還需要請安嗎？眞是見外。

他拉起利家的手，看著阿松說：

「這一役多虧又左的協助，我軍才能大獲全勝。」

這一句話，充分表達秀吉對利家的感激之情，還有今後會繼續和他們保持密切關係的保證。利家和阿松兩人也欣然接受秀吉的盛情。看到這一幕，擠在廚房的家臣紛紛發出安心的嘆息。

秀吉天生就懂得籠絡人心，這個男人從來不用通敵、背叛這些和人們倫理觀念互相抵觸的字眼，所以他只說：

——多虧又左的協助。

而且在這樣的場合下，絕口不提柴田勝家這個名字。爲了顧及利家心情，他連「今後你要站在哪一邊」這麼直接的話都避開不說，只對阿松這麼說：

「瞧，我連草鞋都沒脫就跑進來了，因爲我得盡快趕去北之庄才行。我本來應該盡快出發的，可是我想要借用妳的夫君，不知道夫人願不願意？」

「筑前大人眞是客氣。」

阿松笑著回頭看向利家，利家回以一臉的苦笑。秀吉說的要借用她的夫君，意思就是要組織羽柴、前田聯盟。

利家有個兒子，今年二十二歲，名叫孫四郎利長。這次的賤岳之役，孫四郎也跟著父親一同出征。

「孫四郎大人就留在府中城，保護你母親阿松夫人吧。」

秀吉做了這樣貼心的指示，接著突然話鋒一轉，問道：

「還有沒有剩飯可吃？」

然後掉頭往廚房跑去，他想吃湯泡飯。倒也不是肚子有多餓，而是想要藉著吃湯泡飯這種家常小事，表現自己和利家之間的交情。

湯泡飯端到了秀吉面前。

「我直接吃了。」

秀吉就這樣站在泥土地上，連續吃了三碗湯泡飯。

——眞是個豪邁的男人。

廚房裡每個人都一臉驚訝的看著秀吉。眼前的這個男人，不但單槍匹馬跑進敵人的城裡，而且現在正狼吞虎嚥的扒著湯泡飯吃。

阿松打從心底這麼想：

（天下是屬於這個男人的了。）

她把嫡子孫四郎叫了過來，對他說：

「你隨你父親一起出征吧。」

這座城有爲娘守著，你跟著筑前大人他們同行吧。孫四郎也明白，身爲前田家長男必須把握機會，在未來的天下霸主秀吉的心裡留下深刻印象。於是他立刻穿戴好盔甲，從本丸奔馳而下。前田軍很快就整備妥當，在城門口待命。等羽柴軍的先鋒部隊前來會合之後，便一齊往北之庄前進。

翌日，秀吉下令大軍包圍北之庄城，自己則是留在足羽山本陣，俯視北之庄城的戰況。

勝家的居城到了這一刻，已經完全失去戰鬥力。

勝家從湖北逃回來之後，緊急發出召集令，但是大部分的士兵都已先行逃跑，城裡連三千名都不到。勝家絕望了，他把這些士兵聚集到本丸、二之丸和三之丸，至於外郭，也只能放棄了。

眞正讓勝家的鬥志徹底瓦解的，是圍攻軍豎起戮刑柱的那一刻。因爲柱子上面綁的人是佐久間盛政。盛政是在敗逃途中被當地百姓捕獲，原本秀吉無意殺盛政，還打算收他爲部將，所以並沒有把他當成俘虜對待。可是現在，秀吉爲了攻城的需要，下令把盛政綁在戮刑柱上，正面朝北之庄城，目的是要瓦解城內士兵的鬥志。事實上，勝家早已料到盛政的命運，對前途也不再抱任何希望。

戰爭是在天正十一年（一五八三）四月二十三日開始，勝家和守軍奮戰力守，撐到了二十四日的黎明。接著，秀吉在凌晨四點下令發動總攻擊。

激烈的戰鬥依然沒有停歇。羽柴軍到了中午才得以爬上城牆，進入城內。勝家退到天守閣內，仍舊頑強的抵抗。下午四點，勝家和身邊的八十餘人自戕，點燃事先備好的火藥，把自己的屍骸和建築一起炸毀。

「一切都是天意。」

看著連環爆炸的敵城，秀吉開始這樣大喊。他必須利用大音量，讓身邊的左右將領都能聽得一清二楚。因爲他的手下大將多半和勝家的交情深厚，甚至還有人爲勝家請命。過去在織田家的時代，秀吉在每個戰場上從不對敵人追殺到底，這是他的政治形象。他要讓各國的國主看到，即使是在戰場上交鋒的敵人，只要肯出面投降，就能保住身家性命。秀吉把這個特色當成是一種政治宣傳，藉著不殺敵人的形象來籠絡人心，留下美名。

「唯獨勝家不行。」

秀吉這麼說。

因爲勝家是織田家的首席大老，即使到了這一刻，在織田幫的將領中依然聲威不墜。要是留他活口，將來必定會成爲他統一天下霸業的絆腳石，所以非殺不可。

「爲了天下太平，別無選擇。」

秀吉再拉高音量說。不一會，天守閣那邊傳來最後一聲爆炸，煙硝、瓦礫和塵土同時炸開。秀吉身旁的人這麼問：

——修理亮大人眞的在天守閣裡面嗎？

自古以來，以詐死的手段私下偷偷逃亡的例子不勝枚舉。

「要不要派人搜查？」

還有人這麼建議。

秀吉搖搖頭說：

「不需要。權六若是那種膽小鼠輩，就不會受已故右大臣的倚重了。」

秀吉並沒有回頭看正在熊熊燃燒中的天守閣，當天晚上，他們就在此地宿營。隔天，也就是十五日，便馬不停蹄的出發前去平定加賀。

政略

勝家敗亡了。

從織田家最大的勁敵消滅的一刻起，秀吉的人生展開了新的一頁。

（一切都不同了。）

在出征加賀的路途中，曾經是秀吉的敵人現在卻轉爲家臣的前田利家，看著騎在馬背上的老友，敬重之心油然而生。眞的是大大不同了，他這麼想。

勝家死後，秀吉可以說完全擺脫了過去限制住他的思想、行動與才能的「織田家」枷鎖。現在，秀吉可以隨心所欲推行自己的政策，再也不需要顧忌任何人了。就像美麗的蝴蝶破蛹而出，現在的秀吉可以任意在天空中飛舞了。

這位天才早就渴望這股可以自由自在的空氣了吧。過去信長在世時，總得時時顧慮喜怒無常的信長，無法盡情發揮自己的在政略上的才能。如今勝家死了，長久以來籠罩在他頭頂上的織田家陰霾就此煙消雲散。秀吉獲得自由了。

從這個時期開始，秀吉的政略眼光和政略手段就像在變魔術，讓人目眩神馳。

秀吉策馬往加賀前進。季節已經進入初夏，陽光燦爛，山川原野生意盎然。往街道的左邊看去是碧藍的日本海，看向前方，就是平坦的加賀平原。

「加賀應該不需要開戰就能收服了吧。」

利家這麼說。在信長政權的晚期，利家受封爲能登國國主兼七尾城城主，他和加賀城城主還有地侍交情深厚。這次出征加賀之前，利家已經先派了家老前去，以秀吉的名義向他們招降。

「加賀到手之後，就送給你吧。」

秀吉對利家明白說。這讓利家對收服加賀的這件事不得不更謹慎處理。

「加賀一天之內就能搞定。收服加賀之後，我們就離開這裡，繼續進攻越中吧。」

但是，越中可不像加賀這麼好收服。

因爲越中的國主是佐佐成政，以富山城爲居城。成政是織田家嫡系大將，世代住在尾張春日井郡井關這個地方。在信長父親那一代，佐佐家出了一位叫孫助的豪傑，功勳彪炳，人稱小豆坂七本槍之一。

而成政的哥哥政次，也在信長的成名戰桶狹間之役中英勇陣亡。所以，成政的家族是織田譜代家臣中關係深厚的世家。

成政的勇猛天下人皆知。但他不是有勇無謀的莽夫，總是會利用戰鬥的空檔閱讀儒書，通曉政治和倫理，深受信長的賞識，到了安土時代更是備受榮寵。

「內藏助（成政），到我睡房來，我有事跟你談。」

在當時能夠獲准進入內殿和信長會談的家臣，也只有成政一人了。根據信長的說法，他是向成政請益，想借重他的智慧，做爲處理政務的參考。而成政也沒有辜負信長的器重。「主公現在已是天下的主人，懇請主公憐憫蒼生。哪怕是一條小蟲也請您付出關愛，累積您的功德。」這番話無異是在指摘信長狂躁暴戾的脾氣，但是信長非但沒有生氣，反而很有禮貌的聽取他的建言。

再來看看成政和秀吉的關係。成政打從年輕時，也不知道什麼原因，就是看秀吉不順眼。

「那個阿諛小人。」

他操著一口僧侶使用的漢語，動不動就數落秀吉的種種。若從儒教的忠誠、堅定、篤實的教義看來，秀吉好像全都做到了，可是卻又不是那麼回事。總之，在成政看來，秀吉是個難以用儒家標準評斷的男人。

自從秀吉剿滅光秀之後，成政這個以儒教爲宗的死硬派更加認定，秀吉根本就是個不折不扣的大流氓。任誰都看得出來，秀吉的目的是要奪取織田家的大權，像秀吉這種大惡棍必須予以消滅。所以，他極力支持柴田勝家出兵討伐秀吉的行動。可惜的是，就在柴田勝家的生死存亡之戰賤岳之役爆發時，他正和東邊的鄰國越後的上杉景勝打得不可開交，無法離開越中半步。

——內藏助討厭秀吉。

前田利家非常明白這點。以成政的武勇和熟練的戰術能力，一定會死守越中，和秀吉周旋到底。所以必須趁成政的大軍尚未籌備完成之前，夾帶這次勝利的氣勢，迅速攻打越中。利家向秀吉這樣建議。秀吉雖然同意他的看法，卻這樣回答：

「又左，無須白費力氣了。」

爲了不刺傷利家的自尊，秀吉帶著笑容這麼說：

「我們不攻打越中了。雖然已經深入北陸至此，不過現在，我們就帶著搶到的加賀撤軍吧。」

「爲什麼？」

利家看著秀吉，不解的問。

「………」

秀吉想了一下說：

「你還記得已故右大臣攻打甲州武田的那場仗吧。當時，故右大臣在長篠的戰場上把武田打得潰不成軍，卻突然停止進攻，不再追擊落慌逃回甲州的武田勝賴。」

這件事利家還記得。當時的信長擁有天下的大軍，卻沒有繼續追殺勝賴。要是信長眞想斬草除根，那麼一路追進勝賴的領國甲州將他殺死也並非難事。可是信長卻沒這麼做，因爲他知道就算不追上去，勝賴也會因爲失去部下的信賴而自行毀滅。相反的，要是當時信長一路殺進甲斐，可能會變成什麼情況呢？甲州百姓可能會因爲同情勝賴，決定進行焦土作戰。這就是信長擔心的，所以他決定停止追殺勝賴。在他看來，勝賴就像掉在地上的熟柿子，很快就會腐爛消失。「故右大臣在這方面的敏銳度，古今無人能出其右啊。」秀吉這麼說。

「可是，這樣好嗎？」

利家還是不能理解。畢竟，武田勝賴和佐佐成政的立場並不相同，成政並不像勝賴那樣背負著戰敗的重大損傷。

「不，其實也差不多了。雖然成政沒有受到損傷，可是形勢對他而言已經無以回天了。」

確實如此。佐佐成政現在的情況是三敵環伺，受困其中無法動彈。有北方能登的前田利家、西方加賀的秀吉本軍、東方越後的上杉景勝這三大緊箍咒的重重壓迫，眞要開戰，成政可以說毫無勝算。但若是硬攻，說不定反而會引起成政奮死抵抗，有道是狗急跳牆，老鼠被逼到角落也會回頭咬貓。

「而且我和那個內藏助以前是朋友，他那個人本性不壞，我不想和他兵戎相見。」

「可是對方可不這麼想，成政非常討厭您啊。」

「是嗎？」

不知道爲什麼，秀吉聽到前田這麼說突然大笑起來，幾乎笑彎了腰，還差點從馬背上跌下來。

「我倒是很欣賞他呢。別忘了，小魚也會爲自己打算啊。」

「您說內藏助是小魚？眞是令人費解。」

「我喜歡小魚。本想用漁網撈起，好好飼養，可是小魚不知，反而討厭漁網，一怒之下游走了。」

聽到秀吉這個比喻，利家替成政鬆了口氣。他明白秀吉的意思，只要成政有意投降，投靠到秀吉帳下，那他不但可以保有自己的固有領地，秀吉還可能會追加封賞吧。

秀吉的軍隊終於抵達加賀的尾山城。入城第一天，國中的大名小名都前來求見秀吉，祝賀他的勝利。不出利家所料，一天之內，加賀這個國家就納入囊中了。

翌日，越中也搞定了。

這是怎麼回事呢？原來當天晚上，城門守衛發現有一把火炬正逐漸往秀吉下榻的尾山城大門靠近，起了疑心。沒過多久，在篝火的照明下出現一名壯漢，穿著平常的服裝，外披背心，隨行的只有一匹馬和一名隨從。壯漢的身材高大結實，骨頭粗厚，在火光照映下，臉上深深的皺紋清晰可見，不像是壯年人。從花白的鬍子看來，至少有七十了吧。

「不認識老夫嗎？快去向筑前稟報，說越中的內藏助來了。」

白鬚老漢這麼說。

衛兵嚇了一跳，趕緊稟報隊長。隊長跌跌撞撞的衝進本丸內報喜。秀吉聽到這個消息，一點也不覺得訝異。

他知道利家已經先一步派遣使者前往富山拜會過成政，把秀吉的意思轉達給成政。原本大家以爲會背水一戰死守到底的成政，聽到使者的來意後，反而鬆了口氣，想必他早有投靠秀吉帳下的打算吧。這也是秀吉希望看到的結果，所以之前才會在馬背上笑得人仰馬翻，其實那是故意表演給利家看的。

總之，成政來了。

「來了嗎？他看起來如何？」

秀吉問。守衛隊長回答，成政未帶一兵一卒，僅有一匹馬和牽馬的隨從跟著。目前人就站在城門外面等候。

秀吉陷入沉思。他大概是在想，該用什麼演技面對成政吧？不一會，他抬起頭，卻沒有要衛兵帶成政進來，他打算親自出城迎接。

秀吉走到走廊，邊走邊整理服裝，在院子裡套上草鞋，沿路都沒開口說話。小姓大谷紀之介亦步亦趨的跟在後面。

「照路。」

秀吉只說了這麼一句，繼續走下本丸的石階。紀之介趕緊去拿了火把，又匆匆的跑回來。他追著秀吉跑，在後面大聲問：

「主公您不帶護衛嗎？」

即將要征服天下的大將軍，深夜獨自一人跑出城來，實在是非常冒險的舉動。

秀吉也大聲的回他，服侍已故右大臣的老朋友，現在正獨自一人在城門口等待。我若帶著大批護衛隨同前往，豈不是不近人情嗎？

其實這時候，已經有越來越多的小姓從四面八方趕到朝秀吉身邊。剛才秀吉的話他們應該也都聽到了吧。秀吉知道，那些話很快就會透過這些小姓傳出去，不消多久全天下的人都會知道秀吉的寬宏氣度。他已經把全天下當成表演舞台，既然是要表演給全天下的觀眾欣賞，當然就得演得更加精彩逼真才行。

石階下面是一塊方形的平土台，秀吉先叫眾小姓在那裡等待，然後下令衛兵打開上鉚釘的大門，一派從容的走出去，渡過護城河。

佐佐成政就站在渡橋的另一邊。

「唉呀，內藏助。」

秀吉神情輕鬆的走過去。在成政打招呼之前，先一步握住他的手說「你終於來看我啦」。

秀吉開始侃侃而談。

佐佐成政卻是沉默不語。以成政古板的腦袋，大概沒料到會是這樣的見面場景吧。雖然成政今晚前來是爲了求降，但並沒有放下戒心，他擔心自己要是進了城，等於是落入敵人的控制之中，難保不會被抓起來殺頭。他怎麼想也沒料到秀吉要小姓們留在城裡，只帶了一名拿火把的小姓大谷紀之介，就這樣出城迎接他。秀吉把自己暴露在和成政同等的危險中，用意是在向成政保證，自己無意加害。可是要是這個時候成政突然凶性大發，揪住秀吉的脖子，抽出預藏的匕首一刀刺入秀吉的肚子，秀吉就完了。這也並非完全不可能。

秀吉仰望天空，他挺直背，故意露出肚腩來，彷彿在對成政說，要刺就刺這兒吧。

滿天星斗下的這整片大地，再過不久就要成爲秀吉的囊中物了吧。秀吉原本想說些輕鬆的話題，卻又想不出該說些什麼。成政這個人個性嚴肅又死板，缺乏幽默感，秀吉最怕和這種人打交道了。不如開門見山，直接進入主題。

「越中國就繼續交給內藏助大人管理了。要是覺得不滿意，等來日佔領了新國，再加封於你吧。還有，有勞你跑一趟京都，我想辦法給你弄個官做做。」

秀吉這麼說。

這可是出人意料的大好賞賜。非常感謝，成政只說了這麼一句，而且聲音沙啞，乾咳了幾聲。

「那麼，」

成政接著說，按照戰爭的慣例，老夫既然是來投降，就得送上人質。成政了解這個規矩，所以此次他離開越中時，還帶著不滿十歲的次女百合同行。他說，小女就在城外小坡的入口那裡等著。但是秀吉的反應再次讓成政吃了一驚，他說：「內藏助，我們是多年老友了，還說什麼人質，實在是太見外了。」秀吉這麼說，而且還特別強調「多年老友」這個字眼。

秀吉想對成政示好，不過對此時的成政而言，這樣的字眼聽起來格外刺耳，心情更加不爽快了。

（這隻臭猴子，又在說鬼話了。）

成政心裡這麼想。說穿了，成政這個人最看重的還是家世背景，也因爲這樣的心態，讓他從來沒把秀吉這隻猴子視爲「老友」。

這也難怪，因爲打從秀吉在清洲城裡被大家猴子、猴子的呼來喚去的那個時期，成政就認識他了，而且當時成政已經是織田家的中堅武將。等到秀吉爬上士官職位時，成政早已是坐擁軍隊、在織田家的地位僅次於家老的大將。再從年紀來看，成政的資歷最深，連柴田勝家都得對成政敬畏三分。

「可是，」

成政冷冷的說：

「奉送人質是武家的規矩。筑前大人若不收下，是在爲難老夫。」

「說的也有道理。」

秀吉假裝陷入沉思。事實上，解決的辦法昨天就想好了，也告知前田利家。秀吉驀地抬起臉來說：

「不如這樣，我來幫令嫒做個媒吧。前田又左大人的兒子利政是位出色的青年才俊，等百合公主成年之後就讓他們倆成親。在此之前，百合公主就暫時交給又左夫妻扶養，您覺得這樣如何？」

事實上就是當人質，只不過待遇比普通人質優渥得多。

成政依然態度冷淡，扳著臉孔回答：

「就依筑前大人的意思。」

他垂著頭，對秀吉的善意似乎一點也不感激。

和解的事談妥了，但秀吉又覺得不好在路邊把這位新加入的盟友（儘管並非出於自願）打發走，於是這樣說：

「夜深了，我看閣下今晚就在本城過夜吧，又左也在等你敘舊呢。」

可是，成政對應酬的邀請一樣毫無興趣。

「筑前大人的好意老夫心領了，老夫改日再登門拜訪。」

雖然燈光黯淡，仍可以看到他臉上不悅的表情。

佐佐成政大概是擔心，這會兒要是眞的進城裡去的話，難保丟了老命吧。

——老夫想直接回越中。

他這麼說。我會把百合留下來，請轉達又左，要他派幾個人去小女歇息的那間客棧的路口接人。

「內藏助。」

秀吉想再多說什麼，不過成政快步走到馬匹旁邊，動作敏捷的不像個老叟。

「告辭。」

他翻身上馬，拉起韁繩讓馬退了幾步後，調頭離開，很快地消失在黑暗之中。

（不識抬舉。）

秀吉踏上回城內的階梯，心裡卻覺得非常不痛快。一回到殿舍就把利家找來，簡單交代了會談的結果後，滿臉疲憊的回房裡去。利家突然想起什麼似的，趕緊跟著來到房間。

「關於剛才的事，」

利家咳了兩聲，不安的問。言下之意是：

——成政是眞心誠意想要投靠到大人您的幕下嗎？

秀吉的這位忠實老友擔心成政這個人不可靠，日後必反。秀吉想給個答案，安撫他的不安。雖然秀吉這個人天生表情豐富，此時卻不知道該用什麼表情面對，只好堆起嘻皮笑臉沒給答案，意思大概是「再觀察看看吧」。

——我懂了。

利家煞有其事的點點頭，彷彿已經從秀吉的沉默和表情看出什麼端倪，向秀吉一拜後退出房間。秀吉可能是爲了暫時穩住北陸的局勢，所以表面上假裝和成政和解，等北陸局勢底定後，就會率兵討伐成政吧。利家這樣揣度秀吉的心意。

「紀之介，」

秀吉把小姓紀之介叫來，要他按摩腰部。對秀吉來說這是極少見的要求，通常他腰部痠疼時會就近招來長相順眼的年輕女子替他按摩，要是看上眼就順便上床。基本上，他並不喜歡讓男人碰他的身體。

「腰有點兒硬。」

秀吉這麼說。紀之介機靈，指尖立刻多施加些力氣。秀吉像隻蝦子一樣拗起背，誇張的皺起臉。紀之介一驚，趕緊放鬆力道。

「大人疼嗎？」

「不，我是在想事情。」

他想就是佐佐成政。對秀吉而言，越後的上杉景勝、山陽山陰的的毛利氏，還有盤據在本州各角落和九州四國的這些非織田家勢力，其實並不難應付，眞正棘手的反而是那些昔日的同僚，也就是舊織田家的勢力。佐佐成政就是其中的代表之一。

（又左那傢伙眞會胡思亂想，他當眞以爲日後我會殺了成政。）

「我何必殺他。」

秀吉低聲的吶喊。紀之介又嚇一跳，趕緊把手抽回來。秀吉揮揮手說：

「沒事兒，繼續。」

他看著紀之介，貼心的安撫他說。紀之介往後退一步，行了個禮後才又往前靠到秀吉身邊，開始揉腰。秀吉也繼續想下去。

（我怎麼可能會殺成政。我啊，偏要讓那些巴不得將我千刀萬剮的小氣鬼活著，讓他們住金屋玉樓，披綾羅綢緞，還要封他們爲天下最高等級的大名。）

秀吉是眞的怒了。他回想起幼年時期和佐佐成政接觸過的種種回憶，怎麼想都淨是些不愉快的往事。還有，佐佐成政剛才的那種態度，像話嗎？

不過，秀吉決定壓下這些怒氣。其實他也習慣了，大半輩子都在服侍信長的秀吉，何必和佐佐成政這種小貨色斤斤計較。他這麼說給自己聽。

（我的野心可大多了。）

自己是要掌管日本六十餘州的大人物，區區佐佐成政何足掛齒。可是爲了統一天下，秀吉需要這個叫佐佐成政的男人。

話說，成政既非功勳顯赫的將軍，也沒什麼實力堅強的靠山，像他那種程度的人才，秀吉的小姓之中就有好幾個。雖然小姓們年輕沒經驗，但是以加藤虎之助、福島市松這些人來說，武才都比成政好。還有現在正在爲他揉腰的大谷紀之介，個性溫良謙恭，腦筋也靈活。石田佐吉擅長外交，日前秀吉還派他出使上杉景勝的春日山城，敦睦邦交。儘管秀吉在這個時期求才若渴，但是一個七十幾歲的老頭子，恐怕也沒有讓人使喚的氣力吧。既然如此，秀吉何必留下這個人呢？

說穿了，秀吉饒成政不死是爲了沽名釣譽。成政從以前就討厭秀吉，如今更是對他恨之入骨，這是人盡皆知的事實，可是秀吉卻盡棄前嫌，非但沒有公報私仇，還讓他保留原來的封國，賜給他比更多的榮華富貴。這樣的美事很快就會不脛而走，傳遍全天下吧。各路英雄豪傑聽到這個消息之後，對秀吉這位新領導人的疑慮也會因此一掃而空，認爲自己也同樣會得到秀吉的寬容對待，於是決定打開城門，棄械投降。秀吉本來就打算降者全部赦免，因爲若是用信長那種一國一國逐一進攻的打法，不知道要打到哪年哪月才能征服六十州。

秀吉盤算著，他先粗略的將天下統合起來，打造出一個基本架構，等政權完全穩固之後，再做進一步的整頓。此事不能拖延，所以最好的做法就是先讓各大名繼續保有自己的領地，安撫他們的反彈情緒。他要拿佐佐成政當範本，讓世人都能看到秀吉我擁有非比尋常的寬宏大量。

（若是又左，肯定想不到這麼深的地步吧。）

想著想著，秀吉不知不覺沉沉的睡去。大谷紀之介喚來其他的小姓，幾名年輕人很輕鬆的把這位矮小、四肢像竹竿一樣細瘦、臉上佈滿皺紋的主公合力扛到睡墊上，讓他安穩的歇息。

秀吉在路上奔馳，他急著上京將平定北陸的消息公諸天下。同時他還要征服四方的抵抗勢力、建立屬於自己的政權。

他把新佔領的加賀尾山城、半個加賀還有能登國全部賜給前田利家，這可是極大的賞賜。連利家的長男孫四郎利長都受了封。

——這是另外要給你的。

秀吉封他爲加賀松任四萬石。秀吉打算大力提拔利家這位耿直的老友，讓他成爲支持秀吉政權的柱石。

到了四月的尾聲，秀吉從加賀出發，經越前北之庄、近江長濱、安土一路南下，五月十一日進入近江的坂本城。

秀吉在近江坂本城見了近江國主丹羽長秀，與他長談。

「這次的戰勝，多虧有丹羽大人的協助。」

秀吉先向這位過去在織田時代和柴田勝家平起平坐的老將表達感謝，並加封越前國給他。之後，兩人一同小酌。席間，丹羽長秀的態度輕慢，還直呼秀吉爲：

「筑前。」

在過去這是理所當然，因爲當時丹羽長秀是秀吉的長官。即使爆發賤岳之戰後，他也沒有加入秀吉的陣營，僅以支援的立場協助，從旁施壓柴田軍而已。

（可是現在，還用這種上對下的態度就不妥了。）

秀吉心想。秀吉已經把越前國賜給長秀，長秀也接受了。照理說，這樣長秀就等於是秀吉的臣屬。既是臣屬，他和秀吉之間就應該行君臣之禮。或許長秀也有此打算，只不過多年的習慣一時沒改過來。

連座位的安排也是。長秀一副理所當然的坐在上位，讓秀吉屈居下座。

（這樣很不妥啊。）

雖然秀吉心裡不是滋味，但也不能怎麼樣。

畢竟，織田家現在依然是世人推崇的舊勢力。長秀和秀吉聯手擁立的信長嫡孫也還住在安土城，儘管因爲年幼無法正式繼承織田家，可是只要三法師在世一天，織田的階級就不會消失，秀吉的地位也永遠屈居丹羽長秀之下。

（這樣下去還得了。）

秀吉這麼想。想要打破這個階級，就得搬出比織田家更高的權威，也就是高高在上的朝廷。只要秀吉上京獲得更高的官位，那麼在階級上就勝過織田家，當然也勝過丹羽長秀了。秀吉不想拖延時間，立即著手進行。他派使者前往京都拜會公卿菊亭大納言，要他先把宮內上下打點好，等秀吉一上京就賜給他從四位下的官位，讓他晉升爲參議。如此一來，秀吉就是堂堂的朝廷公卿，天子的臣子，而不再是毫無官職的三法師的家臣了。

「筑前大人眞是個罕見的奇才。」

丹羽長秀這麼說。

秀吉佯裝喝醉，上半身搖搖晃晃的說：

「哪裡，純屬巧合。我自己也覺得像在作夢一樣。」

然後又把聲音壓得更低，說以前我和你一起服侍故右大臣時，你的身分還比我尊貴呢，誰能料想得到，現在竟然是我封賞土地給你。而且封賞的領地除了近江，還有越前國，加起來有一百二十三萬石，這可是天大的賞賜啊。

長秀聽了低頭沉默許久，才勉強吐出簡單的話：

——感激不盡。

接著，長秀向秀吉說要離開去上廁所。長秀趁此時叫來負責招待的家臣，要他重新安排秀吉的座位。當長秀再次回座時，像是理所當然的坐在下位。秀吉改成坐在上座。但是他對這件事沒再多說什麼，只是笑笑說：

「丹羽大人尚未有官職吧?不如趁這個機會弄個越前守如何?」

秀吉邊追打蚊子邊說。我去面奏朝廷，讓他們封你越前守這個官銜，你意下如何？聽到秀吉這麼說，長秀抬起頭問：

「那麼，筑前大人你呢？」

我嗎？秀吉神情輕鬆的點頭回答：「明天我要上京，進宮朝見天皇。天皇應該會賜給我從下四位的參議。」言下之意，他和從下五位的越前守都是朝廷命官，而從下四位則是比他高出一階。

丹羽長秀這個人是出了名的老頑固，從信長的時代開始就堅持不肯接受官銜。信長曾經奏請朝廷，替他的手下大將封官晉爵。例如，柴田勝家是從五位下修理亮，明智光秀是從五位下日向守，瀧川一益是從五位下左近將監，秀吉是從五位的筑前守。唯獨丹羽婉拒了。

──在下只是區區的丹羽五郎左衛門，與其在朝爲官，在下只想永遠當織田家的家臣。這樣，在下的身心才能感到自由暢快，請成全在下的心意。

信長拿他沒輒，只好把長秀的名字從任官的名單中刪除。這個連信長都勸不動的老頭，秀吉決定這回非得逼他點頭答應才行。

「請務必接受。」

秀吉這麼說。

對秀吉而言，眼下沒有比這件事更重要的了。他和信長的立場不同，信長從小身邊就圍著一群家臣任憑差遣，所以日後才能當上織田家當主，但是一路跟著秀吉爬上來的家臣就寥寥幾名，其他幾乎都是昔日在織田家的同僚。要讓這些人遵守君臣的分際，就得搬出朝廷的權威，拉他們一起當官，用這種方式讓他們變成秀吉的家臣。因此，秀吉非得拿丹羽長秀當表率，逼他答應接下從五位下越前守這個官銜。

「請大人莫再推辭。」

秀吉的表情、語氣是那麼的誠懇、自然，長秀不好再推辭，只好垂著頭說：

──我答應就是。

從丹羽答應的那一瞬間起，他就成為秀吉的家臣了。

秀吉最為人稱頌的個性就是：

——不喜歡殺人。

他想打著這面招牌統領天下，事實上他也是這樣的個性。秀吉對敵人的寬宏仁慈簡直到了離譜的地步。不過也有例外，就在他帶兵出征北陸時，他曾經對利家這麼說：

「有個人我非殺不可。」

秀吉之所以會事先告訴利家，是希望求得他的認同。他擔心這件事衝擊太大，利家會因此對他失望。秀吉也對其他織田家的將領詳細解釋非殺信孝不可的理由，希望大家體諒他的苦衷。

「就是三七信孝大人。」

三七信孝是織田信長的三男，已故柴田勝家的盟友。

——沒有必要非殺信孝大人不可啊！

利家和一些舊家臣不解。但是秀吉的態度非常強硬。

「若是讓信孝大人繼續活著，會危害到三法師的社稷。」

所謂「三法師的社稷」其實只是場面話，任誰都知道三法師的朝代永遠不會到來，日後證明確實如此。三法師在幾年後改名為織田秀信，受封中納言，統領岐阜城和美濃一國，成為豐臣政權底下一位地位非常特殊的諸侯。不過，這個時期的秀吉還是得利用「三法師幼主的社稷」這塊正義的招牌，為自己的行為找合理的藉口。這當然是公然的謊言，正因如此，才叫做政治。而織田家的將領明知是謊言，卻還支持這個騙局的行為，也是一種政治。對秀吉而言，三七信孝的存在比三法師更加危險，這是大家心知肚明的事。在織田信長的子嗣中，信孝有股銳氣，但也因這股銳氣為他招來不幸。

——那隻猴子妄想奪取織田家的天下。

三七信孝不斷的指摘這件事。他是織田家的後人，他的指摘比任何人都來得有威力。之後，勝家敗亡，他和勝家之間的同盟瓦解，信孝留在自己的居城岐阜城，當時身邊僅剩二十七名家臣，其他都投奔秀吉的陣營了。信孝無計可施，只好偷溜出城逃到知多半島。秀吉並沒有親自派兵追緝信孝，而是慫恿信長的次男信雄去追殺他。

「三介大人，請派兵追擊吧。」

這時候的信雄因爲還懷抱著秀吉可能擁立他爲織田家繼承人的春秋大夢，因此恨不得殺了勁敵弟弟信孝。信孝被逼到走投無路，逃進尾張知多郡的內海。信雄於是派使者勸他自殺，信孝無力反抗，最後切腹自盡。

這個消息在五月三日傳進秀吉的耳裡，這天，他剛好要從近江坂本城出發前往京都。

「信孝大人自盡了。」

他簡短的向丹羽長秀傳達了信孝自盡的消息。長秀也只淡淡回了一句：

「天下甚幸。」

秀吉說了「同感」之後沒再多說什麼，就直接啓程前往京都。

前往京都的途中。秀吉對舊織田家的將領們這麼說：

「信孝大人、勝家這兩個人都被殺了，死太多人了。」

即使只殺兩了個人，還是嫌太多的意思。這是秀吉要講給世人聽的場面話。

事實上，秀吉正要前往的京都，就有一名等著被秀吉賜死的敗將。那個人就是柴田勝家麾下的首席大將佐久間盛政。

佐久間在賤岳一役慘敗後，打算沿著山路逃回越前，行經敦賀時跑去農家討艾草，想給自己針灸，解除疲勞。農民看他的模樣不像尋常百姓，於是聯手將他圍捕。原本他們打算殺了這個精疲力盡的盛政，砍下人頭向秀吉討賞，但盛政認爲死在農民之手是武將之恥，於是要求他們：

——不要殺我。留我一命帶去見秀吉的話，你們可以領到的賞金更多。

說完，盛政丟下刀子，倒在地上自願受縛。農民一擁而上壓在他的身上，將他五花大綁拉到秀吉的部隊去。此時秀吉正在木之芽峠，他一接獲這個報告立即下令：

「務必厚待此人。」

並命人將盛政送去京都，軟禁於宇治的槇島城。途中，必須讓盛政坐豪華大轎，不能上繩。這個時候的秀吉，原本還打算饒盛政一命，封他爲大名。

秀吉平定北陸之後，在凱旋回京的途中經過敦賀時，傳令說：

「把那些捕捉玄蕃的農民找來。」

那些農民以爲秀吉要獎賞他們，爭先恐後的跑來秀吉的陣營等著領賞。秀吉令這十二名農民坐在院子的空地上，他還親自接見他們。

「玄蕃有什麼罪呢？」

他突然這麼問那幾名農民。

接著說，協助剿滅明智光秀的農民獲得賞賜，是因爲光秀的罪狀天下皆知，人人都有權殺死不忠不義的叛徒。可是盛政不過是在戰場上吃了敗仗，根本沒有罪。再者，對敦賀百姓而言，盛政是國主（柴田勝家）的親戚，你們這些人膽敢殺了自己國主的親戚，是可恨至極、罪無可赦。他命人立牌昭告天下，把這十二名農民綁到河邊，砍下他們的頭。

這場行刑的大秀對秀吉而言，就是一場政治秀。因爲他很快就要成爲天下的霸主，必須替自己未來的政權建立秩序。首先要恢復各國國主的權威，灌輸遵守秩序的觀念給那些已經習慣亂世生存法則的百姓。但是秀吉不用法律和道德的勸世文來達到這個目的，而是以處死十二名農民的手段曉諭世人。

秀吉還使用其他的方式宣傳理念，他處置毛受勝介這名武士的做法，就是個好例子。毛受勝介名家照，是尾張春日井郡稻葉村人，早年服侍柴田勝家，一路爬到小姓的領班，俸祿三千石。勝家在湖北的山岳地帶遭秀吉大敗，正要殺開血路逃命時，勝介請求勝家賜給他金幣標誌的馬印，由他當勝家的替身。勝介留在戰場上和敵人浴血搏鬥，力戰身亡。

秀吉平定越前北之庄城後，特地命人找來毛受勝介的遺族，褒揚他的忠義，封賞他年幼的遺兒。秀吉應該是想藉由這種道德力量來統一天下的秩序吧。在戰國的亂世之中，一個人的價值是靠武藝。有武藝的人把自己的能力賣給大名，藉以獲得俸祿，忠義並不受到重視。但是現在秀吉要以忠義做爲武士社會的秩序中心。爲了傳播這樣的理想，只要符合忠孝節義，哪怕對方是敵人，他一樣給予褒揚封賞。秀吉要利用這種方式，對世人發揮最大的影響力。

接下來，他要開始處置佐久間盛政的問題了。

——玄蕃理所當然會被處死。

大家心裡都這麼想。佐久間盛政比佐佐成政更痛恨秀吉，而且他又是讓羽柴軍吃盡苦頭的柴田陣營首席大將。可是秀吉卻說：

「我想饒他不死。」

將領們大爲吃驚。秀吉非但要饒盛政不死，等平定九州之後，還要把肥後（熊本縣）一國賜給他。肥後是九州最富庶的糧倉，少說也有五十萬石。天下群雄看到連敵將都可以獲得這麼優渥的賞賜，一定會爭相投靠秀吉政權吧。

秀吉凱旋回京之後，喚來蜂須賀家政，要他去「說服盛政投降」。家政是正勝的兒子，年僅二十五，但是談判技巧遠比父親高明得多。

家政趕往宇治槇島的監禁處和盛政談判，勸他投降。家政的態度客氣有禮，盛政卻不屑一顧。

「不用白費唇舌了。」

盛政說：

「我是柴田家的家臣，既然勝家已滅，我苟活於這個世上也沒有意義。就算給我全天下我也不會投降。秀吉說要賞賜肥後給我是嗎？若眞是如此，我盛政也會以肥後爲根據地攻打京都、討伐秀吉、替我家主公報仇雪恨。所以，招降對雙方都沒有意義。」

秀吉聽到這樣的回報，還是不肯死心，再派淺野長政去。得到的答案還是一樣，而且盛政的態度更加堅定。

秀吉無奈，只好死心。

「好吧，那就命他切腹。」

一般的俘虜通常都是斬首處理，秀吉令盛政切腹是一種罕見的禮遇。可是，盛政依然不領情：

「請把我斬首就行了，最好是把我五花大綁押上囚車，讓我以重大罪犯的模樣，繞著京都大街小巷遊行示眾。這是我的願望。」

這就是佐久間盛政令人可敬之處吧。身爲敗將，就絕不苟且偷生，還要以最狼狽的姿態，向天下人昭示這個慘敗的代價。

但是秀吉不允許，至少他要讓世人知道自己沒有虧待盛政。於是，他送兩套高級布料縫成的小袖送給盛政。盛政看到後，忍不住抱怨：

「這眞是爲難我了。」

太樸素了。盛政嫌棄的說，既然要送衣服，他有幾個要求，首先布料的顏色要顯眼，最好要像烈火的唐紅色，布面要有大紋圖案。另外，襯衣要是紅梅色的杉紋。

「好，沒問題。」

秀吉以他慣用的尾張腔說著，同意盛政的要求。

「既然盛政這麼想引人注意，那送他紅布燙金的開口大袖吧。」

重新縫製好的衣服，再次送到盛政的面前。就連能劇的戲服都沒有這麼華麗。

遊街示眾的日期是五月二十二日。當天，囚車會從一條通的十字路口出發。出發之前，盛政向行刑官抱怨：

「繩子綁不夠緊。要用力勒緊，不要有任何縫隙。」

重新綁緊繩子後，囚車從一條通出發，在市中心繞了一圈後，往下京區的盡頭前進。沿途有十萬名百姓圍觀，大家都讚嘆盛政豪氣，也都聽說了秀吉對盛政的仁慈，這讓百姓對秀吉這位新領導者大有好感。盛政想在這場處刑的儀式中展示自己的武將之魂，秀吉也想利用它讓世人看到他的寬容主義的施政方針。當天，盛政就被帶回槇島的河邊斬首。

八月，伊勢長島城的瀧川一益宣布投降。一益也是柴田的同盟，算是秀吉的正面敵人，但是秀吉也饒他不死，讓他領著五千石的生活費去越前大野隱居。另外，秀吉還收了瀧川詮益爲部下，賜給他俸祿。

——新主公果然心胸浩蕩如汪洋大海。

京都的禪僧大力頌揚秀吉美德。秀吉也期待他的寬厚仁慈，能得到更大的迴響，他等著看東海的德川家康會有什麼反應。

織田信長的次子信雄一喝酒就會醉，醉了就會對侍女和家臣說：

——來開心開心吧。

意思是他想跳舞。信雄跳舞的嗜好應該是遺傳自父親信長吧，信長的音感絕佳，身體的節拍也很準確，雖然沒有下苦功習舞，但只要有好的旋律，馬上就能配合跳出絕妙的舞姿。

偏偏信雄的體態和信長不同，身形臃腫，腮幫子肉下垂，肢體的動作也嫌遲鈍，癡肥的模樣看起來一點也不像是個二十六歲的年輕人，五官更是完全沒有信長的影子，不過舞跳得不算差。信長雖然喜歡跳舞，但是長大後就把他的舞蹈師傅趕了出去，而信雄則是一直把舞師留在身邊，每天跟著練習跳舞。

——三介大人乾脆去當猿樂師好了。

家裡的人們私下揶揄說。某天晚上，信雄跳舞跳個沒完沒了，家中老臣津川玄蕃忍不住火氣上升。待信雄跳完舞之後便開口調侃說，主公是否想當猿樂師？信雄態度突然轉爲高傲，這麼告訴津川：

「這是什麼傻話，我將來可是要繼承織田的宗家，成爲天下霸主。」

痴人說夢。津川毫不掩飾的用鄙夷的眼光看著他問：

「那麼，主公當了霸主之後要做什麼呢？」

信雄這樣回答他，我要跳舞給京都的公卿看。這段對話從信雄的居城清洲城洩漏出來之後，很快就傳遍各國，大家都當他是個笑話。

在柴田勝家和秀吉的主權爭奪戰中，信雄選擇站在秀吉這邊。去年天正十年六月召開清洲會議期間，織田家的家臣和將領之間，爲了該由誰來繼承家督一事爭論不休。當時，柴田勝家支持信長的三男信孝，秀吉卻堅持要由信長的嫡孫三法師繼承。會議最後決定由三法師繼承，這其中的轉折，信雄的立場是重要的關鍵。

「筑前打算把天下交給我。」

信雄對家裡的女人們這麼說，這是他從秀吉的言行和態度做出的判斷。

——請清洲大人（信雄）當三法師的監護人。

秀吉這麼說。信雄自己一廂情願的把這句話解釋成：在三法師成年之前，他可以爲所欲爲。儘管如此，信雄卻也沒對秀吉懷抱感激之情，在他看來，秀吉不過是他去世父親信長的家臣，僅此而已。當臣子的，爲主人的子嗣盡忠盡孝粉身碎骨，本來就是天經地義，而他這個宗家的子嗣只要理所當然的坐享其成就行了。這就是含著金湯匙出生、從小被封爲公卿的信雄的觀念，他認爲這就是自己的人生。

之後，秀吉和擁護織田信孝的柴田勝家展開決戰，秀吉消滅了北陸的勢力後，上京接受從四下位的官銜，升爲參議。這表示，秀吉已經晉身公卿之列。

——難道秀吉有二心？

從這個時期開始，信雄心裡逐漸產生危機感。他身邊的臣子也不斷的提醒他，秀吉有篡奪織田家天下的野心。就拿這次朝廷任命來說吧，秀吉被賜封爲四位下參議，而信雄只得了一個三介的位置，將來信雄上京的話，豈不是得向秀吉磕頭請安嗎？

但是信雄內心的猜忌很快的煙消雲散。因爲秀吉在擊敗柴田軍的論功行賞中，把瀧川一益的舊領地封給未出一兵一卒參戰的信雄，還把這段時期的外交工作交給信雄的三位家臣：津川玄蕃、淺井新八、岡田長門守。這三人因爲長期和秀吉接觸，不知不覺對秀吉產生了崇拜之心。

「三介大人就是那副德行。」

秀吉這麼說。光是這句「那副德行」就足以道盡一切。信雄的三位家臣也明白，那是指不成材的意思。「……三位大人要好好輔佐三介，不要讓他誤入歧途。」從秀吉的言談，可以看出他對津川三人的信任和倚重。津川他們是聰明人，了解亂世的生存法則，深知信長的政權已隨著他的去世而消失，信雄想要稱霸的野心只是痴人說夢。未來的天下不屬於織田家，而會由擁有霸主資質的人來統領。而且他們也很清楚，那個人選就是秀吉。舊織田系家臣的思想，並不像其他大名的家臣或是中世紀的武家那樣，那麼注重血統的價值，他們崇拜是有實力的巨人。

——天下是屬於筑前的。

他們認爲這是理所當然的結果。所以，他們必須讓主人信雄從他的白日夢中清醒過來，要他好好珍惜織田這個姓所帶來的榮華富貴，要讓他抱著感恩的心。

「接下來，」

秀吉繼續說：「把三七的領地也給他吧。」

對信雄而言，信孝才是他在繼承權上的最大勁敵。如今這名勁敵在柴田勝家戰敗之後丟了岐阜城，投降於信雄。但是信雄依然容不下他，逼這個弟弟在知多半島的內海自殺。

秀吉在平定北陸之後的論功行賞中，信雄是最大的獲利者。包括弟弟信孝的遺領在內，信雄的封國一躍成爲百萬石。

——三介大人升爲百萬石了。

世人對此議論紛紛，感到不解，也嫉妒他的鴻運當頭。信長在世時，勢力範圍內的領國全部加起來也不過五百多萬石，而信雄竟然擁有其中的五分之一。

不過，也就是從這個時候開始，信雄性情爲之大變。

——天下必須用武力奪取。

他信誓旦旦的說。信雄的女人、能樂師和親信頓時成了他的智囊團。信雄深知，秀吉絕對不會乖乖的把天下交出來。既然現在自己的實力已經升格爲百萬石，當然就該有所行動。

——論兵員和兵糧絕對沒問題。而且您又有名分，不如趁這個機會獨立。

智囊團理所當然的慫恿信雄。信雄聽了覺得充滿鬥志，決定背著已經成爲秀吉爪牙的三名老臣秘密進行這項計畫。必要時不惜殺了那三人。

——只要起兵，一定會成功。

信雄有這樣的自信。原因在於，他是已故信長的子嗣，只要他登高一呼，過去因爲忌憚秀吉的權威而屈服於他帳下的大名們，一定會背棄秀吉轉而投靠到他這邊來。

還有，信雄的親戚眾多、人脈廣闊。例如在舊織田系大名中擁有不小影響力的池田勝入齋，是和已故信長同一個奶媽養大的義兄弟，和織田家的關係深厚。信雄的妹妹是前田利家嫡子利長的妻子，蒲生氏鄉、中川秀政也是他的妹婿。信雄有把握，一旦舉事這些人都會站在他這邊。其實，這只是信雄親信的如意算盤。

但光是這樣還不足以和秀吉較勁，信雄自己也明白這點。在主權爭奪戰中，他非但沒有充足的兵力，身邊也沒有可以帶兵作戰的將才。

——去拜託三河大人。

天正十一年（一五八三）五月，信雄和親信決定去拜託這個男人。

也就是三河守、濱松城主、東海的霸王德川家康。

打從織田家的權力爭奪戰爆發以來，家康一直置身事外。

天正十年六月織田信長突然去世、政權一夕之間崩潰後，將近一年的時間，家康完全不插手京都的紛爭，甚至京都這裡的謠言，也都沒有和「三河大人」扯上關係。

明智光秀舉兵叛變時，家康火速趕回自己的根據地東海，在濱松城整備軍力，準備出征。可是當他的軍隊來到尾張鳴海一帶時，他就收到秀吉已經剿滅光秀的消息。

——爲時已晚。

家康心裡明白，但是沒有說出口，也不讓人察覺他的心思。這個沉默的男人心裡在想什麼，連親信都不知道。家康默默回到三河岡崎城，自此不再出兵干涉西邊霸權之爭。

這個時期的家康年紀剛滿四十。在和織田家同盟的二十年之間，以盟友的立場跟著織田軍東征西討，累積了深厚的戰場經驗，所以他知道自己有多大的能耐，也知道當今天下無人能與他匹敵。他私底下認爲，能超過自己的人物第一是武田信玄，第二是信長，但如今這兩位巨人都消失了，現在能讓他懼怕的人，除了秀吉之外，別無他人。

可是，家康現在還不能採取行動。

他知道，以他目前的實力，要進軍中央還嫌不足。

過去二十年來，家康以同盟之名跟著織田軍水裡來火裡去，替信長打下大片江山，但是信長給他的封賞卻少得可憐，只有駿河、遠江這兩國，加上他自己原有的三河，也僅只三國。這和織田家的五虎將柴田、丹羽、瀧川、明智、羽柴所得到的龐大賞賜根本不能相比。

——必須開疆拓土才行。

家康很清楚自己在這個時期的重要任務，就是不要蹚織田家的渾水，專心擴張自己的領地就好。

剛好這個時候，鄰國的甲斐政局動盪，給了家康可乘之機。甲斐武田氏被信長消滅後，信長派了織田家的河尻秀隆擔任代理國主，屯駐古府，可是當地人討厭河尻。本能寺之變後，甲斐內各地亂軍四起，家康巧妙的在背後搧風點火，操控民情，最後終於讓甲斐國百姓殺了河尻，順利讓自己無血入國。

本能寺之變爆發不過短短二十幾天，家康就拿下了甲斐。家康得到的收穫不只是領地土地變多，還得到難以估計的巨大力量：甲州軍團。甲州軍團是一支經過嚴格訓練、個個結實剽悍，可以在野戰中以獨門密技快速移動的菁英部隊。家康拿下甲斐之後，這支將近五千人的軍團也歸順到德川的帳下，成爲德川的生力軍。家康任命幕僚井伊直政擔任軍團領導，並且讓軍團沿襲武田時代的軍服，盔甲、護具、旌旗，清一色爲火焰般的赤紅色，同時繼續使用赤備軍這個名字。

——甲州軍將成爲我的錐子。

家康這麼說。他的意思是，在戰場上與敵人對陣時，甲州軍團會像錐子一樣穿透敵陣。家康還從武田的遺臣那裡，得到武田家傳承的戰略、戰術、陣形、行軍還有後勤補給等方面的知識。德川把這些知識融會貫通、加以改良後，納入自己的軍事思想裡。

家康的種種舉動，引起關八州的大老、小田原北條氏的側目。

——難道家康對關東有野心？

北條氏派兵前進甲州，兩軍在乙骨原發生小規模的衝突。家康很快透過外交手段向北條釋出善意，提出和解並訂定領土協議。家康在北條氏的默許下，併吞無國主的信州，家康也不干涉北條氏率兵進入上山。總之，家康在本能寺之變後，只花二十幾天就輕取甲州，第五月拿下信州，自此搖身一變成爲坐擁三河、駿河、遠江、信濃、甲斐五國的大領主。

隔年天正十一年，家康停止繼續開疆拓土的軍事行動，轉而專心治理他的新領地。而在這段期間，秀吉正在中原掀起大風大浪，四月滅了勝家，平定北陸，接著火速南下，沿近江路回到京都。

——秀吉會壯大到什麼程度呢？

家康可能也感受到來自秀吉的威脅吧。於是，家康展開他和秀吉的第一次外交接觸。他任命首席家老石川數正爲使節，前去京都祝賀秀吉的凱旋榮歸，並將天下名器「初花茶壺」送給秀吉當禮物。

秀吉看到家康派來敦睦使節，龍心大悅，熱情款待石川數正，排場簡直就像在招待遠從天竺來的高僧一樣隆重。之後，秀吉再邀數正進入茶室，親自沏茶給他喝。

「我視與七郎（數正）如親兄弟。」

數正受寵若驚。在迷湯灌頂的攻勢下，連經驗老到的數正都覺得自己彷彿騰雲駕霧般的神清氣爽，他還對秀吉的親信這麼說「這才是武士應該效忠的主人」。數正回國後，興奮之情久久不熄，竟然當著家康的面脫口而出：

「沒想到日本還有這樣的英雄。」

家康沉默不答，神情自若，彷彿沒把數正的話擱在心裡。其他家臣卻對數正的言行不以爲然，甚至懷疑數正已被秀吉收買。許多中傷數正的流言蜚語也開始傳了出來。

這場風波很快就煙消雲散，此後家康便埋首於治理東方的新領地，不再和秀吉有所往來，彷彿要忘記秀吉這個人的存在似的。

但秀吉可沒忘記家康。

儘管家康不再派使者拜見秀吉，秀吉卻不顧家康本人的意願，主動奏請朝廷賜給家康這樣的官位：
——正四位下，左近衛權中將。
這是天正十一年尾聲的事。隔年二月，秀吉再奏請朝廷，擢升家康的官銜至從三位參議。
此舉可眞驚動世人。
連京都的公卿之間都在竊竊私語。儘管秀吉自己也是參議，但也只是從四位下，現在他竟然要朝廷頒給家康從三位，那不是比他自己的位階更高嗎？
「爲什麼？」
弟弟羽柴小一郎也覺得納悶，還爲了這件事特地跑去秀吉的睡房，把旁人統統支開，想問個明白。
秀吉稀鬆平常的回答他：
「不過就是個官銜而已，不值得大驚小怪。」
官階就是地位的順序。家康沒有拜託秀吉，秀吉卻主動幫他弄來一個比自己還要高的位置。家康知道自己當了朝廷高官，一定會很高興吧。按照古來的習慣，加官晉爵的臣子必須入宮感謝天皇的榮寵，還要去拜謝公卿，家康當然也得這麼做。
「這就是重點啦。」
秀吉說。非給家康升官不可。一旦家康離開東海的老巢，來到京都之後，秀吉就有機會使出渾身解數，好好誘騙家康上鉤。對秀吉而言，這件事非同小可。因爲只要家康上京，世人就會以爲家康臣服於他秀吉的保護傘下，如此一來，秀吉的詭計就得逞了。爲了這個目的，秀吉非得給家康一個官做不行，至於自己屈居下位的事，那些都不重要了。
問題是，家康還是沒有行動。
當初，家康受封正四位下左近衛權中將時，也僅對前來報喜的使者禮貌性的寒暄幾句，對秀吉則是一個謝字都沒有。之後，秀吉再幫他要了一個比自己更高的官位，家康的態度依然故我，就像潛在海底的魚一樣沉默無聲。
這個時期，秀吉領著家眷開開心心搬進興建中的大坂城。也就是從這時候開始，秀吉漸漸對那個身材發福的三河佬家康產生了恐懼感。

——我得重新掂掂那個男人的斤兩才行。

他這麼想。

其實在此之前，秀吉對家康的印象就已經起了微妙的變化。

當年秀吉還只是信長麾下的一名部將時，對家康這個人並不太在意，在他看來，家康是織田家同盟國的國主，是信長待之以禮的好友，僅此而已。儘管曾經一起在戰場上並肩作戰出生入死，但是對秀吉而言，家康和他們這些織田家的將領是不同世界的人，和柴田、明智、瀧川他們不一樣，所以並沒有對他抱有複雜的政治企圖或是競爭心態，因爲沒有那個必要。

這個時期的秀吉——不只是秀吉，包括織田家所有的將領在內，他們對家康最深刻的印象有兩點。

首先是家康旗下的三河軍團出奇的強悍。除了甲州兵團之外，三河軍團簡直可以說是天下無敵。過去，織田的尾張軍和德川的三河軍在同一個戰場打仗時——例如姉川、長篠會戰——只見到三河軍負責的戰場上空一片黑煙滾滾，打得非常激烈。當時大家都盛讚一個三河兵抵過三個尾張兵。相較於日本六十餘州各國的軍隊，三河軍有個明顯的特徵，就是他們對德川家的忠誠心和紀律嚴明的性格。

在這個時代，英雄豪傑輩出，而這些所謂的豪傑，通常都是有交易的條件。而且，要是和自己服侍的主人不合，還會投效其他陣營。但是，三河軍卻沒有這樣的風氣，他們不屑沽名釣譽，也不做個人英雄，只是默默的效忠於德川家。在這樣的時代之下，像這樣的武人情操，實在令人不可思議。

第二個令人深刻的印象是，家康重誠信的特性。這點讓家康在織田家的家臣之中頗受好評。舉例來說吧，家康和奸詐狡猾、老謀深算的信長結盟，信長好幾次都讓他吃大虧，家康卻一次也沒有想要背叛，依然忠實地遵守盟約，時間長達二十年之久。

光從這點就可以看出，家康的確是一個非常重誠信的人，這在戰國時代簡直就是奇蹟。

——好人一個。

這就是大家對家康的印象。

也因爲這樣，秀吉一直告訴自己：

——不要去招惹家康。

他認爲和家康宣戰是沒有意義的事，反而應該想辦法拉攏他的心，用懷柔的手段把他拉到自己的陣營來才對。宣戰只會帶來害處，因爲一旦秀吉率領大軍進攻東海地方，家康的三河軍肯定會藉著地利的優勢頑抗到底，要平定家康的地盤，至少得花十年的時間吧。對秀吉而言，讓大軍陷入這種局部的膠著戰中，不但會傷及自己的威望，也會失去民心。四方群雄可能會趁這個機會舉兵反叛，好不容易建立的政權恐怕會因此垮台。

這也是爲什麼，儘管家康並沒有拜託秀吉，秀吉卻十分積極的幫他弄了一個與他身分不相稱、甚至地位比自己還高的官銜的原因。

——這一切，都是爲了討家康開心。

秀吉心裡抱著這樣的小期待。自古以來，英雄豪傑都是擅長演戲的騙子。因爲是騙子，所以炫耀之心也比普通人來得強烈。只要善加利用這點，加以籠絡，對方就會像個天眞小孩子一樣跑來吃誘餌。現在，秀吉就是漁夫，他正在動腦筋，要怎麼樣釣到家康這條大魚。

可是，家康並不是幼稚的孩童，完全沒有上當的跡象。非但如此，他還保持徹底的沉默，用這種恐怖的外交態度反擊秀吉的策略。

——看來我是出錯招啦。

秀吉像是丟出石頭卻沒打中目標一樣的失望。他對蒲生氏鄕這麼說：

「參州（家康）這個人在右大臣去世之後，好像判若兩人。」沒錯。秀吉對家康的印象起了變化。他納悶著，過去那個好男人到底跑去哪裡了？怎麼現在像老狐狸一樣精明。就拿家康在東海地方的運作手段來說吧，簡直就像在變魔術，速度快得讓人措手不及。竟然可以在那麼短的時間之內拿下甲、信兩國，還與北條結盟，清除了來自東邊的威脅，更反過來準備西征。過去的好男人，瞬間變成了秀吉的心腹大患。

（難道，那個男人過去一直深藏不露？）

秀吉內心不由得大吃一驚。他一直以爲，天底下能夠使出這種變魔術般的外交手段的天才只有他一人。而且他有自信，自己的天分絕對遠遠在已故信長之上。所以，現在家康帶給秀吉的不只震驚，還伴隨著恐懼。

家康依然不動如山。

不知道是否天性使然，家康在絕大部分的場合都不主動出擊，而是靜待對手出招。他和織田信雄之間也是如此。

他讓信雄主動來找他。

而且不是派使者，是信雄親自前來。信雄爲了掩人耳目，換上平民服裝，坐在簡陋的轎子裡，看起來就像鄉下住持出外旅行一樣。他偷偷摸摸的離開尾張，來到鄰近的三河國。三河的主城是岡崎城，家康人就在那裡等他。信雄抵達之後，家康非常慎重的招待他。

信雄首先開口：

「閣下心裡的那份友誼，是否還是熱的呢？」

他指的是織田德川同盟。信長死後，織田德川兩家維持了二十年的同盟關係，照理說也跟著自然消滅了。但家康心中是否還惦記著兩家的交情呢？信雄是這個意思。

「在下惦記在心。」

家康之所以這麼回答，並不是因爲信雄說的理由，而出於體貼的心意。

信雄忍不住開始數落起秀吉的種種不是。家康在一旁靜靜聆聽著，那張略帶富態、看起來不像武將的臉龐帶著微笑，偶爾應酬性的點點頭，卻沒提供任何有建設性的意見。不輕易表露內心的想法，是三河人性格上的特徵。

信雄了解家康的個性，卻還是忍不住要求他：

「請閣下助我一臂之力。」

家康雖然沒給明確的答案，但是態度傾向同意。他不對秀吉做任何批判，只在結論上說：

「家康會傾全力支持。」

接下來，就是戰略了。

——家康大人可有打贏的計策？

信雄這麼問。家康沉默不語，內心卻對信雄的愚昧感到訝異。沒有計策就要起兵反抗，天底下有這樣的傻瓜嗎？可是家康沒有說出口，而是反問他：

——大人您呢？

信雄滔滔不絕的說起自己的計畫。聽他所言，應該是以戰略手段爲主。他打算遊說妹婿蒲生氏鄉等數名羽柴的將領，把他們拉到自己的陣營。家康專注的點點頭說，原來如此，是這樣嗎。事實上，他心裡並不苟同信雄的做法。他深知信雄剛才提到的那幾位大名，不可能背棄能讓他們託付未來的秀吉，轉而投靠信雄。

「遊說那幾位大人的事，就交給信雄大人您了。」

家康一臉誠懇的說。

而他自己的戰略是要大範圍的包圍京畿的秀吉。

信雄回去後，家康立刻派人出使四方。依照家康的構想，首先要策動土佐的長曾我部元親。信長在世時就打算要征伐四國，不料，正當水軍要從大坂出發的前夕，爆發了本能寺之變，這對長曾我部氏而言，無疑是天上掉下來的奇蹟。不過，秀吉政權應該很快就會繼承信長進攻四國的計畫吧。對長曾我部而言，與其坐以待斃，不如和家康聯手進攻秀吉，還比較有生存的機會。

——元親一定迫不及待。

這是家康經過觀察和計算所得到的結論。而且，家康只對長曾我部提出最低限度的要求，就是要他帶著水軍從四國渡海到大坂灣威嚇秀吉。到時，秀吉爲了防堵來自海上來的攻擊，必定會留下大量軍隊戍守大坂，這麼一來，就會削弱決戰的兵力。

另外，家康還派遣密使前往紀州，拜會根來寺的僧兵團。根來約有一萬人的動員能力，從信長的時代開始就一直與織田家對抗。家康打算利用根來的勢力，把秀吉的軍隊牽制在紀州。

他還計畫和北陸越中的佐佐成政聯手，成政應該會迫不及待與他組成聯合陣線才對。

萬事具備，接下來就是對秀吉進行挑釁了。

這個挑釁，就是要殺了信雄的那三名家臣岡田、淺井、津川。世人都知道這三人早已經被秀吉收買。天正十二（一五八四）年三月三日，信雄把三人請進伊勢長島城，設宴招待。趁酒酣之際，令刺客闖入將他們殺死。信雄還領兵包圍三人的居城。

家康接到刺殺成功的消息之後，立刻率軍從濱松城出發，這天是天正十二年三月七日。

秀吉來遲了。

一切的情勢都顯示，這個男人落後了一步。

（我秀吉這輩子，也會有踢到鐵板的一天嗎？）

他不甘心的說。秀吉最擅長的能力就是想像，還有把想像化爲現實的計算能力。打從被人叫猴子的那時候開始，他總是能預料到信長想要什麼或是討厭什麼，然後搶先一步打點妥當，好給信長一個驚喜。升爲將領之後，也會徹底研究敵人、揣摩敵人的思想、預測他們可能採取的行動。有時候，秀吉甚至比敵人還要了解他們自己的戰略。也因爲這樣，敵軍的所有動靜總是在秀吉的掌握之中，這也是為什麼秀吉能交出百戰百勝的傲人戰績的原因。

秀吉並非完全沒有預料到信雄和家康會聯手對付他。他知道信雄早晚會起兵反抗，也想過家康可能會跟信雄聯手。這點，連黑田官兵衛也預料到了。只不過，秀吉的心態就是這麼微妙。官兵衛越是三番兩次的提醒他，他就對官兵衛那種十拿九穩的態度越不是滋味。

「這種事情很難說吧，那個叫德川的傢伙不是很講誠信的嗎？」

按照官兵衛的說法，這就是秀吉奇妙之處。

秀吉在猶豫什麼，官兵衛也不是完全不了解。說起來，這和秀吉過去在織田家擔任將領時經歷過的那次敦賀金崎的慘烈斷後任務有關。當時，信長率大軍攻打越前朝倉，途經越前敦賀一段狹窄的平地時，後方的近江淺井氏突然造反，截斷織田軍的退路。信長一發現後，立刻以迅雷不及掩耳的速度先行逃走，之後才下令其他部隊撤退，當時負責斷後的就是秀吉。他帶著部隊留在敦賀金崎斷後，等輪到他要從戰場退出時，為時已晚，敵人早已佈滿整個山谷。秀吉被敵人的軍隊追擊陣容大亂，幾乎全軍覆滅。所謂的斷後部隊，其實就是要有這種犧牲性命的覺悟。而當時出面解救秀吉的人，就是德川家康。家康原本也在撤退途中，但是他眼見秀吉情況危急，決定調頭和羽柴的軍隊會合。身為大將的家康親自駕著馬，手拿火槍和追擊的敵軍展開廝殺，好不容易終於擊退敵人的追兵，秀吉也因此得救。這一切都是家康的功勞。要在撤退途中調頭回來解救斷後的部隊，這種事情恐怕連親兄弟都難以做到。這樣的例子實在是太少見了。所以，家康對秀吉而言等於是救命恩人，秀吉日後也常在夜晚聊天時，對身邊的人提起這件事，他說：

「我這條命能夠活到今天，都是托三河守大人的福。」

說起來，家康是個奇怪的人。和織田家結盟二十年，但是並不會和織田家的特定部將走得特別近，他總是一視同仁，絕不偏袒。即使經過這件事之後，家康對秀吉的態度還是一如往常。但是秀吉可不同了，他對家康的態度突然變得非常友好。

（連主公這樣的人都看不出來嗎？）

黑田官兵衛就是這點想不通。秀吉擁有連官兵衛都自嘆弗如的識人眼光，而且非常了解人情世故，不管在任何情況之下，慧眼永遠雪亮，唯獨對家康例外。秀吉不在乎家康沉默以對的態度，一廂情願的幫家康討到高官。看得出來，秀吉很想把家康納入自己帳下。

（家康怎麼可能會來！）

官兵衛真想這樣大聲斥責秀吉。在他看來，家康這個人和其他大名的野心不同，他有心問鼎天下。

（連柴田勝家都不敢這樣妄想。）

官兵衛這麼想。儘管勝家的許多舉動都顯示他有意統領天下，但是在政略方面卻毫無作爲。或許他也明白，憑自己的能力僅止於當個北陸的霸王吧。至於瀧川、丹羽這些人，頂多只是輔佐的角色。而剩下的那些大名就像牆頭草，一發現秀吉實力最強，馬上就投靠到他的帳下，圖個好日子過過。

唯獨家康例外。儘管秀吉已經在京都插旗，家康依然保持一貫的沉默，沒有表態，也沒靠向柴田勝家，他避開京畿的紛紛擾擾，選擇獨立在東海一帶，埋首於向東擴張領地。這種極不尋常的反應，就是他要問鼎天下的最好證明吧。在官兵衛看來，那種騙三歲小孩的懷柔策略，對家康根本不管用。

可是，秀吉也不是沒事做。

對他而言，這是一段悲傷之中卻又忙得蠟燭兩頭燒的時期。他就像是一名要把數萬頭野馬趕進牧場的牧童，既要安撫又要鞭打，軟硬兼施的把馬群趕進牧場裡。若是在這時候有幾頭馬領頭落跑，其他的馬也會有樣學樣，像雪崩一樣的往外衝，把他這個牧童活活踩死。山崎合戰前後，舊織田系的大名爭相湧入秀吉的幕下，歸順秀吉。這些人就是剛被趕進牧場裡的野馬。

秀吉決定採取守勢，他把時間都花在懷柔這些將領身上。就拿過去一直支持秀吉的丹羽長秀來說，打從秀吉把越前封給他之後，就一直蟄居在越前，沒再出現。

——那個人也會參加信雄、家康的陣營嗎？

官兵衛等人這麼想。這樣的臆測並非空穴來風，過去丹羽長秀在織田家是秀吉的上司，因爲和同僚柴田處不來才轉而支持秀吉。雖然結果如他所願，柴田的勢力被消滅了，但是他自己也成了秀吉帳下的大名。更令長秀意想不到的是，秀吉竟然利用信雄的手，讓他逼死自己的弟弟信孝，現在又要把矛頭轉向信雄。秀吉稱霸天下的意圖已經很明顯了。

——長秀心裡一定累積了很多不滿。

官兵衛這麼想。也許被他猜對了吧。

「請長秀大人到大坂一敘。」

最近，不管秀吉怎麼邀請長秀到大坂，長秀就是不肯離開越前寸步。對長秀來說，去大坂就得向秀吉執君臣之禮，這實在是難以忍受的屈辱。當然，他藉口自己生病了。事實也是如此，長秀身上長了瘡。不過，只因爲身上長瘡就不來大坂，似乎也說不過去。

長秀的反應讓秀吉不安。若是放任長秀不管，難保不會和東海的家康聯手對付自己。這是秀吉擔心的。而且他早有耳聞，長秀和和越中的佐佐成政兩人之間有文書往來，書信裡面還有長秀的署名。

「這不是眞的。」

秀吉剛開始對這些傳聞嗤之以鼻，一概否定。還貼出佈告，下令散播謠言者一律逮捕入獄。其實這是爲了防堵其他大名叛逃的手段。

總之，絕不能放著長秀不管。於是，秀吉派遣蜂須賀家政擔任密使，匆匆趕往越前北之庄。

家政來到長秀的病榻前探視，把秀吉對他感激之情傳達給長秀。

「秀吉我能夠擁有天下，都是託長秀大人的福。大人的恩情，秀吉銘感五內，沒齒難忘。」接著就是破天荒的提案了：「基於這個原因，天下應該由大人您和秀吉輪流領導。我想把天下的大位讓給大人您，請大人務必到大坂城交接。秀吉會把城空出來，到越前來與您交換。」

丹羽長秀一聽，趕緊從被窩裡跳起來，心想：

「筑前竟然如此大度！」

他坐直身體，涕淚縱橫的說：「大人您也看到了，老夫並非裝病。既然秀吉大人如此盛情邀請，老夫也不好意思繼續留在國內養病。請您轉告筑前大人，老夫會偕同大夫一起前往大坂。」當然，長秀沒有笨到相信秀吉眞的會把大位交給他，但是他認爲秀吉至少對自己是誠實的。就這樣，長秀啓程往大坂出發。

接到消息的秀吉非常開心。

「太好了。」

他拿起摺扇在扶手上敲了三下，在第四下時把扇子張開。

「我又再一次得天下囉。」

秀吉像個小孩一樣興高采烈的擺動手腳，但事實上心裡應該不痛快吧。雖說秀吉得了天下，但是他手下的大名都是過去織田家的同僚、要不就是像長秀那樣的上司，這些人只是表面順從，並非打從心裡臣服於秀吉。秀吉也知道，直到現在還有家臣私底下叫他猴子。儘管如此秀吉還是絞盡腦汁，想盡各種手段和策略，想要拉攏這些人。

秀吉聽到長秀抵達京都的消息後這麼說：

——我要去枚方迎接他。

枚方是大坂和京都之間位於淀川河畔的一處驛站。秀吉出城時，僅帶了千名士兵同行，而且到了守口時，還要這些士兵留在該處。他自己換上粗布便衣，捨棄轎子改成騎馬，模樣看起來就像個食祿僅有五百石的武士。隨身人員也只有一名騎馬護衛和二十名步兵。秀吉的隊伍排成一列，往京都的市區前進。來到枚方時，正好和丹羽長秀的隊伍相遇。

「那是筑前大人的隊伍嗎？」

長秀這邊的隊伍開始議論紛紛，領隊的頭子趕緊回報給轎內的長秀。長秀以爲不可能，但還是下令隊伍停止前進，他親自下轎，走到隊伍前頭一看，秀吉果然就站在那裡。他彎著腰，拿著扇子的模樣，讓人想起當年的藤吉郎。

「唉呀呀。」

秀吉大聲嚷嚷的朝長秀走過來，雖然舉止粗俗，用字遣詞卻是慎重有禮。秀吉先問候長秀的病況。

長秀被秀吉的突然現身嚇了一跳，半晌說不出話。好不容易擠出幾個字：

——已經好得差不多了。

聲音聽起來微弱又沙啞。其實，長秀身上的瘡日益惡化，但是秀吉又派使者慰問、今天又親自出城迎接，面對這樣的盛情，長秀也不便多說什麼，就這樣隨同秀吉一起前往大坂。

長秀沒進大坂城，他婉拒了秀吉的邀請，只說「我想躺下來休息幾天」，然後就回去自己在城下的私宅。畢竟過去他在織田家是秀吉的上級，難免有任性之處。

——請務必進城一敘。

秀吉一定很想這麼說。因爲只要長秀進了城，秀吉就可以坐在上位，讓長秀坐家臣的位置。雖說，長秀是因爲生病不進城，不過他心裡一定也不願意向秀吉行君臣之禮吧。

但是秀吉也不堅持，反正只要長秀人來大坂就好。因爲在丹羽長秀蟄居越前的這段期間，外面有關長秀計畫謀反的謠言甚囂塵上，說秀吉的天下再過不久就要被推翻。如今，長秀現身大坂，秀吉總算可以向眾人昭示，謠言是空穴來風，是政治操作。不穩定的政局氣氛像是服了一劑定心丸，秀吉新政權也越加穩固了。

而在家康這邊，他派遣使者前往遠方各國，密謀包圍近畿。秀吉聽到消息後，心想：

——家康這個人果然意在奪取天下。

會想出如此大規模的外交策略，就是想稱霸天下的鐵證。過去足利家最後一任將軍義昭就做過類似的舉動，他號召四方遠國的大名組成反織田聯盟。明智光秀在打倒信長之後也磨刀霍霍，準備大展身手，可惜被秀吉擋了下來，壯志未酬身先死。不過，柴田勝家就沒有這麼大的野心了。

話說回來，秀吉私下對家康的這點感到佩服。

但是他並不害怕。他自認這種大規模的外交策略的能力絕對遠在家康之上。

（家康也想這麼玩嗎？）

秀吉像在看小孩玩遊戲一樣的游刃有餘。

事實上，秀吉早就把遠方諸國打點妥當了。他派使者拜訪毛利氏、上杉氏還有阿波的三好氏，跟這些領國拉緊關係。另外，他在外交安排上也非常謹慎。

舉例來說，盤據在日本海岸越中的佐佐成政，聽到家康舉兵的消息一定很高興吧。可是他不可能出兵，因爲西鄰的加賀國就是秀吉死忠派的前田利家，而東邊的鄰居，是跟秀吉交好的越後上杉景勝。當初，秀吉爲了和景勝打好關係，還派明智光秀的遺臣木村彌一右衛門擔任特使，加強兩國的友誼。

而四國的長曾我部氏就算進攻大坂灣，秀吉也做了萬全的防範手段。他派仙石權兵衛駐守淡路島，撥給他充足的水軍，不讓他國的軍船入侵大坂灣。

不過，秀吉在這方面花了太多時間，戰術上的考慮就欠缺周詳，以至於錯過一次一次的先機。

反觀家康的陣營這邊，軍隊推進的速度非常快，三月七日從濱松城出發，八日抵達岡崎、九日來到矢作川。等麾下的兵力集結之後，十三日進入尾張清洲，和清洲城裡的織田信雄匯流。十七日到羽黑，和該地秀吉陣營的森武藏守、池田勝入齋的部隊發生衝突，並將他們擊敗。

這個時期，秀吉人還在大坂，雖然他派了各軍團進駐濃尾平原，但卻下了這麼一道軍令：

「在我抵達之前不准出戰。」

秀吉很清楚，能夠擊敗家康的人只有他自己。他擔心手下的將領在他尚未抵達前會中了家康的激將法而出戰。秀吉的顧慮果然成真，羽黑的戰鬥就是第一例。

秀吉一定恨不得火速趕到戰場吧。可是大量亟待解決的外交事務卻把他死死的釘在大坂。

直到三月二十一日，秀吉終於擺脫一切，率兵出發。然而到了此時，家康已經更往前推進，佔領了濃尾平原的最大戰略要地小牧山，並且在這裡蓋好了野戰軍砦。

秀吉往東前進，經近江路進入美濃，在岐阜城過了一夜之後，隔天從鵜沼渡木曾川進入犬山城，以這裡做爲大本營。

秀吉陣營號稱兵力十二萬五千人，而家康的兵力連這個數字的一半都不到。

尾張戰線

現在秀吉要不擇手段，把優勢給搶回來。

（我輸給那個人了嗎——）

長久以來一直對於合戰非常有信心，絕對不會輸給任何人的秀吉，這回難得內心發慌。的確，優勢被德川搶去了，秀吉晚了一步。當秀吉處理完近畿一帶的外交事務，匆匆趕回尾張時，家康已經在小牧山上蓋好野戰用的軍砦。

秀吉內心的不安並未顯露在外。當一名武將，必須發揮出比一流演員更精湛的演技才行。

「好久沒有來這裡啦。」

來到犬山城，秀吉哼起小曲，聲音聽起來像是蒼蠅在飛舞，心情似乎很不錯。「這就是懷念的故鄉尾張的春天啊」。沒錯，現在是萬物欣欣向榮的春天，從犬山城上眺望，隔著木曾川的美濃和尾張這邊的田野佈滿油菜花，就像地上罩著一片黃色的霧靄一般。眼前的景色，勾起了秀吉的童年回憶。

「比起作戰，我比較想在草原上玩耍」、「跟家康那種人打仗，像在原野上玩耍一樣」。他心裡這麼想，可是：

「玩耍之前，有件事非得先完成不可。」

他一個箭步踏進城內，緊接著下令進行重大偵察。這是秀吉的老習慣，所謂的重大偵察，就是大將親自到前線偵察。現在的秀吉，壓根就沒有到野外玩耍的閒情逸致。

（犬山城這裡不適合當大本營。）

太偏向後方了。他想把軍隊的大本營設置在更接近敵營的地點，可是該選在什麼地方呢？這就是他要親自偵察的原因。

秀吉一吃完午飯，立刻從犬山城出發。他的大部分親信才剛要吃飯，看到秀吉已經出發，連飯都顧不得吃，趕緊丟下飯碗匆匆追了上去。

出了犬山之後，秀吉一行人往南前進。在田野小路上走了約二里就來到第一座隆起的小山丘二宮山。秀吉開始往山上爬。

「這座山有我童年的回憶。」

他邊說邊往頂上爬，因爲他要從山頂眺望四方。

上坡途中有一段是陡峭的岩壁，陽光灑在草地和雜木林，眼睛看了都刺眼。向陽坡佈滿蒲公英，彷彿在像人們招手，讓人忍不住想衝過去徜徉其中。秀吉跑了過去，攀上斜坡上，摘了一把蒲公英，動作就像個天眞的小孩，眾將官看了都忍不住大笑。

不過，秀吉這次卻難得沒有跟著笑。

「想必主公很懷念這裡吧。」

跟著秀吉一起來探勘敵情的高山右近對秀吉這麼說。他以爲秀吉回想起小時候摘花的回憶。

「不，不是你想的那樣。」

秀吉想解釋，不過還是做罷。說了，別人也不會了解。秀吉不像右近他們，有著少爺般的童年回憶。在秀吉的記憶中，童年只是一頁又一頁不堪回首的悲慘往事，眼前的蒲公英也是。秀吉記不清是幾歲時候的事了，只記得自己流浪美濃，想去三河討生活，途中經過這片山野時，小小年紀的他餓得發慌，兩腿發軟無力，根本爬不上這片陡峭的山壁。突然眼前出現大片蒲公英，他趕緊摘過一把，吸吮草莖裡的汁、把花猛往嘴裡塞。一陣苦澀的滋味頓時充滿口腔。

（現在吃還是一樣苦嗎？）

秀吉把手上的蒲公英花放進嘴裡嚼了幾下。似乎沒有想像中那麼苦。

（大概是和別的野草弄混了吧。）

秀吉繼續往上爬。

終於爬到山頂，上面光禿禿一片，眼下的大片平原就是尾張國。東南方向的野地中間，有一座看起來像古墳的小山丘，就是家康駐紮的小牧山。

「那裡就是小牧山。」

秀吉身邊一名將領說。秀吉當然知道那裡是小牧山，而且小牧山上的一草一木他都非常熟悉。以前信長還是清洲城主時，原想把主城移到這裡，於是大興土木，建築新城。可是沒過多久，信長攻下美濃之後，就把主城移往岐阜，小牧山就成了一座廢城。

（充滿許多回憶的小山啊。）

不過，此時的秀吉沒有多餘的時間沉浸在回憶中。家康陣營所在的小牧山，是一座標高僅有八十六公尺的小山丘，外型圓弧，看起來就像一顆坐在地上的饅頭。由於地型單調，就算在上面蓋軍砦，也無法進行複雜的設計，成不了堅固的堡壘。不過廢城周邊倒還留著舊壕溝的痕跡。家康應該是重新把壕溝挖深了吧。即便如此：

「三河軍怎麼會想在那種地方蓋軍砦呢？」

秀吉一開始還感到納悶。

（我懂了。）

家康一定是認爲，他麾下強悍的三河軍團和甲州兵團，比堅固的堡壘還管用。

（那兩個軍團的確是很難對付。）

秀吉這麼想。小牧山有那兩個軍團鎮守，就算我出動號稱十餘萬、實則八萬的大軍壓境，恐怕也攻不下來。簡單說，在這個野戰場上，正攻法對秀吉不利。而且在家康的小牧山陣地後方的四里處，就是織田信雄的百萬石清洲城。雙方前後呼應，展開戰術夾擊的話，秀吉就算擁有龐大軍力也難以取勝。

（我也得來蓋一座才行。）

他說的是野戰的堡壘。

「蓋好之後再來想計策吧。」

秀吉這麼想。而且，必須蓋一座可以傳頌後世的大規模野戰堡壘才行。他要藉著巨大的聲勢恐嚇德川軍，一步步削弱他們的鬥志。因爲只有用這個戰法，才有可能擊敗三河軍和甲州軍。

（別無選擇了。）

秀吉拿定主意後，把一同在山頂上的將領聚集起來。他揮著手上光禿禿的蒲公英花桿，朝著眼下的平原指指點點，口若懸河的向將領解說他腦海裡的設計圖。秀吉和歷史上任何一名武將最大的不同就是，他認爲戰爭就是一場土木工程的競賽。

——那是戰場嗎？

聽到秀吉的構想，將領們無不大吃一驚。

「總之，不止要挖壕溝，還要堆土堤，完工之後就可以開戰啦。」

按照秀吉的構想，他要在這片原野上築起一道大約一里長的土堤。先挖壕溝，再用挖起來的土蓋土堤。壕溝不是挖一道，是要挖兩道，這是非常費心費力的工程。儘管秀吉是土木專才，但是這種雙重壕溝也是他第一次嘗試。

土堤蓋好之後，要在上面插上一整排結實的木柵，柵欄要設大門和搭瞭望塔。這種工法，在進攻中國鳥取和高松城時就使用過，所以秀吉的幕僚都很熟悉。

工程從傍晚開始進行，數萬名工人和士兵連夜趕工，渾身是泥的挖溝運土、砍樹鋸木，搭建堡壘。令人驚訝的是，長約一里的工程竟然只花短短五天的時間就完成了基本架構，並且開始進行細部工作。

另一方面，家康始終不動聲色的留在軍砦內觀察秀吉陣營的動靜，但是他一開始並沒有把內心的想法告訴部下。因爲戰術方針早就交代妥當，準備工作也都完成了，他不認爲有必要在這時候變更方針。

——絕對不能離開陣地。要等敵人離開陣地，趁敵人在沒有保護的情況下進攻。只有這樣，我們才有勝算。

這就是家康的方針。他深諳「先離開陣地的一方就輸了」的道理，所以秀吉陣營在趕工興建的過程中，他始終靜靜的待陣地裡觀看，沒有下令進攻。

（土木工程也是秀吉的戰術吧。）

家康看破了秀吉的手腳。秀吉故意在敵人面前興建趕工，這是一種兩面刃的手法。就是把弱點暴露在家康的面前，如果家康認爲有機可趁，出兵攻打的話，到時候秀吉這邊就可以一舉出兵予以殲滅。

這就是秀吉的戰術，只不過家康並沒有上鉤。不過，看著敵人大陣仗的工程，家康內心忍不住這麼想：

（眞是罕見的奇人。）

家康對秀吉驚人的能量深感佩服。不說別的，光是興建大規模的野戰堡壘的這個構想，就讓人感到不可思議。巧妙的人員調度、高效率的趕工進度還有上萬名的動員人數，秀吉就像個魔法師，靠著他靈活的腦袋和精神力，指揮大家齊心齊力完成此一巨大的工程。這種豪邁的格調，家康知道自己望塵莫及，只是他絕口不說「我比不上秀吉」這句話，反而這樣告訴麾下的將領：

「聽說秀吉在織田大人底下效忠時腦袋挺機靈的，怎麼現在倒像是眼睛蒙了土。」

眼睛蒙了土是什麼意思？家康的家臣問。

「那個人似乎把我和武田勝賴相提並論了。」

他指的是木柵的事。木柵戰術並不是秀吉首創，早在長篠一役，信長大破武田勝賴甲州軍時，用的就是木柵戰術。所以最先想到要把柵欄用於野戰中的人，應該是信長。當時，勝賴不把柵欄當一回事，率領騎兵團想把柵欄推倒，正在衝撞的過程中，信長發動如雷電般驚人的火槍陣攻擊，勝賴慘敗，狼狽逃走。「秀吉以爲我是勝賴那種等級的人嗎？」這讓家康心裡很不是滋味。所以，他想用這件事告訴家臣秀吉沒眼光，不值得害怕。當然，一方面也是要防止家臣的信心動搖。

但這並不表示家康低估木柵戰術，他決定不輸給秀吉，也要著手興建木柵。只是規模跟秀吉比起來實在是小巫見大巫，不但脆弱，而且只有六、七丁（約六、七百公尺）長。但是家康認爲這樣的規模已經足夠，因爲他還有小牧山這個陣地可以提供防禦，後方還有清洲城當靠山。

兩軍對峙期間，只有兩天下雨，一天起霧，其他的日子都好天氣。

雙方就這樣僵持不下，誰也沒有先出招。兩邊陣營都清楚，先出招的一方會失去優勢。這局勢，就像在觀賞棋弈高手的棋局一樣。

——非動不可。

秀吉每天都這麼想。他開始心急了，在這個節骨眼，他的處境比家康更惡劣。因爲他是必須時時刻刻關注天下局勢的天下霸主，而家康不過是一方諸侯，就算留在那個陣地裡住上十年也不會有什麼損失。

總之，秀吉處於劣勢。四國和紀州的政局不穩、九州的大友氏遭到薩摩島津的攻擊而奄奄一息，不斷要求秀吉出兵救援。所以秀吉恨不得盡快收拾東海這邊的戰事，迅速趕往西方坐鎮。另外一個原因是，若是繼續在東海這個地方僵持下去，時間久了，難免會傳出「秀吉拿家康沒輒，情況不妙」的謠言，那麼千辛萬苦打下江山的秀吉就要失去威望了，各國也可能趁機起兵造反。

（不能再拖下去，可是心急又會壞事。）

急了，就贏不了。秀吉身經百戰，知道急躁必敗，但是他心裡實在是急得像熱鍋上的螞蟻。以秀吉來說，這是很難得見到的情況。

——眞是棘手。

秀吉每天看著家康陣營裡的軍旗整然有序的排列，內心總是這麼想。

令秀吉最感棘手的，是家康的黏性和不輕易被挑釁的穩重性格。秀吉是三河的鄰國尾張出生的人，非常了解三河人的性格。不過，也許是先入爲主的觀念，讓秀吉過度高估了家康的能耐也未可知，結果搞得自己得要耗費更多腦力去思考該如何對付家康。

偏偏家康和三河軍的看法和秀吉完全相反。三河人壓根就沒把尾張人放在眼裡，當他們是典型的軟腳兵。

——還不就是尾張人嗎？

而且，要是秀吉眞的出動大軍，很可能反而會激起德川軍的鬥志，這對秀吉來說就更不利了。

某天，秀吉爬上剛搭建好的瞭望塔，觀察家康陣營的動靜，腦袋突然閃過一個念頭：

——去挑釁一下吧。

秀吉果眞急了。他找來文筆精練的增田長盛，要他寫戰帖，送去家康的陣營。秀吉身邊的高山右近連忙勸阻：

「請主公勿做傻事。」

您這樣做非但一點幫助也沒有，還會被對方羞辱一頓，您看了回文後肯定會氣得半死，這樣不是收到反效果嗎？他這麼說。

但是秀吉就是不聽勸。待增田長盛把戰帖謄好之後，就在上面署名。

戰帖的內文大概是這樣：

——閣下不要老是躲在柵欄後面，不如出來一戰。或者，您想當個懦夫？

秀吉把戰帖交給在身旁的細川忠興，對他說：

「我看你是條漢子，去把這張紙條夾在竹竿上，插在敵人陣營門前。」

忠興是個大名。秀吉心想，與其派一名步卒去插旗，倒不如派忠興這樣的大將去，說不定效果更好。忠興聽令，正要走下瞭望塔時，被高山右近拉住袖子。

「就算主公命令你去，你也不能去。」

忠興遲疑了。秀吉一看，大聲斥責右近，再對忠興說：

「哦哦，與一郎（忠興）怕了嗎？啊哈哈哈哈。」故意這麼嘲諷他：「也是，槍林彈雨多可怕啊。我本來以爲你適合這個任務，不過我似乎是高估你了。我會另外找膽子大的人去。」忠興被這麼一激，怒甩右近的手說：

「少管閒事。」

說罷便匆匆跑下瞭望塔，單槍匹馬朝敵營飛馳而去。當他靠近小牧山陣營的大門時，敵軍也集中火力，朝他的方向展開射擊。不過忠興並不畏懼，他把手上的竹竿朝向長滿松樹的山崗用力插下，然後趕緊調頭跑回自己的寨子裡。

家康派人出去把竹竿帶回營地，把書信的內容唸給他聽。家康聽完後，始終默不語。他的個性不像已故的信長或是眼前的秀吉那樣，總是當下就做出決定。家康習慣反覆斟酌，經過一番縝密的推敲後才下定奪。

「由你們回信吧。」

他把書信往諸將領的腳邊扔去。這是一封有秀吉親筆署名的書信，家康卻交給部屬處理，連署名都免了。這對秀吉可是天大的侮辱，秀吉知道後一定會氣得七竅生煙。一旦秀吉眞的動了火氣，就正中家康的下懷了。

家康的將領開開心心的聚在一起，大夥玩著腦力激盪，想著要在回信裡寫些什麼惡毒的話。信寫好之後，由家康的第二級家臣渡邊半藏和水野太郎作署名，然後派一名騎兵飛奔到秀吉陣營前面，同樣把竹竿插在地上，就調頭跑回小牧山。秀吉立即命人去拿回來，打開看過之後：

「混蛋！」

果然不出右近所料，秀吉像火山爆發一樣的大吼。回信的大致內容是說，閣下才是懦夫吧？快點從柵欄出來，我們會讓您嚐嚐三河長槍的滋味。三河人和尾張人可不同，只知道進攻，從不知何謂逃命。這些辱罵之詞還在其次，最讓秀吉大動肝火的，是那封信竟然不是家康親自署名。

「瞧，我之前不是說了嗎？」

高山右近冷眼看著秀吉的反應，心裡這麼想。其實，秀吉並不像外表那樣生氣，他是故意裝的，帶點演戲的味道。只是，右近看不透秀吉的內心。

但是秀吉接下來的舉動，可眞的讓右近和眾將官嚇得慌了手腳。

——把馬牽過來。

他的聲音猶如震天雷一樣響亮。只見秀吉兩階併做一階的跑下瞭望塔，跳到地上後，語出驚人的大喊：

「老子要親自出馬。」

侍從把馬牽過來，秀吉立刻翻身上馬。有人看了，急急上前想要阻止。

——不要阻擋我，你也一起來。

秀吉揚起鞭子往馬身一揮，馬兒立刻拔腿往外衝出。

秀吉頂上戴著仿唐冠的頭盔、身上穿著縫有孔雀尾巴的戰袍，全身閃耀著七彩光芒，非常顯眼。不論敵我，任誰都能一眼認出穿那身戰袍的人就是秀吉。

高山右近、細川忠興等四、五名大將騎著馬，緊追上去。因爲秀吉是臨時起意，而且出發前交代只要四、五騎跟隨。他擔心麾下的將領亂了陣腳，帶大軍出砦，到時恐怕會演變成大會戰。

秀吉在草原上策馬奔馳，揚起一道沙塵。很快的，他來到戰場中間的一座小山崗。秀吉下了馬，爬上坡頂，對著家康的陣營大喊：

「看這邊啊！」

打從在織田家當小者的時候起，秀吉就是眾人皆知的大嗓門。信長在岐阜的時代，還曾經說秀吉是：

——全日本三大嗓門之一。

現在，秀吉吸足了空氣，對著家康的營砦發出中氣十足的大吼。家康陣營以爲發生了什麼事，大夥全擠到柵欄後面看個究竟。

秀吉就是在等這一刻。他再一次發出震天饗的獅吼，然後撩起戰袍，用屁股對著家康的陣營。

「吃屎吧。」

秀吉這麼喊，而且只喊了這一句，什麼也沒再多說。秀吉這個人的確膽識過人，但是這突如其來的粗俗、輕浮的動作，不僅敵營看了嚇一跳，連自己人也是一陣瞠目結舌。自古至今，曾經有像他這樣的大將嗎？

家康陣營的注意力，瞬間全被秀吉吸引住了。可是很快的，他們就從錯愕中回過神，各小隊長分頭跑開，下令火槍部隊朝秀吉開槍。

「那個人是秀吉本尊，射擊。」

架在柵欄橫木上的四、五十挺火槍同時開火。頓時，彈雨從秀吉的上下左右飛過。秀吉又大喊：

「我乃天下的大將軍，不可能挨子彈。」

他丟下這句話後，假裝不慌不忙的步下山崗。可是當他的腳一觸到地上的竹葉堆，便連忙翻上馬背，馬鞭一揮，踏著揚起的塵土朝自己的陣營急馳而去。

這眞是天下的怪聞。秀吉的脫序行爲，成了敵我陣營熱烈討論的話題，但是秀吉這個挑釁的動作，並沒有對個性嚴謹的家康造成影響。家康本來就是個不易動搖的男人。

其實這一天，家康人並不在小牧，而是在清洲城，一直到晚上回營後才聽說了這件事。

「……眞是奇怪的傢伙。」

他只在嘴上簡單的嘀咕了一句。但是，心裡還繼續思索著秀吉離譜的行徑。

——簡直就跟暴發戶一樣俗氣、愛作怪。

剛開始，家康是這麼想的。像家康這種一出生就有家臣服侍的貴族少爺，實在難以想像秀吉這種粗鄙不堪的舉動。堂堂一名大將，竟然會像個像個在祭典上喝醉、糗態百出的尾張鄉巴佬一樣，眞是令人不齒。

（過去有出現過像他這樣的大將嗎？）

家康試著要從過去的名將中找到和秀吉相近的類型。他先回想古代大將，例如源賴朝、楠木正成、足利尊氏等等。以賴朝來說，怎麼想都不可能是那種會露屁股給敵人看的那種人。家康又想到年代較近的幾名大將，像是上杉謙信、武田信玄、織田信長。但是怎麼樣都無法把他們和秀吉的行徑聯想在一起。在家康看來，信長是個品味高雅的大將，絕對不可能做出那種丟人現眼的舉動。不過，秀吉那種無牽無掛、說走就走的爽快風格，倒是和信長有異曲同工之妙。家康非常了解信長這個人，和織田家同盟的二十年來，信長從沒把家康當盟友看待，反倒像當他是附庸國的國主，刻薄無情。而家康的妻子和長子被信長賜死的慘痛回憶，也讓他始終無法對信長產生敬重之心。

家康個性務實，他不依賴自己與生俱來的將才和能力，而是靠後天不斷的學習充實自己的能力。他心裡有一個崇拜的導師，就是去世的武田信玄。在現實中，武田信玄非但不是家康的老師，甚至是威脅了他半輩子的可怕敵人。也因爲這樣，家康對信玄的態度是尊敬中帶著恐懼。他非常用心的學習信玄留下來的戰法、政治操作，把它們變成自己的實力，他甚至恨不得自己能成爲武田信玄。即使到現在，這樣的想法還是沒變。他知道自己的本質和武田信玄有相似之處，表面看起來遲鈍愚笨，事實上卻是穩重成熟的氣質、大惡棍等級的老謀深算、周延縝密的心機，這些都是家康的理想形象，而家康認爲自己也有這樣體質，所以他一直努力學習信玄的一切。而他最不想學的人就是織田信長。不過話說回來，信長那種天馬行空的創意和行動力，就算想學恐怕也學不來吧。

——層次更高的男人。

家康是這麼看秀吉的。

所以，他始終覺得秀吉難以應付，甚至看他不順眼。還有，他鄙視秀吉貧賤的身世。

（這點實在是改不過來。）

家康私下這麼想。他終其一生都無法克服這種門第的情結。說明白點，他這輩子都不可能超越自己的好惡，以合理的心態尊重秀吉這個人。要說家康對人唯一的興趣，就是喜歡家世這點吧。晚年的家康會派人四處蒐羅流落民間的名家之後，然後請他們當高官、給予優渥的待遇。家康彷彿把這件事當成一種嗜好。他找來足利氏、新田氏、吉良氏、北條氏的落魄後代，也不管這些人是否血統純正，仍舊張開熱情的雙臂擁抱他們，賞賜給他們優渥的物質生活。

話雖如此——

家康也不是全然討厭秀吉這個人。雖然家康在心裡把武田信玄當成老師（家康只在昔日的戰場上見過他，而且那次家康兵敗落慌逃跑，之後就沒再見過面），但是和信玄對決的那種無處可逃的陰影，就像掉進地獄一般，每每回想起來，他就感到全身戰慄。信玄那個人毫無疑問一定會殺了家康，因爲他有斬草除根的狠勁。信長也有。

但是，秀吉卻沒有。

（就連上戰場打仗，都像是半眞半假似的。）

家康很欣賞秀吉種大而化之的爽朗個性。這該怎麼解釋呢？秀吉擁有歷代所有名將缺乏的特質。秀吉有非常巨大的赤子之心和一種遊刃有餘的自信，連家康都覺得自己遲早會掉進秀吉的遊樂場裡跟他玩起來。家康之所以會對秀吉有這種不可思議的感覺，其中一個很重要的原因應該是：

——秀吉不殺人。

秀吉對降服的敵將一定給予大筆的封賞，如果家康現在投降，秀吉一定也會赦免他。豈止如此，秀吉還會讓他保有現有的領地，甚至加封更多。秀吉就是在大海中撒網捕魚的漁夫，家康以爲自己在海裡游泳，事實上他只是一條在網子裡擺動尾鰭的魚而已，不管再怎麼奮力抵抗，遲早還是會被漁夫打上船。但說來奇妙，被撈起的魚心裡卻很明白，這名漁夫並不會殺了他。

所以，在小牧山這場仗的感覺，和之前信玄與家康的三方原之戰以及武田勝賴和信長的長篠之戰不同，這場仗打得開朗多了，因爲主角是秀吉，那個會在戰場中央露出屁股的大將。籠罩在三方原、長篠之役的那種沉重的鬼魅之氣，在這裡一點也看不到。

家康有自信，在局部的小規模戰爭中他可以打贏。爲了贏，他必須先把秀吉軍引到柵欄外頭來。家康也想以其人之道還治其人之身，他決定羞辱秀吉。

「你去想個辦法。」

他對榊原康政這麼下令。

康政和其他的三河人一樣，終身只效忠於德川家。他絞盡腦汁，想出許多羞辱秀吉的文章，交由軍中的淨土宗僧侶謄寫。

羞辱文很快就完成了。全篇以漢字書寫，錯字連篇，但極盡貶抑羞辱，連家康看了都忍不住倒抽一口氣。內容是這樣的：

秀吉是個從草叢中迸出來的野人，原本只是個跑龍套的馬前卒，因為受到信長公的寵愛，麻雀一躍成鳳凰。信長公大力拔擢，讓他當高官、擁大國，可說是恩情高如天深如海，這是舉世皆知的事情。

孰料信長公一死，秀吉幡然變臉，忘恩又負義，還圖謀不軌，打算弒主篡國。實在可恨可惡。不久前殺了信孝公，如今又和信雄公兵戎相向，大逆無道的行徑，真是令人髮指。（中略）應該盡速殲滅此逆賊，大快海內外人心。特此敬告。

像這樣內容的文章寫了好幾篇，每一篇上面都有家康的署名。入夜之後，由弓箭手帶著這些矢信，偷偷靠近秀吉的陣營，用箭射進敵營砦內。

秀吉身邊的小姓將矢信撿起來，交給秀吉。但文章用漢文寫成，秀吉不識漢字，要一旁的書記官唸給他聽。書記官奉命唸文，卻越唸越小聲，簡直跟蚊子叫一樣，秀吉還得豎起耳朵才聽得清楚。

在場的人都怕秀吉會大發雷霆。在這個年代，人們的情緒控制能力極其低落，超出後人所能想像。秀吉果然爆發了，他和同時代的人一樣，氣得青筋暴露、滿臉通紅。

「哼！」

他又吼又叫。拿起長刀朝空中一陣亂揮亂砍，彷彿榊原康政就站在他面前一樣。一旁的家將害怕掃到刀尾，連忙躲到一旁。不過，秀吉只是拿刀發洩怒氣而已，怒氣發洩完就一屁股坐下，拿起一旁的小鼓：

——咚。

的敲了一下，然後就把鼓扔到旁邊，哈哈大笑起來。

「三河佬就是這樣。」

秀吉皺著臉皮說。三河佬嚴肅、不懂幽默又缺乏喜感。

「簡直是日本第一的土包子。」

可不是嗎？雖然尾張和三河之間僅僅隔著境川這條小河，可是尾張屬於京畿圈內，而三河則是東國的起點，兩國百姓說話的腔調不同，風土民情也大異其趣。

到了隔天，秀吉彷彿完全忘了這檔事。其實，他並沒有忘記那篇極盡侮辱的文章。幾年之後，秀吉和德川握手言和，榊原康政以家康使者的身分上京，住在富田左近的家裡時，秀吉突然跑過來找他。堂堂關白，竟然帶著少少幾名護衛跑到臣子的家裡找榊原康政。

「康政，一起喝酒吧。」

他命人擺上酒菜，親自拿酒給康政。宴席剛吃沒多久，秀吉開始自吹自擂了起來：

「我這個人愛發脾氣，但從來不會記恨。這是我這個日本第一好漢的優點。可是前幾年的那件事卻讓我耿耿於懷，每每想起心裡就一把怒火。今晚，我與足下見面一起喝酒，但我心裡恨不得在你的酒裡面加瀉藥。康政，你最好要有心理準備。」

說完後，他下令小姓跳舞，自己也跟著跳，正跳到興頭上時，突然開口說：

「總算一吐怨氣了。我對康政已無怨恨，你是對你的主人盡忠，只是如此罷了。」

秀吉對康政說著他似懂非懂的話，在玄關大笑幾聲後便轉身離去。

秀吉的信心開始動搖了。當目前爲止，不管在哪個時期、哪個戰場，秀吉總是充滿自信，可是小牧山的戰場卻讓他感到害怕，用脫序的演出來掩飾內心的焦慮。

過去在織田家旗下的同僚池田勝入齋，看出秀吉內心的不安。

「末將有個要求，想請主公答應。」

池田提出一個戰術，想求秀吉允許。

「如今敵我雙方陷入僵持，這樣下去不是辦法，不如讓末將帶兵去偷襲家康的老巢。」

勝入齋請求秀吉讓他帶領一支快速部隊溜出陣地，在山谷間秘密行軍，直搗敵軍後方的三河，給人在尾張前線的家康來個措手不及，攪亂德川軍的陣腳。

這是名爲「中入」的戰術。

是戰國時代中期才出現的戰術，過去日本的戰史上從未有過前例，在中國的兵法書裡也沒有記載這樣的特殊戰術。最擅長使用中入戰術的將領是信長，他有好幾次的成功經驗。其他將領想模仿，卻無人能夠成功，說實在話，失敗的機率還比較高。

拿相撲來打比方，中入就類似兩名角力中的相撲手，其中一人突然伸手去抓敵手的大腿內股，企圖讓對手跌倒。但是這樣奇襲卻常常導致自己失去平衡，反而被敵手趁勢翻倒在地。回到戰場上，最近一次的失敗範例，就是柴田勝家軍在賤岳之戰中的敗北。當時佐久間盛政不聽從勝家的攔阻，強行發動中入，結果被秀吉反包圍，造成全軍潰滅。

（別傻了。）

秀吉心想，但是並沒有口出惡言咒罵。

「唉唉，難得您有心要打勝仗，可是，戰術的方向有些偏差啊。」

他只能用軟性的口吻拒絕勝入齋。以前，大家都是信長的手下大將，信長會毫不留情的斥責部下。可是現在由秀吉領軍的場合，眾將官都是昔日的同僚，並不把秀吉當作主公。所以秀吉的軍團其實比較像是將領同盟，秀吉只是擔任盟主罷了。

過去在織田家就是秀吉的前輩，擔任過故信長的傳人子的池田勝入齋就是這樣的態度。秀吉並不想惹怒勝入齋，因爲在這場合戰之前，秀吉好不容易才說服美濃大垣城主池田勝入齋加入秀吉陣營，而且開出非常好的條件，「一旦戰勝，就把美濃和尾張兩國都交給您。」池田勝入齋不僅是織田家的老臣，他還有許多族人與親戚，舉例來說，美濃金山城主森武藏守長可——森蘭丸的哥哥——就是勝入齋的女婿，勢力不可小覷。

所以在和老臣交談時，秀吉都會放低態度，用溫和的語調溝通。

勝入齋急著想爭取戰功。早在秀吉還沒帶兵來到尾張戰線時，他就擅自在羽黑地區和德川陣營爆發前哨戰，而且以慘敗收場。他想一雪這個屈辱，加上秀吉又答應賜給他美濃與尾張兩國，所以勝入齋更加焦躁。

勝入齋獻計是在四月四日，碰了軟釘子之後，還是不死心，隔天五日一大早，又來到秀吉的大本營。

「請秀吉大人務必答應。」

他執拗的懇求，「如果不答應，我就坐著不走。」然後往草地上一坐，眞的不走了。

秀吉人生中最悔恨的決定，就是被勝入齋給說服了。秀吉終於點頭，把勝入齋叫來：

「如果大人您執意如此的話……」

儘管心中不悅，秀吉還是重新振作，勉強答應他了。

不過秀吉很謹慎，他看看勝入齋和親友的部隊，勝入齋有六千人，森武藏守有三千人，堀秀政也只有三千人。因此秀吉調遣了八千兵馬給自己的外甥秀次，讓這支奇襲部隊膨脹成兵團等級的大部隊，總計達兩萬人。秀吉就是因爲對這一戰感到不安，才會極力增強部隊戰力。

（可是，這並不代表……）

儘管秀吉組織了重兵團一般的奇襲部隊，仍舊抹不掉內心的不安。令他不安的並非持續增強兵力，而是他打從一開始就不想用這種戰術。可惜秀吉現在還沒有這麼強的政治實力，能夠叫昔日的同僚聽命於他。

兩萬名奇襲軍總計分爲四支部隊。先鋒是池田勝入齋、第二隊是森武藏守、第三隊是堀秀政、第四隊則是秀次。

四月六日夜裡，部隊開始秘密前進，夜行軍相當隱匿，沒有引起敵方注意。翌日七日則是停留在庄內川邊的篠木、伯井兩個村莊，在這個營地整整停留了一夜，白白浪費時間，只是爲了等待後續部隊跟上。因爲這支奇襲部隊規模太大，導致行進變得緩慢。到了八日早上，勝入齋還是一動也不動。一直到八日的晚上十點鐘部隊總算集結完成，勝入齋才再度率軍出發。回想以前，如果是信長進行中入戰術，絕對不會等那些跟不上的部隊，信長必定會衝在前面，電光火石般刺穿三河。可是勝入齋是個完美主義者，他一路上都是慢慢的夜行軍。

「經過長久手，進入三河。」

他向全軍明確告知入侵路線。令人難以置信的是，勝入齋帶著這麼大批的部隊，竟然還以爲敵人家康不會發現。

家康終於注意到了。在六日的半夜，家康還沒留意到夜行軍，但是到了翌日七日下午，勝入齋在庄內川沿岸的市鎮等候後方部隊跟上時，就被家康發現了。最初是篠木的兩名百姓傳來的消息，這時已經是七日的下午四點過後。可是家康還是難以置信：

——不會吧。

他認爲秀吉是個鬼謀深算的傢伙，絕不可能在這麼危險的狀況下進行中入。換句話說，家康以爲這是秀吉想出的戰術，他覺得秀吉派出這些欺敵之兵，要引誘家康率兵離開防禦木柵。

家康沒有動作，因為他這個人十分慎重，一定要確認情報。結果，他派出伊賀忍者服部平六潛入秀吉陣營的森武藏守部隊中，傳回同樣的快報，比地方百姓晚了一個小時。

即使如此，家康還是不動，這段期間，收到的情報越來越多，翌日八日早晨，已經很清楚敵軍正向前推進。

這時家康才出動，先派四千五百人先發。

「快點進入小幡城。」

秀吉陣營宿營的伯井村南方不遠處，就是家康派兵駐守的小幡城，他叫部隊快點進城固守。要是秀吉陣營再繼續往三河推進，就出城襲擊。家康本軍則是隨後出動。

家康和織田信雄做好商議，家康親自率兵六千三百人，信雄率領三千人，在八日晚間七點，秘密的從小牧山大本營出發，這次夜行軍非常成功，敵方完全沒發現。家康帶著部隊進入小幡城，動作比秀吉陣營的秀次軍還快，做好了圍攻的準備。在家康看來，秀吉陣營就像是一長串的螞蟻行列，秀吉陣營卻完全不知道家康已經出動，雙方的奇襲態勢已經顛倒過來了。

秀吉陣營的秀次軍有八千兵馬，並沒有緊跟先發的各軍，而是走在最末尾。到了九日的早晨，部隊已經進入名為白山林的樹林，準備在這裡吃早飯。先把馬拴好，脫下頭盔，各個部隊依序搭灶蒸煮早飯，開始吃飯。

德川軍早在前一晚就探知敵方的行動，小心翼翼的包圍白山林，等待夜晚過去。天正十二年（一五八四）四月九日太陽照亮長久手的山河時，局勢驟然改變，秀次軍遭到火槍齊射攻擊，還有步卒向前衝殺，秀次軍突然崩潰，全部八千兵馬都慌亂的逃往山野，主將秀次失去戰馬，隨從也跑了，在一片混亂中，秀次只好徒步逃亡，途中不小心跌入田裡，爬起來繼續逃。

德川軍接著往東方突擊，逐個擊潰秀吉陣營的第二、第三隊還有先鋒隊。

負責追擊第三隊堀久太郎秀政的德川軍武將是榊原康政，但是堀久太郎戰鬥經驗豐富，反倒擊敗了榊原康政。可惜堀久太郎得知後方的秀次軍已經潰敗，雖然他個人戰勝，卻也不得不撤離戰場。

秀吉陣營的第二隊森武藏守和先鋒池田勝入齋，完全不知道後方友軍的慘況，一味的往三河方向前進。一直等到後方派出傳令兵通知，他們才知道後方部隊已經蒸發消失不見了。

先鋒和第二隊的九千人一瞬間變成孤軍，趕忙轉進撤退。但是想也知道，家康的主力一萬五千人馬已經在後頭佈下戰陣等候，他們無路可逃了。

「難道是家康自己領軍？」

這是他們最初的懷疑，實在想不到在這場局部戰中，主將家康竟然親自帶兵上陣。但這是事實，家康把金扇子大馬印插在富士根高地上，被陽光照得閃亮。最前方的部隊則是身穿赤紅甲冑、高舉紅旗的舊武田軍，他們早已經被家康收服，成爲部隊的前鋒。

這天，家康穿著用西班牙製歐式甲冑與頭盔改造、加上日式的綴甲和草摺護甲製成的盔甲。

「主公看起來像是南蠻人呀。」

他的打扮吸引了部屬的注目，而他今天下達指令的方式也改成武田信玄流，不再像以前那樣大喊「耶！耶！耶！」，而是號令部下「從此以後改爲耶！凸！凸！凸！」因爲不管是哪國的敵軍，只要聽到武田信玄的甲州兵的喊聲，都會產生無限的恐懼。

兩軍終於激烈衝突。可是勝敗一瞬間就底定了，這場戰爭立即變成追殺，森軍和池田軍的官兵像是動物一般四散奔逃，德川軍就像是在割草一樣，不停的砍下敵軍人頭。

這天森武藏守頭上戴著插著鹿角的頭盔，身上穿著純白的陣羽織背心，騎在馬上指揮部隊，但是部隊很快就被消滅，只剩他一騎在戰場上，一發火槍彈打中他的臉，把他從馬背上打下來立即死亡，年僅二十七歲。

戰鬥的最後階段，戰場上只剩下池田勝入齋。這眞是難以想像的情景，主將孤獨的坐在凳子上，坐騎已經被打死，看不見蹤影，周圍的官兵要不是逃跑就是被宰。勝入齋本人也耗盡體力，連拿長槍的力氣都沒了，他雙臂下垂，無奈的抬著頭看著西方。

德川軍的兩名武士上前，一人騎馬從東北方衝來，一槍刺穿勝入齋的身體，幾乎同一時刻，另一人從西南方衝過來，把勝入齋推倒，砍下他的人頭。

「萬千代，幹得好！」

從東北方來的騎馬武士這樣稱讚。這人名叫安藤彥兵衛（日後改名安藤帶刀直次，成爲紀州田邊城主），他和西南方衝來的年輕人私下有著同性戀的關係。因爲兩人感情很好，所以他直呼年輕人的幼名萬千代。萬千代後來改名傳八郎，之後又晉升爲從五位下永井右近大夫。……多年以後，勝入齋的兒子池田輝政成爲家康的女婿，被召喚到伏見城下的德川大宅邸。他向家康請求：

——昔日長久手之戰中，有個叫永井某某的人殺了我父親勝入齋，這個人現在在哪裡呢？

家康聽了之後，不得已只好召喚永井傳八郎前來。輝政無言的看著永井，過了好一陣子才說「你砍下我父親的頭，獲得了多少加封？」永井回答「五千石。」輝政忍不住流下淚來：

——原來父親的首級只值那麼一點米糧。

家康在一旁聽到了他們的對話，馬上口頭答應將永井提升爲萬石的大名等級。後來永井繼續晉升，得到下總古河的七萬兩千石俸祿。

戰鬥一結束，家康馬上離開戰場，他不想追擊那些殘兵敗將，現在最要緊的是趕緊躲回小牧山的前線。因爲家康認爲他已經得到自己想要的了，雖然只是局部戰，但是：

——我擊敗秀吉了。

這件事實會傳遍天下，讓家康在聲望和外交方面獲得更高的地位，家康覺得這樣就夠了。

戰敗的消息震驚了秀吉，他立刻下令全軍出動，先派兩萬大軍急行軍到野戰場上追捕家康。可惜這時家康早已率軍離開野戰場，回到了小牧山的營寨。

秀吉抓不到家康，如今什麼都沒了，他只能拍著馬鞍上的水壺，用他這輩子最大的聲音喊道：

「你們看到了嗎？」

高山右近等秀吉身邊的將領嚇了一大跳，趕緊抓緊韁繩，避免戰馬狂奔。一行人都看著秀吉，不曉得他是要我們看什麼？

秀吉仰頭朝著天空，哈哈哈哈的笑了：

「你們看到了嗎？」

大家都屏息以待。

「德川大人竟然如此武勇。」

這句話實在大大出乎眾人意料，秀吉又繼續說：

「他既懂智謀又有將才，是秀吉我難以齊驅的才華。我若是想用沾了捕蟲膠的木棍抓他，他會輕易的閃開。我如果想拿網子撲上去，他就會撥開網子逃脫。實在是古今少見的名將啊。」

——臭猴子是戰敗之後發瘋了嗎？

那群以前一同在織田家當班的同僚，都在後頭竊竊私語。

但是秀吉剛才只是開場白，接下來他又放開嗓門喊著：

「如此的英才，秀吉我一定要叫他穿上朝服前往京都。此事我心中已有打算。」

總之，就是要戰勝者家康立刻上京，向我行臣服之禮，這才是秀吉心裡打的算盤。

秀吉想用這個方法從戰敗的屈辱中拯救出自己。同時，爲了避免同僚從此看輕他，他必須先讚揚家康有多麼厲害，才能解釋他爲什麼會戰敗。

——對家康而言，這是生死存亡的大戰。但是對我而言，不過是一場遊戲罷了。

秀吉在眾將官面前展露他的度量，想要讓官兵維持住士氣，同時，他想家康應該也聽到了他的吶喊吧。秀吉把以前逮到的家康間諜送回家康身邊，讓家康聽聽間諜的報告。家康聽過線報之後瞭解到：

「秀吉絕對不可能殺我。」

他如此確信。於是，家康從拚死拚活的束縛中解脫，也不想再打仗了。

之後，秀吉仍舊在小牧與家康對峙，但是沒有交戰，就這樣僵持了二十天。到了五月朔日（一日），秀吉才率領大軍慢慢撤離戰場，家康也頓時失去了敵人。

狂言

秀吉這陣子像是在跳舞，跳一場規模龐大的舞，身體從不停歇。看他臉上表情非常悠閒，但是悠閒之中卻步履不停，一下從美濃到京都，一下從京都到大坂，然後又返回美濃，一轉眼他又已經踏上伊勢路，就這樣飄忽不定。

有人把秀吉和家康的對峙情勢稱爲：

——尾張戰線。

但是，只要有人提起尾張戰線或是家康，秀吉都擺出蠻不在乎的表情，就像是個舞台上的男演員。

在這時期，三河守家康的課題是兩強之戰，但是秀吉的課題並不是戰鬥。

而是統一。

「統一天下」。

多麼華麗的大事業啊。嚴格說來，日本列島打從太古以來，就從來沒有眞正統一過。雖說過去曾經出現過鎌倉幕府和足利幕府，但是這兩個幕府的成立目標卻很曖昧，實際是幕府和各個大名在爭奪、割據土地。一直到秀吉整合了日本的經濟，才眞的稱得上是日本歷史上閃耀的大事業。如果秀吉的企劃成功，日本各國的鄉村將蛻去太古以來自給自足的生存方式。秀吉目前想推動的，是在大坂建立起一個巨大的物產市場，全日本各地的米糧、物產都會在大坂流通，在市場上訂出價格，再散播到日本各地。秀吉所推廣的這項極具企圖心的事業一旦眞的成形，就確立了貨幣經濟的底盤，國與國之間的物價再也不會出現落差，也不會產生哪個封國陷入飢荒、無米可吃的窘況。更進一步，還能推動諸國振興地方產業，讓日本變得富饒且物資豐厚。

這方面的實務，秀吉交給石田三成負責。三成爲了讓日本消化這新穎的經濟體制，想了許多方法，比方說教導各國如何在領內建立市場，還有怎樣才能把購物的金錢運送到大坂，以及做生意必備的帳簿記載規則。

天下有六十餘國，秀吉已經將其中二十四國納入自己的傘下。山城、大和、河內、和泉、攝津、志摩、近江、美濃、若狹、越前、加賀、能登、丹波、丹後、但馬、因幡、播磨、美作、備前、淡路這二十國已經完全底定。另外，伊賀、伊勢、伯耆、部分的備中也都與他保持友好關係，所以重新計算石高會出現六百多萬石的龐大數字。如今，這些國家已經和大坂建立起連結，除了自用的米糧之外，剩餘的米糧都能拿去大坂賣錢，換成現金。至於米糧比較不足的國家——如志摩、丹後和淡路——則是用他們撈捕的海產賣到大坂換現金，然後用現金購買米糧歸國。

不過，這樣的格局還是太小。

比方說尚未被秀吉征服的四國和九州，還有東海、關東、奧州這些國家，都位於經濟圈之外，那些地方目前還算是「敵區」。秀吉夢想的流通經濟根本談不上最基本的流通兩字。奧州、九州、四國都各自爲政，家康與信雄聯軍則是據有伊勢、尾張、三河以東之地，雖然緊鄰著秀吉，卻反倒成了秀吉流通經濟的重大阻礙。

「眞的好困擾啊、好困擾啊。」

大坂商人的抱怨、請願，都透過石田三成傳達給秀吉。秀吉本就具備大老闆的商業嗅覺與構想，當然瞭解大坂的商人在怨嘆些什麼。說得明白點，秀吉好不容易整理好了流通經濟的商業環境，要是統一天下的路程有所延遲，反而會危害到自己的地位。在他的經濟眼光裡，這會變成慢性中毒。

——非得加快腳步不可。

這才是秀吉在意的課題。

「笨拙無妨，速度第一。」

秀吉想到這兒，馬上加快步調。

話說回來，在長久手的局部戰鬥中，家康擊敗了羽柴軍。

秀吉當時非常著急，想把尾張戰線的所有部隊全數投入，爲長久手之役復仇。可是過了一會兒，他突然轉念，改變了戰術，下令尾張平原上所有戰線上的官兵都開始撤退，最後，連秀吉的主力部隊都消失了蹤影。

——應該馬上追擊。

家康的家臣全都站起來建議，但是家康花了好大的功夫把家臣給說服。因爲他目前還看不出秀吉想變什麼魔術。

「我不管家康了。」

在此同時，秀吉重新訂定戰略方針。與其跟家康開戰對打，不如先削弱與家康同盟的織田信雄的戰力。要改一個方向另起戰端……

現在擔任尾張清洲城主的織田信雄，以五十二萬石的尾張做爲根據地，此外，跨過伊勢海的另一頭，還擁有伊賀、伊勢合計五十五萬石的未接壤領土。秀吉決定先奪走信雄的領土，讓那個「呆瓜信雄」狼狽不堪，最後喪失戰意。

秀吉先進攻信雄在尾張的三大據點之中的兩座城加賀井城與竹鼻城，僅僅花四天就佔領了。打贏這一仗，秀吉取得了木曾川自由上下往來的渡河權。接下來，秀吉軍在伊勢、伊賀這兩地活躍，將這裡的小城砦一個一個壓潰，幾乎不留。這樣下去，信雄就會日漸陷入貧乏之中。

（看啊，信雄遲早會嚎啕大哭的。）

於是秀吉返回大坂城，只等著信雄的內心發生變化。三個月後，信雄陷入窮困。原本屬於他的領土，有一半一上都被秀吉給佔領，使得他欠缺戰爭所需的經費和糧草，這個窮困攻勢讓信雄陷入心理的萎靡。

——這場合戰究竟會形成什麼樣的結果呢？

雖然當初是自己向秀吉挑釁，但是現在的他每天都在詢問家老。家老於是用鼓勵的口吻對他說：

「您在說什麼啊，您還有尾張五十萬石的領地啊。」

意思就是您可以學習您的亡父。信長當年接下領主位置時，只擁有半個尾張，大約二十萬石而已，但是他還是能夠稱霸中原。再說，一百三十多萬石的三河大人不是跟你站在同一陣線嗎？

可惜，這些鼓勵他的家老，隨著日子過去，變得越來越無力。因為在現實中，打仗要準備軍費，而招募的兵員也遠遠不足。這座織田家的主城清洲城，城下町被已故的信長大力改造成為商業都市。只是，有些商人不看好織田信雄的前途，半夜收拾好包袱潛逃離開。現實的買賣行為也因為木曾川與伊勢海被秀吉封鎖，而無法讓貨物進出，好像熄火了似的。相較之下，西邊隔鄰的伊勢沿岸市鎮，由於已納入大坂的經濟圈內，每天都熱熱鬧鬧的做著生意。過去，尾張算是東海一帶最有商業氣息的地方，如今主導權已經轉移到伊勢商人手中，這使得尾張商人非常羨慕。

——為什麼咱們主公不願意和秀吉合作呢？跑去跟那個領地裡到處長滿雜草的三河國當同盟，會有什麼好下場啊。

商人與百姓的流言蜚語傳到了家老的耳中，如今已經是秀吉的天下，再怎麼不情願，也該要接受事實啊。

這些家老變得戰意薄弱，並不光是流言造成的，秀吉還對每名家臣進行謀略，例如某某將領過去曾在秀吉手下打過仗，再不然就是織田家時代的同事，許多朋友和親戚都互相交流，然後放出風聲說：「停戰其實是爲了織田家好啊。」

——秀吉絕對不會對織田家的血緣有任何失禮之處。

如果停戰，他會非常禮遇信雄，信雄的家老也都將受封爲大名。

（投靠秀吉還比較好吧。）

當戰線持續陷入膠著，家老們就紛紛轉念了。說到織田信雄這位大將，說穿了不過就是已故信長大人的次男，並沒有什麼天下霸主的才幹。如果一直這樣跟著他，遲早織田家會沒落。

——是不是該和談呢？

家臣的意見，透過信雄的寵姬傳達到主公耳中。其實信雄也有投降之意，但是就怕秀吉會砍他的頭。

這時，秀吉派出津田信勝擔任正使，前去遊說信雄。雖然信勝的姓氏叫津田，但父祖輩其實是出自織田家家系，從家譜看，他算是信雄的大叔父。秀吉以前非常禮遇信勝，就是因爲他有政治價值。

——您是傳承織田家血脈的人啊。

所以報請朝廷賜予從五位上左馬允的官位給信勝。另外，副使節則是由秀吉的直屬家臣、近江出身的富田知高擔任，這兩人對信雄開出了和談的條件。

「眞的嗎？」

這對信雄而言，條件眞是太好了。秀吉要把他佔領的伊勢國四郡還給信雄，又說：「清洲似乎米糧不足，我把伊勢沒收來的剩餘兵糧三萬五千俵送給您。」至於信雄方面的回報，則必須把他原本「留在大坂城內的女兒過繼給秀吉當養女」，意思就是交個人質給秀吉就行了。信雄難以想像會得到這麼好的和談條件。

——對信長主公的後代，當然要贈與厚禮。

秀吉這麼說。他還宣布，等到明年開春，我就立即奏請朝廷，賜予大納言官位。因爲信雄是織田家出身，所以不能怠慢。信雄聽了之後，終於答應雙方和談，不再交戰。

至於和談的會場，則是選定：

——伊勢桑名西方的矢田河原。這裡剛好位於信雄勢力圈和秀吉勢力圈的邊界線，距離信雄的尾張清洲城只有五里，並不太遠。

「好吧！」

信雄約好了日期。

到了當天天正十二年（一五八四）十一月十一日，秀吉這位一流演員，或者說爲了達成目的可以誇張扮演任何角色的他，開始發揮他生涯中最盛大的演技。

在矢田河原，時間逼近正午。

天氣晴朗，微風徐徐，把河原上的枯草吹倒，一路吹到伊勢海。秀吉先一步抵達，他在河原的枯草上放一把小凳子，從正午之前就坐在那裡等候。

信雄還沒來。但是秀吉毫不焦躁，一直坐在原地，就像是等待主公來到的僕從一般，這是在展現他瞭解武家律令。照理說，信雄和各地武將應該也都深知武家律令禮儀。

——信雄眞是呆瓜嗎？

秀吉心想。不過儘管是呆瓜，目前還是擁有影響天下局勢的力量，靠的就是他的織田家血統。現在有許多自以爲道德高尚的評論家，所以言行都要小心。

——那猴子面對信雄大人時，會採用什麼樣的態度呢？

大家都等著看。尤其是秀吉手下的將領，他們也來到河原上坐著，內心只想著一件事，就是秀吉真是瞭解人情世故啊。當然也有些觀眾是抱著看好戲的心情在等候。

那些等著看好戲的觀眾——秀吉的部下——其實原本不隸屬於秀吉，而是織田家的家臣，相當於秀吉的同僚，而且仍舊有人把秀吉當同事，叫秀吉時不加敬稱，直接叫他：

「筑前。」

打從去年六月信長去世以來，秀吉先是討伐了明智光秀，然後維持著原有的戰鬥編組去討伐第一號家老柴田勝家，逼迫位居第三的家老瀧川一益投降，終於靠著武力奪下原本屬於信長的「霸權」。不過，令秀吉感到困擾的是，織田家的血脈並沒有在本能寺裡消滅殆盡。那些流落在外的織田家血脈，秀吉大多用懷柔的手段加以收服，但就是有織田信雄這種已經擁有自國的國主，仗著武力持續反抗，主張自己才有繼承霸業的資格。三河的家康就是賭這一點，與他結盟。對秀吉來說，家康這個敵人還算好辦，最讓秀吉頭痛的是信雄的存在。

（世間的眼光都在後頭看著我。）

那些觀眾心想：

——臭猴子，居然奪取了織田家的天下。

因為常有這樣的流言，秀吉只好花更多力氣籠絡人心，思考該用什麼演技來對付什麼情況。

（這真是艱難的世道啊。）

即使秀吉擁有聰明才智，也很難解決這麼多的疑難。有時秀吉睡到半夜突然驚醒，心想：

（我想奪天下，難道永遠辦不到嗎？）

也難怪他會這麼想。

就像是在堆積木高塔一樣，外表看似穩固，卻隨時可能被一陣微風給吹垮。原因之一，是秀吉轄下只有極少數的直屬家臣。而故主信長雖然最初是尾張半國的大名之子，但是起點不同，信長剛繼位家督，就馬上擁有祖先代代相傳下來的家臣群。三河的家康也是同樣的情形，祖先早就留下了忠誠的譜代眾給他，他的起跑點一開始就不一樣。

相較之下，秀吉呢？原本不過是個沒沒無聞的流浪漢，孑然一身，沒有祖先留下家臣給他，而這個老百姓家也沒有姓氏，只靠一張嘴四方遊走找出路。

那些被他視爲部屬的眾將官，其實都是暫時「借」給他的。他之後能一直往上爬，成爲一個軍團的統帥，靠的是他那世間少見的才氣與氣魄以及表演能力。再拿三河的家康來比較好了，即使家康日益老去，德川家的家臣群也不會就此四散離去；但是秀吉只能靠自己的力量籠絡家臣，一旦他亡故，那些家臣和武將就可能自立爲王，造成秀吉勢力煙消雲散。

（這麼看來，我還眞偉大呢。）

的確沒錯，可是這樣過得很辛苦。假設我們把他的天下比喻成一座建築，從外面看來，這建築飄渺得就像霧、就像雲、就像靄，看不清實體，建造在「時勢」這樣的基礎上。猶如一座用魔術變出來的大閣樓，外表看似壯麗，但實際上拿根手指攪一攪這團霧氣，就會瞭解裡頭沒有實質的建築。

——既然如此。

秀吉決定不管是什麼事，他都願意做。就算要他舔織田信雄的腳丫子也沒問題。

好不容易，桑名街道那一頭漫起沙塵，似乎看到了一群人，信雄終於到了。

「眾將官，禮儀務必周到。」

秀吉這樣跟周圍的將領說，要拿出迎接日本第一貴人的態度。之後他跑回帳幕裡開始換裝。由小姓幫他卸下陣羽織（披風）、脫下具足（甲冑）、放下太刀、脫下直垂（戰衣），然後換上小袖、褲子、背心這些簡易裝束，腰間只插上一把短刀，一手拿著摺扇走出帳幕。這身打扮完全不像武將，而像是掌管鄉下庄屋的阿伯。他就這樣邁開步子。

（這是怎麼回事？）

留在河原上的將領們用懷疑的眼神看著秀吉。

秀吉爬上土堤，土堤裡有一條小河叫町屋川，河面上設有船橋。秀吉迅速的跑過船橋，跑到河的對岸，只有加藤虎之助一人手持太刀跟著他。

織田信雄今年二十七歲。

他在眾人簇擁下，由隨從舉著鑲金的大馬印，一路走在堤防上。他看到前面有個穿著樸素衣褲的小個子男人，一聽到隨從說那就是秀吉，信雄立刻下馬，動作像是慌亂中滾下馬似的。或許他曾經聽說秀吉是個恐怖的人吧。

——秀吉怎麼會親自來迎接我呢。

這點讓信雄感到意外，秀吉身上穿的像侍從一般的服裝也令人意外，但是更意外的是，秀吉彎著腰前來迎接，態度非常恭敬。

信雄措手不及。信雄原本要用傲然的態度面對秀吉，沒想到對方竟然擺出如此卑下的態度迎接，還連說：

——請！請！

秀吉的禮數周到，一直朝信雄的隊伍接近。

雙方一直往前走，走到幾乎要相撞的地步。以秀吉的身分，他只需要彎腰鞠躬就很有禮貌了。

可是秀吉的膝蓋突然一彎，跪在地上，摺扇擺在面前，平趴在信雄面前。

——啊！

一股無言的感動，從信雄的家臣之間擴散到河原上聽令於秀吉的諸位將領。當然，最受震撼的就是信雄本人。

——請起。

信雄趕緊回答。但是秀吉一直趴在地上，磕了個響頭才抬起臉看著信雄。同時，用很小的聲音說話。

信雄聽不清楚，只好再靠近一點，這時秀吉才用信雄聽得到的音量說：

「究竟是什麼樣的命運作弄，讓大人您非得和在下交戰不可？還好，您終於回來啦。」

聲音眞的小到只有信雄聽得到。

「在下願意尊奉您爲主公。」

信雄大爲驚訝，明明戰敗的是自己，敵人秀吉卻跑來投降。沒想到來會見秀吉，竟然被秀吉視爲主公。

——大家聽到了嗎？

信雄向自己的家臣大喊。可惜家臣站得太遠，根本聽不見秀吉的聲音。

這也算是秀吉的伎倆吧，只對信雄小聲說，只讓信雄聽見就好。

兩軍的將士都專注的望著眼前這一幕。人人都對秀吉的態度感動不已，大家在這一瞬間都想到：

（這個人值得跟隨。）

因爲秀吉並沒有對過去的主公織田家不忠不義，眾人心想，跟著他算是最可靠的了，對秀吉的信賴也更加深厚。雖然他是隻臭猴子，但是爲人眞誠，大家這輩子都會一直記得這幅景象。

然後，秀吉引領信雄與家臣走向河原，讓信雄坐上大位，自己則是坐在小凳子上。

接著奉上禮品的目錄，並把禮品一一拿出來呈遞給信雄，其中包括不動國行的太刀、金幣二十枚。

這位被逼到投降的「主公」，收下了這些禮物。看看秀吉，信雄覺得無話可說，越來越喜歡秀吉，秀吉對他的禮遇讓他不知該如何對應，所以表情緊張，像個純眞又不知所措的少年。

信雄爲人隨便，沒有把他與敵方和談的事通告先前的盟友家康。他覺得，到時候用一句「我很忙，所以忘了講」打混過去就行了。

家康是在率兵出戰的行軍路途上得知這個訊息。他先前擔心信雄的清洲城會被秀吉軍包圍，所以出兵解圍。

信雄把清洲城交給家康派給他的聯絡軍官酒井忠

次，由忠次駐守。忠次是在城裡收到這意外的報告。他趕緊策馬前往行軍中的家康身旁，告訴家康這件事。家康是在馬上聽到消息的。

——這是騙人的吧。

家康這麼想。其實這場戰爭並不是家康挑起的，他是爲了盟友信雄而戰。在各個戰場上，家康揮舞著采配，指揮德川軍士兵向前推進，一度甚至搶回了秀吉佔領的土地。可是信雄卻沒有跟同盟國做任何商量，就擅自與秀吉和談了。

「三介大人竟然說變就變。」

家康在馬背上自言自語。過去，信雄給人誠實的印象，所以捨不得對他生氣。可是現在信雄的愚蠢卻讓人怒氣衝天。

「紈褲子弟就是這個模樣。」

只好這樣撫平怒氣了。家康於是全軍撤退，返回遠州濱松城。

之後，不知道等了幾天。信雄好像完全忘了之前曾經有個盟友叫家康，家康又不能派人去清洲一探究竟，只好按耐著怒氣繼續等。好不容易，和談之日過了十天，清洲的信雄派來使者，正式告知投靠秀吉的事。這時家康已經不生氣了。

要是家康暴怒的話，恐怕又會引發政治事件。

——家康對這次和談有什麼不滿嗎？

要是家康表達出他的怒氣，就有可能引來秀吉與信雄的盟軍倒過來討伐他。雖然家康擅長野戰，但是面對秀吉的大軍，恐怕會被狠狠擊潰。所以家康接見了信雄的使者，按耐心頭的怒火，反而裝出微笑說：

「那眞是可喜可賀。」

又說「此乃天下萬民之福」。信雄的使者來過之後，接著來的是秀吉的使者。這一天從早到晚，家康都逼著自己擺出微笑，隱藏心情。他想，秀吉一定在幕後大笑不止吧。

這時家康想到，光是這樣，在外交禮儀上還不夠圓滿，所以派出首席家老石川數正擔任使者，先前往清洲城拜見信雄、再去拜見暫住大垣城的秀吉，向他們祝賀。

——恭喜雙方和談停戰。

數正帶著家康的恭賀心意達成任務。

於是秀吉返回大坂，心中想著：

（家康眞是個狡猾的傢伙。）

假如當時家康暴怒，就等於把開戰的藉口送給了秀吉，秀吉能夠和信雄合力攻打三河，奪下東海諸城，甚至攻陷駿河。可惜家康沒有留下任何可趁之機。

回到大坂後，秀吉在後方留下負責外交的官員繼續斡旋。信雄已經交出女兒當作人質，現在輪到家康交出人質了。因爲家康和信雄曾是同盟，既然信雄已經投降，家康當然也算是降將，秀吉要求人質也是很正常的。

——他會答應嗎？

秀吉想藉著這個討人質的命令試探那位東海霸主的態度，孰料家康竟然毫不猶豫答應，把他的嫡子於義丸送去大坂當人質，此即後來的結城秀康。

如此一來，兩方的交戰關係就此消滅。

然而，表面上的和睦不代表兩人眞心誠意當朋友，家康始終保持沉默，不做回應。秀吉則是一心想讓家康臣服。至少要有個「臣服」的形式，比方說家康前往京都或大坂，拜見秀吉，這樣就行了。這麼簡單的一個動作，家康都不答應。秀吉心裡感到焦慮，只好放低身段，先用勸說的方式。

「近來京都變得越來越繁華熱鬧，請您前來遊玩。我最近取得了一個稀有的交趾茶具，很想讓您欣賞，我們可以邊看邊聊。」

他這樣傳信給家康，家康回覆：「感謝您的邀約，但是在下……」藉口五花八門，一下說生病了，一下說信州局勢需要壓制，沒空前往。持續委婉的拒絕，反正就是不動如山。

（該怎麼對付他呢？）

秀吉想摸清那個三河佬的想法。說不定，是家康摸透了秀吉的盤算。秀吉和家康和談之後，立刻出兵平定紀州的雜賀眾，但是遠處的國家則遲遲沒有征服。秀吉有可能在今年之內平定四國，但是九州就沒那麼輕鬆了。一旦率領大軍征伐九州，近畿將無人防守，家康隨時可能出兵攻佔。問題是九州情勢已迫在眉睫，豐後的大友氏一天到晚向秀吉告急，薩摩的島津氏卻野火燎原般拚命擴張，遲早會佔領整個九州。倘若不派兵協助大友氏，秀吉的名聲和信譽就會一敗塗地。此外，還會造成其他影響。爲什麼九州對秀吉來說那麼重要？秀吉要征服九州的目的，和其他時代的武將不同，秀吉看上的是商業利益。他之前已經獨佔了堺市的貿易利益，現在則是看上日本第二大貿易港北九州的博多，秀吉可不希望那個大港落入島津氏手中。秀吉對自己羽翼下的諸大名發下豪語：

「想要多少領地，就送多少領地。」

他就是用這種方式吸收各地的大名，毫不吝惜。這麼大方的拉攏手法，很像是以前的足利尊氏。尊氏靠著大方的封賞拉攏戰友、贏得人心，因此成爲天下霸主。可是這也是致命的病根，足利將軍家的領地越來越小，得不到四方大名的尊重，結果將軍家變成窮光蛋，政權也不斷衰弱。

尊氏大肆封賞，秀吉也不遑多讓。爲了成爲全天下諸位大名、小名所崇拜的偶像，出手絕不能吝嗇。秀吉到了晚年曾說：

「天下能夠同時擁有勇氣與智慧的人少之又少，都值得賜予領地。可是世上像我這樣大方的人更少，有時候，大方也足以亡國啊。」

毫不吝惜的封賞土地，看似霸氣，但是土地畢竟有限，一味的封賞只會走上足利幕府的敗亡之路。事實上，眞正直屬於秀吉的領地並不大，在豐臣政權鼎盛的時期，直轄領地也只有兩百萬石左右，算是很少的，甚至家康的領地都比豐臣家多出一國。進入德川幕府時代之後，德川家大舉收回領地，日本有一半的領土都收歸爲德川直轄領地。

——三河的小老百姓。

暗地裡，秀吉用這句話來分析家康的性格。如果用相同的方式來分析秀吉，他大概是「尾張的商人」吧。秀吉在這方面相當有主見：

——土地歸大名，財富都歸我。

因爲他可以用財富爲自己搭起基礎，建築起龐大的政權。想要財富，得靠貿易，而吸收貿易利潤的入口則是堺市。只不過，光是靠堺市的經濟實力還不足以征服天下，他還想要博多。假使博多被島津先一步奪走，秀吉的獨創天下構想就功敗垂成了。

所以秀吉感到焦慮。

家康卻沒有焦慮的必要。雖然家康看不透秀吉稱霸天下的構想，但是，九州的戰火一起，秀吉就變得焦慮，這點家康看得很清楚。

家康專心經營東海地方，爲了提防秀吉進攻，他不惜和關東的老霸主、以小田原爲根據地的北條氏結爲同盟，加強關係。

這段期間，秀吉用盡各種外交手段想取得優勢。

比方說，家康的首席家老石川數正原本就和秀吉友好，秀吉一再的給他封賞，拉近關係，引發了家康的疑心，覺得數正有叛變之心。數正發現他被主公懷疑，心想這裡已經待不下去了，乾脆逃離三河，請求秀吉庇護。此一計謀給家康造成深刻的打擊。

——數正的離去，等於是把德川家的軍事機密全都洩漏給秀吉了。

這麼一來，德川家只能拋棄過去慣用的軍規。家康仔細考慮之後，決定以武田信玄的軍規爲基礎，重新建立作戰陣形、聯絡信號、行軍隊形等全新的軍規。

這陣子秀吉的政權不斷成長，但是向外征伐、擴大版圖的動作卻慢了下來——家康不肯服從當然是原因之一，不過秀吉的政權卻獲得了前所未有的尊貴。天正十三年（一五八五）七月十一日，這個曾被足利義昭罵為「奴才出身」的男人，被授予關白稱號，成為全日本僅次於天皇的貴人。同年九月，秀吉又被賜姓為豐臣，這是繼源平藤橘四大姓之後，日本首次出現新的姓氏。

「豐臣」。

這個姓氏不僅新穎，還跟黃金扯上關係。世人都知道秀吉是個超乎想像的豪門富人，在他活著時，佐渡金山是世界數一數二的礦脈，發掘出非常豐富的金礦。秀吉用這些黃金拿來裝飾建築物，為狩野永德的壁畫、屏風添加黃金飾物，還分送給公卿與大名，甚至打造了一間黃金茶室獻給天皇。所以當時的百姓都知道秀吉熱愛黃金，豐臣政權是用黃金和財富堆積起來的。

天正十四年（一五八六）正月，這個黃金政權派遣了外交使節前往荒煙蔓草的遠州濱松。擔任使節的人是源自織田家、目前成為秀吉家臣的織田長益（後來改名有樂），還有過去曾擔任織田信雄的家老、現在成為秀吉直屬家臣的瀧川雄利。這時家康還帶著獵鷹在三河的吉良鄉狩獵娛樂，兩名使者前去參見，向家康闡述歸順秀吉有很多很多好處，對德川家非常有利。

可是這樣一再的誘之以利，不斷勸說，惹得家康覺得沒有尊嚴，他帶著不悅的表情說：

——不要小看我。

此刻的家康要展現出他們三河人也是有骨氣的。

「利益利益！從剛才講到現在，一直在講利益，令人不快。」

他讓獵鷹停在自己的皮手套上，踢翻他原本坐的小凳子，邁開步伐狩獵去了。翌日，兩名使者前往家康暫宿之處，惹得家康生氣了：

「兩位還沒有回去嗎？我跟你們沒什麼好說的，快滾出三河。」

家康用高傲的態度對待他們，兩人只好卑躬屈膝，但還是繼續說：「假如您惹關白殿下生氣，殿下將會派十萬大軍來東海，到時候您怎麼辦。」

「你們眞是……」

家康只好明講了：

「你們忘了長久手之戰的贏家是我嗎？關白就算帶來十萬兵馬，也不瞭解三河的山野。但是我的軍隊對三河的山野非常熟悉，一草一木都知道。有膽就來啊。」

被轟走的兩名使者趕緊回到大坂城向秀吉回報。

但秀吉認爲家康只是在裝樣子罷了，同樣也是在搞謀略，想爭取更多的利益。

（難道那傢伙眞的以爲能夠擊敗我嗎？）

於是秀吉對兩人展現自己的威風：

「聽好，要擊敗家康可簡單了，隨便想想都有辦法。」

家康是擅長野戰的高手，所以秀吉要先封住他的領地。他打算在尾張與三河邊境的矢作川西岸建造三座野戰城郭，把家康引到這裡，在持鯉鮒的原野上交戰。在此同時，又從海上運兵到遠州，佔領二股、光明寺、秋葉等地，將德川軍一切爲二。然後，要京都的本願寺下令，叫三河的本願寺門徒（三河有許多百姓信奉淨土眞宗）發起一揆，參加者都可以「免去稅賦」，這就是秀吉的方案。

兩名使者回來時已經入夜，秀吉都進寢室休息了，但秀吉還是走出寢室聽完他們的報告，來到走廊這邊，拍拍瀧川雄利的肩膀說：

「別擔心，那個三河佬再過不久就會親自到大坂來了，這也由不得他呀。」

秀吉邊說邊笑，又走回寢室去了。

——不服輸的傢伙。

兩人都認清家康個性頑固，秀吉則是過度樂觀。但是，現在的秀吉跟以前不同了，謀略更加深沉。

家康似乎已經露出恐懼之心，至少被秀吉看穿了。打從當年的矢田河原斡旋，已經過了三年時光，秀吉的戰略產生了根本上的改變。過去與家康結盟的北陸的佐佐成政，現在轉而投效秀吉，被授予大名階級。四國的長曾我部元親則已經投降，納入秀吉傘下。家康除了倚賴小田原的北條氏之外，已經孤立無援了。

（家康也知道自己必敗啦。）

證據就是家康頑強的態度。爲了掩飾他的弱勢，家康一直喊著要決戰，姿態擺得很高，這其實代表著家康已經無計可施。

（可是，該怎麼做才恰當呢？）

秀吉很清楚，硬脾氣的家康絕不會投降。想當年，家康還是三河和遠州兩國的國主，甲州的武田信玄率軍打算上洛，家康不自量力的出兵攔截，那幅光景就像是小狗要挑戰老虎群似的，結果家康在這場三方原之戰中慘敗逃命。幸好家康的天運不錯，信玄在上洛途中病歿，武田軍自動撤退，讓家康免去敗亡的危機。當時在織田家裡擔任武將的秀吉，已經看出家康具有不可思議的頑固和勇氣。如今的家康也一樣，即使面臨絕境，他在受到刺激時絕對會拚死作戰，把成敗交給老天爺。秀吉擔心的就是這個，就算他擁有可以壓扁家康的龐大戰力，但並不打算進行長期戰爭，他不想給政局帶來更多紛擾。

結果，還是回歸到懷柔的手法。現在要賞賜一些榮耀與名譽給家康，除此之外別無他法。

秀吉做出了決定。秀吉有個異父的妹妹叫朝日姬，雖然老早就嫁人了，但是秀吉拜託妹婿跟她離婚，然後把朝日姬再嫁給家康。表面上看像是聯姻，實際上是秀吉陣營交出一名人質給家康。

家康對這奇妙的禮遇感到驚愕。他早已看出秀吉的焦慮，可是，要是執意不肯答應，連這種懷柔外交都抗拒的話，就等於公然挑戰秀吉的權威，到那時鐵定死路一條。所以這個和談條件只能接受、不能拒絕。然而，家康對使者提出了他這方的條件：

「假如朝日姬生出男兒，我不會立他爲嗣子，這樣也可以嗎？」

畢竟家康現在已經任命秀忠爲嫡子，將來要把家業交給他。和談到這裡，家康又展現出他的高傲。

很意外的，使者竟然一口答應，出乎家康的意料。

「可以嗎？」

使者爲了證明，從懷中取出一封秀吉親自書寫的誓文，拿給家康看。說是偶然也未免太巧，秀吉在誓文上寫下相同意義的文字。家康看到之後大爲驚訝：

（他願意彎腰屈膝到這種地步嗎？）

家康再一次審視秀吉這個人，對他的洞察眼光驚歎不已，內心也非常感動。

終於，朝日姬來到濱松。她比家康小一歲，意思就是四十四歲，在這個時代算是高齡婦女了，不過家康並不介意。家康不是用男性的眼光看待她，而是將她視爲人質，非常鄭重的對待她。

婚禮結束了。

——這樣可以上京了吧。

秀吉的使者如此勸說，令人意外的是，家康對上京這件事依然保持沉默。

秀吉也沒輒了。家康不肯臣服，使得這場婚禮變得毫無意義，加上九州的大友氏不停的哭著求救，鬧得秀吉非得征討九州不可。問題是目前他無法大規模出兵，只好先請鄰近的毛利氏出兵救援。但是毛利派遣軍力量不足以壓制島津軍，結果各地和大友友好的城砦都紛紛陷落。即使如此，秀吉還是不能亂動，他非常擔心他一出兵征伐島津，家康就會趁機從背後進攻。

婚禮結束後過了十個月，秀吉終於不得不承認自己的懷柔計畫失敗了。有趣的是，秀吉似乎並沒有因此震怒，也沒有感到任何失望。懷柔家康、要家康臣服，已經成了秀吉生涯中最重要的一項工作。

（接下來呢……）

秀吉心想，如果我不肯拋下天下霸主的政權名譽和威信，家康是絕不可能臣服的。所以，下一步就是拿自己的生母去當人質。

（家康想必是那個最驚訝的人吧。）

秀吉這樣想。不過，最驚訝的人是他的親弟弟秀長。秀長有豐富的知識與智慧，輔佐秀吉時幾乎沒有犯什麼大錯，也沒有反對過哥哥的意見。但是這次不一樣。

「從古至今，沒聽過天下霸主交出人質給下屬的，更別提拿自己的母親當人質押給對方了。其他血親當人質倒也罷了，拿母親當人質，恐怕連老百姓也會感到羞愧。爲什麼不趕快討伐家康？」

秀吉聽了，回答他：

「小一郎，」

秀吉平常都是這樣稱呼弟弟，他並不打算反駁小一郎的意見：

「我的年紀比你大、吃的飯也比你多，你就等著看吧。」

說著，他招來手下官員前去送信，主旨就是邀請家康上京。

「關於征伐九州一事，本官亟需與你參商，請您務必務必前來京都。」

此外附上另一封信，用不同的體裁寫，看上去像是不相干的事：「最近家母大政所很想看看女兒朝日姬，所以會前往貴寶地，請妹婿好好招待。」

即使已經做到如此地步，家康還是猶豫不決。

——秀吉一直催促我上京，該不會是想在大殿上殺了我吧？

家康就是這樣欠缺秀吉所說的「氣度」。固執生疑惑、疑惑生猶豫。其實秀吉已經暗示得很明顯了：「我沒有惡意，假如上京之行有個萬一，不就等於是害死自己的母親了嗎？」

這樣的說服方法有點太過極端，原本要家康主動稱臣，卻很有可能反過來導致家康漸行漸遠。家康的手下重臣也都懷疑秀吉的用心，極力反對家康上京。

——秀吉想殺主公，這個奸計昭然若揭。

大家都這樣勸諫家康。

可是，家康轉念一想，覺得這也是個機會。要是拒絕秀吉，必然導致雙方開戰。一旦雙方開戰，德川軍必定會被擊敗。所以家康決定要上京了。偏偏家康手下諸重臣都執拗的反對。

「要是出事就無法挽回了。」

家康對手下重臣說：「如果有個萬一，我會逃到京都的東寺固守，這消息一定會在三天之內傳到濱松。到那時，井伊直政擔任大將，率領一萬兵馬分爲二十隊盡快上京。酒井忠次則另率領一萬兵馬，到比叡山上等候。」做好行前準備。

天正十四年十月十八日，肩負人質任務的大政所抵達了三河的岡崎城，家康陣營還在懷疑這個人質是不是替身，用各種方法測試大政所是不是真正的秀吉生母，然後把她交給本多重次監視。本多重次將大政所領進岡崎城內的宿舍裡，關上出入口，在宿舍周圍堆積柴薪猶如小山丘，打算一收到主公的噩耗，就立刻放火燒死人質。後來，秀吉得知此事勃然大怒，覺得三河人怎麼都這樣心眼狹窄、無禮又殘酷。

「我都把母親大人送往三河了，那些三河人還是這樣沒有仁義。」

秀吉說道。

總之，家康出發了，隨行的家臣與兵馬有一萬人，在二十四日進入京都，暫宿一日。隔天一早就離開京都，直到二十六日傍晚才抵達大坂。

秀吉爲了招待家康，把城裡最大的一座宅邸秀長宅邸空了出來，讓家康在那裡住宿。負責接待的人則是藤堂高虎。

「明早就要登城，今晚請好好的休息。」

高虎這樣說明，但家康主從不肯相信，他們預測各種可能的突發情況，要一萬兵馬輪流站崗和休息，就像在戰陣之中，拿出宵夜餵飽士兵，但是禁止飲酒。爲了預防萬一，還在宅邸周圍的路上搭起架子，點燃篝火，提高警覺。

「如此一來秀吉也沒輒了吧。」

家康和幕僚這樣定下心來。

可是到了半夜，宅邸大門口發生了小小的騷動，像是有人在爭執，走廊上有人跑來跑去傳達訊息。

家康很警覺的起床，觀察狀況。聽家臣說，是豐臣秀吉親自造訪。

實在是難以置信，不是說好了明天在大殿上和秀吉會面嗎？眼前這個突然出現的秀吉，身穿便服，帶著三名小姓，僅此而已。

「沒弄錯吧？」

家康也心生懷疑，可是官差帶話給他，說秀吉一路走進宅邸，還大喊著：

「我是殿下啊！殿下啊！」

秀吉邊走邊喊著他自己的敬稱「殿下」，還解釋說，他沒有什麼重要急迫的事，只是剛聽說中納言（家康）已經抵達大坂，他馬上來迎接。還邊笑邊說：「誰來給我帶路啊，幫我帶路啊。」

家康趕緊穿好衣服，來到走廊，前往玄關，秀吉就站在那裡，被家康的家臣給包圍住，秀吉不但沒有懼色，還拿起摺扇啪啪啪的打這些家臣的肩膀：

「貴人來啦，還不快跪下，站著迎接成何體統。」

家康走出來一看，果眞是秀吉沒錯。

(竟然如此大膽。)

在秀吉的豪氣之下,家康顯得狼狽不堪,趕緊伸手拉著秀吉走入玄關,帶到一間招待室。

「長篠以來,好久不見。」

秀吉先開口說了。原來如此,兩人最後一次見面,是在信長大戰武田勝賴的長篠之戰。屈指一算,已經過了十一年的歲月。秀吉用懷念的口吻說道,明天的事明天再談,今晚我們先來聊聊舊事吧。秀吉一開口就停不下來了。

可是,家康還沒有從驚嚇中醒來,只能呆呆的不發一語。秀吉趕緊從小姓手裡拿過包裹親自拆開,拿出裡頭的漆器便當,以及一整套的酒器和美酒。

他把這些美酒佳餚推到家康面前,家康突然想到,該不會下毒了吧?不敢擅自動筷子。秀吉一看,馬上伸出筷子夾菜吃,又喝了一杯酒:

「我來試毒。」

這位天生就不擅長飲酒的人,先喝下數杯,然後把杯子交給家康。

「那在下就不客氣了。」

家康終於開口了。秀吉也開朗的哈哈哈大笑起來。諸位家臣都來喝酒呀,秀吉這樣叫喚那些跪趴在地板上的德川家臣。

酒宴途中,家康突然起身上廁所,這時有一位重臣偷偷跟上他,在他耳邊輕聲的說:

——就是現在。

家康聽了不屑的嘖了一聲,無言的給予訓斥,然後走到帶有涼意的走廊,心想著我輸了。那個格局遼闊的男人,現在正坐在坐墊上喝酒呢。從招待室裡,不斷傳來秀吉的笑聲,家康又回到了席上。

喝了一陣子,家康也有點醉了,秀吉則是喝得脖子血管變成紅紫色,他敲敲自己的頸子小聲的說,唉,這下子沒人背我我就回不去啦。接著,秀吉像是突然想起什麼似的,往家康靠近一點,說道:

「有件事想拜託您。」

他低下頭、壓低聲音說出了一段話，帶給家康更多的驚訝。

「秀吉出身貧寒，少年時就是個流浪的僕役，所幸有右大臣提拔，才能夠爬到今天這個位置，我想這是大家都知道的事。現在在我手下當官的，都是過去的同僚與朋友，對我這位主公似乎欠缺敬畏之心。各國大名都齊聚一堂來拜見我，到那時，」

秀吉壓低聲音，希望能夠取得家康的理解：

「我會挺直背脊坐在大堂之上展現威嚴，家康妹婿您可別動怒。我希望中納言大人您能夠紆尊降貴，毫無猶豫的在我面前恭敬拜見，其他大名與臣子看到您如此恭敬，就會想，中納言大人都對關白如此敬重，大家就會瞭解到地位的高低，眞正尊崇我爲天下霸主了。」

說著說著，他朝家康的背部拍了一掌，拍到背部都發出回響。

家康並沒有開口說話，但是整個人都趴在地板上笑到快要流眼淚。面前這個人還眞是爽快單純，他說的話充分滿足了家康的自尊心，而且他也覺得跟秀吉之間拉近了不少距離。

「在下瞭解了。」

家康收起笑容，點了點頭：

「在下已經是您的妹婿，這回要我上京拜見，自然該爲您著想，您大可以放心。」

「感激不盡啊。」

秀吉笑著起身離去，一邊走還不忘跟家康的左右家臣打聲招呼，家康也尾隨著送他踏上走廊、走到玄關，然後目送他遠去。

秀吉走遠了。

翌日，家康全身穿上大禮服，由藤堂高虎領路，走向號稱日本規模最大的大坂城。先穿過好幾道城門，踏上迂迴的石階，終於來到本丸的大門口。這時出來迎接家康的，是他以前的盟友大納言織田信雄，信雄也穿著大禮服，他自從在矢田河原和秀吉和談後，就立刻上京，擔任秀吉旗下的大名。對家康而言，這是交戰後的首次會面。

——請。

在信雄的引領下，他們踏過白沙走向大玄關。在大玄關前，秀吉已經親自前來迎接，眞的算是身分最尊貴的迎賓官了。

要進入玄關時，照常理說，尊貴血統而且擁有大納言官位的信雄必須走在前面。但是信雄卻表現出謙讓的態度，請家康先進入。秀吉往前一步，拉著家康的手，說：

「中納言大人，請隨我來。」

這一瞬間，豐臣家和德川家的地位就區分清楚了。因爲秀吉非常用心，他把殿中讓給家康的部屬，而秀吉的家臣則是不允許進入殿中。

謁見儀式平安結束了。

之後一連幾天，大坂城可說是傾全城之力款待家康與他的部屬，每天都有能劇狂言和酒宴招待。終於到了商量如何征伐九州的日子，當天，他們用大書院旁的大殿做會議室，大名、小名全部進城，大名依照坐墊的序列就坐，小名跪坐在走廊上，武士則是留在殿外的院子裡。

這天，秀吉在小袖便服之上罩了一件陣羽織背心（通常套在甲冑之外），以半軍裝的打扮坐在大殿上段十坪的席位上。他身上的陣羽織以正紅色爲底，上面用金線繡著滿滿的桐唐草花紋，金光閃閃醒目非常。

家康坐在首席，一反平日不開尊口的常態，他跪在地板上向前滑了兩步，對秀吉露出笑容：

「關白大人，您的陣羽織實在是非常漂亮，請您將這件陣羽織賜給在下。」

才剛開始開會就提出這樣的要求。秀吉臉上沒有笑容，表情看起來有點不高興：

「這是我打仗時要穿的背心呀。」

表明他不肯送給家康。家康卻說：

「以後家康會隨侍在大人您的身旁，既然如此，」

家康像是在暗自背誦之前準備好的講稿，繼續說：

「往後兵馬征戰之勞，都由家康承擔，大人再也不用親自上戰場了。」

聽到家康這麼說，秀吉開心的站起身來，一面脫下陣羽織一面說：

「那就送給妹婿吧。此後我再也不必爲戰爭而勞苦了。」

秀吉大聲的宣告，並且幫家康穿上陣羽織，兩人坐在一起，像是感情很好似的。殿內的大名與家臣都看到了家康效忠的這一幕，體會到豐臣政權的龐大與尊貴。

當天晚上，秀吉前往妻子北政所（寧寧）的大宅。

寧寧親自端出酒菜，替夫君斟酒。

「今夜不容任何人來打攪喔。」

他這樣告訴侍女們。今晚的下酒菜是手抓餅和煎豆子，這是秀吉從少年到晚年一直非常喜愛的下酒菜。無論是喝茶還是喝酒，只要準備這兩道小菜，他包準很開心。

「今天啊，發生了一件事。」

就像年輕時一樣，他回家後會把見聞和遭遇告訴寧寧。今天呢，則是聊起家康向他討陣羽織的事。

「那位德川大人，居然說得出這麼誇張的話。」

寧寧對家康的驟然改變感到不可思議，秀吉躺在床鋪上回答她：

「這是演戲啦。」

原來這全都是秀吉企劃好的，藉由他的弟弟傳話給家康，拜託他今天在殿上演這樣一齣戲。

「我的天下，也是靠演戲掙來的呀。」

秀吉一面說，一面想起過去在織田家底下當差的生涯。他發現，那一段時光其實也是用演戲堆疊起來的。

人生就像是一連串的狂言戲劇串接而成，這個男人的生涯也是如此。當家康上京拜見他之後，過了十三年的慶長三年（一五九八）八月，秀吉走完了他的人生。

秀吉的辭世，像是他自己安排好的。他原本就有歌詠的才能，年輕時經常自己寫詞作曲唱歌。後來取得了天下，和京都公家貴族往來，更進一步擴張了創作才能。他在離開人世之前，老早就爲自己寫下了辭世之歌：

我的身軀如同露水疊在露水之上
在浪花之中做了一場又一場的夢

（全書終）

國家圖書館出版品預行編目（CIP）資料

太閤記：天下人豐臣秀吉 / 司馬遼太郎作；許嘉祥譯．-- 二版．-- 臺北市：遠流出版事業股份有限公司，2022.08
冊；　公分．　--（日本館・潮；J0286-J0287）
ISBN 978-957-32-9589-1（上冊：平裝）．--
ISBN 978-957-32-9590-7（下冊：平裝）．--
ISBN 978-957-32-9591-4（全套：平裝）

861.57　　　111007613

日本館・潮　J0287
太閤記：天下人豐臣秀吉（下）

作　　者——司馬遼太郎
譯　　者——許嘉祥
副總編輯——林淑慎
主　　編——曾慧雪
特約編輯——陳錦輝

發行人——王榮文
出版發行——遠流出版事業股份有限公司
臺北市中山北路一段 11 號 13 樓
郵撥／ 0189456-1
電話／（02）2571-0297　傳眞／（02）2571-0197
著作權顧問——蕭雄淋律師
2016 年 8 月 1 日　初版一刷
2022 年 8 月 1 日　二版一刷
售價新臺幣 350 元（缺頁或破損的書，請寄回更換）

ISBN 978-957-32-9590-7
遠流博識網 http://www.ylib.com　E-mail: ylib@ylib.com